古典詩歌研究彙刊

第十五輯

龔鵬程 主編

第18冊

清初詞人焦袁熹「論詞長短句」及其詞研究（下）

唐玉鳳 著

國家圖書館出版品預行編目資料

清初詞人焦袁熹「論詞長短句」及其詞研究（下）／唐玉鳳
著 — 初版 — 新北市：花木蘭文化出版社，2014〔民 103〕
目 6+182 面；17×24 公分
（古典詩歌研究彙刊 第十五輯；第 18 冊）
ISBN 978-986-322-606-2（精裝）
1.（清）焦袁熹 2. 清代詞 3. 詞論
820.91 103001204

古典詩歌研究彙刊
第十五輯 第十八冊 ISBN：978-986-322-606-2

清初詞人焦袁熹「論詞長短句」及其詞研究（下）

作　　者 唐玉鳳
主　　編 龔鵬程
總 編 輯 杜潔祥
副總編輯 楊嘉樂
編　　輯 許郁翎
出　　版 花木蘭文化出版社
社　　長 高小娟
聯絡地址 235 新北市中和區中安街七二號十三樓
電話：02-2923-1455 ／傳真：02-2923-1452
網　　址 http://www.huamulan.tw 信箱 hml 810518@gmail.com
印　　刷 普羅文化出版廣告事業
初　　版 2014 年 3 月
定　　價 第十五輯 20 冊（精裝）新台幣 30,000 元

清初詞人焦袁熹「論詞長短句」及其詞研究（下）

唐玉鳳 著

目次

上冊

中　冊

下　冊

第七章　焦袁熹《此木軒直寄詞》析論

焦袁熹以「論詞長短句」多首及其未傳世之《樂府妙聲》，表達其詞論與詞選所好，除此之外，焦袁熹亦有實際創作。清代陳廷焯《雲韶集》稱焦氏「詞非一格，淹有眾長」，認為其詞雖根柢於傳統題材，多當行本色之作；但因廣泛學習眾家之長，遂能成就自身特色。本章特就焦袁熹其他詞作，分「特殊體製」、「賦情傷逝」、「寄贈酬唱」、「詠物託意」四類論述，並歸納出整體結論，為其《此木軒直寄詞》作一總結敘述。

第一節　特殊體製

葉燮《原詩‧內篇》有言：「夫惟前者啓之，而後者承之而益之；前者創之，而後者因之而廣大之」〔註1〕，王國維《人間詞話》云：「最工之文學，非徒善創，亦且善因。」〔註2〕此處所言「善因」乃是善於因襲或仿效他人作品，文學發展必然經過仿擬和創新之過程，在「因」、「創」之間，自當有其續衍與轉化之軌跡。焦袁熹對於詞所採行之創作接受方式，甚為多元，計有和韻（兼有次韻、依韻、用韻等）、

〔註1〕〔清〕葉燮：《原詩》，丁仲祜編訂：《清詩話》（臺北：藝文印書館，1977年5月），頁728。

〔註2〕王國維著，施議對譯注：《人間詞話譯注》（臺北：貫雅出版社，1995年5月），頁447。

仿擬（包含效、擬、改、作）、集句（包含整引、截取、增損、化用、檃括）、回文（即迴文）等方式，茲分述如次：

一、和韻（兼有次韻、依韻、用韻等）

論及「和韻」，最早出現於詩體，即用原韻與他人相唱和之作品。明代徐師曾《文體明辨序說．和韻詩》指出其形式條件有三：

> 和韻詩有三體：一曰依韻，謂同在一韻中，而不必用其字也；二曰次韻，謂和其原韻，而先後次第皆因之也；三曰用韻，謂有其韻，而先後不必次之。〔註3〕

徐氏區分和韻形式有三，三者差別在於「依韻」需用原作同部韻字，然韻腳不必盡如原作，係三者之中條件最寬者；「次韻」則需使用原韻原字，且依序排列，乃三者之中條件最嚴格者；至於「用韻」，則係需用原作原字，但次序不必相同。除形式有所要求外，在風格、內容方面，則需與原作相呼應，即徐氏所言「採其意而答之，不聞其和韻也」〔註4〕。和韻詞與和韻詩之作法大抵相近，徐氏此說亦可用以解釋詞中之和韻，詞體亦多見此法。

至於和韻作品在歷代評論家眼中，可謂貶多於褒，如宋‧嚴羽《滄浪詩話》云：「和韻最害人詩。古人酬唱不次韻，此風始盛於元、白、皮、陸。本朝諸賢，乃以此而鬪工，遂至往復有八九和者。」〔註5〕如張炎《詞源》云：「詞不宜強和人韻，若倡者之曲韻寬平，庶可賡歌。倘韻險又爲人所先，則必牽強賡和，句意安能融貫，徒費苦思，未見有全章妥溜者。」〔註6〕焦袁熹於《此木軒論詩彙編》卷一，明確指出「和韻詩」不可作：

〔註3〕〔明〕徐師曾撰，羅根澤校點：《文體明辨序說》（北京：人民文學出版社，1998年5月），頁109。

〔註4〕同前注，頁110。

〔註5〕〔宋〕嚴羽著，郭紹虞校釋：《滄浪詩話校釋》（北京：人民文學出版社，2006年6月），頁193～194。

〔註6〕〔宋〕張炎撰：《詞源》，唐圭璋《詞話叢編》（北京：中華書局，2005年10月），冊一，頁265。

> 今人作詩，沾沾次韻，疊至數百首乃已，看去全是從韻腳上起意，又無十分才致，此等詩眞不可作。〔註7〕

和韻之作雖可豐富詩歌之創作形式，仍全從運腳上起意，不免拘於韻部規範而「強己就人，戕賊性情」〔註8〕，「蓋以拘牽束縛，必不能暢所欲言。」〔註9〕焦袁熹雖自謂和韻詩不可作，但非否定「和韻」作品本身，而是反省時人作次韻詩之風氣，湊合其意，類失牽強，誠如王士祿所云：「詩不宜次韻，次韻則慮傷逸氣；詞不妨次韻，次韻或逼出妙思。」〔註10〕「和韻詞」之優劣，關鍵在於作者之藝術修養之差異，原唱及和韻之作孰優孰劣不能一概而論，假若創作者有「十分才致」，不妨次韻，則其和韻之作亦能逼出妙思，別出機杼。此外，焦袁熹亦正面認同和韻可視爲初學者學習入門之階，《此木軒論詩彙編》卷一：

> 少年學做詩，須從韻腳上做起，雖極寬之韻，亦須先定其韻而後成，宋人所謂押得韻來如砥柱者是也。〔註11〕

如晚清況周頤《蕙風詞話》云：「初學作詞，最宜聯句、和韻。始作，取辦而已，毋存藏拙嗜勝之見。久之，靈源日濬，機括日熟，名章俊語紛交，衡有進益於不自覺者矣。」〔註12〕焦氏其詩未見和韻作品，而其和韻詞亦僅有七闋，或可視爲焦氏作爲初學者所依循之作。

焦氏和韻之對象有以下兩端：其一爲追和前人，如呂巖、晏殊、呂渭老、張炎、高觀國、周密；其二爲同代追和，如張梁。前者依據追和對象之選擇，愈可見焦袁熹對於前朝詞人之關注；後者透過彼此酬唱往來，可見焦氏與師友互動之熱絡與頻繁。所和詞調有：〈梧桐

〔註7〕〔清〕焦袁熹：《此木軒論詩彙編》，卷一。
〔註8〕〔清〕陳廷焯：《白雨齋詞話》，唐圭璋《詞話叢編》，冊四，卷八，頁3970。
〔註9〕〔清〕李佳：《左庵詞話》，唐圭璋《詞話叢編》，冊五，卷下，頁3153。
〔註10〕〔清〕王士禎：《池北偶談》，《景印文淵閣四庫全書》，冊八七0，卷十一引，頁159。
〔註11〕〔清〕焦袁熹：《此木軒論詩彙編》，卷一。
〔註12〕〔清〕況周頤：《蕙風詞話》，唐圭璋主編：《詞話叢編》（北京：中華書局，2005年10月），冊五，頁4414～4415。

影〉、〈玉堂春〉、〈握金釵〉、〈壺中天〉、〈蘭陵王〉、〈一枝春〉、〈梅子黃時雨〉等各作一首，惟〈壺中天・和奕山遷居朱家角之作〉於詞題上僅注爲「和韻」之作，其餘雖細膩標明爲「用韻」之作，細觀其詞，焦氏韻腳用字之作不僅同於前人，次序更亦步亦趨，實乃爲「次韻」之屬。茲臚列簡表並探討如次：

唐宋詞人原詞及焦袁熹和韻詞對照表

詞　調	詞題（序）	呂巖詞	焦袁熹詞
〈梧桐影〉	用唐人韻	落日斜，秋風冷。今夜故人來不來，教人立盡梧桐影。	繡枕欹，紅綿冷。今夜夢魂來也無，屏山落盡燈花影。
詞　調	詞題（序）	晏殊詞	焦袁熹詞
〈玉堂春〉	用珠玉詞韻	帝城春暖。御柳暗遮空苑。海燕雙雙，拂颺簾櫳。女伴相攜、共繞林間路，折得櫻桃插髻紅。 昨夜臨明微雨，新英徧舊叢。寶馬香車、欲傍西池看，觸處楊花滿袖風。	畫樓烟暖。燕子飛飛芳苑。社日纔過，掠遍簾櫳。撿點綃裙，逐伴尋春去，是處夭桃是處紅。　綠草萋萋無數，依稀認舊叢。油壁歸來，又聽黃鸝語，盡日楊花盡日風。
詞　調	詞題（序）	呂渭老詞	焦袁熹詞
〈握金釵〉	用聖求韻	向晚小妝勻，明窗倦裁剪。見花清淚遮眼。開盡繁桃又春晚。心下事，比年時，都較懶。　蝴蝶入簾飛，郎聲似鶯囀。見來無計拘管。心似芭蕉乍舒展。歸去也，夕陽斜，紅滿院。	春草爲誰鋪，春花爲誰剪。倚簾那更擡眼。整頓新妝幾催晚。千度擬，摘花枝，爭奈嬾。　女伴隔墻聲，無端學鶯囀。彊人商略弦管。問取丁香甚時展。釵燕墮，鬢蟬欹，歸小院。
詞　調	詞題（序）	張炎詞	焦袁熹詞
〈梅子黃時雨〉	〈本意・和山中白雲詞韻〉	〈病後別羅江諸友〉	眼底心酸，見青子翠陰，簾幙深隱。早醞釀

		流水孤村，愛塵事頓消，來訪深隱。向醉裏誰扶，滿身花影。鷗鷺相看如瘦，近來不是傷春病。嗟流景。竹外野橋，猶繫煙艇。　誰引。斜川歸興。便啼鵑縱少，無奈時聽。待棹擊空明，魚波千頃。彈到琵琶留不住，最愁人是黃昏近。江風緊。一行柳陰吹暝。	吴天，夢雲無影。一枕紗窗頻睡覺，石人那不愁成病。天涯景。懞懂遠山，何處孤艇。　牽引。年時情興。便櫓花細酌，醒後驚聽。况暮暮朝朝，泪添千頃。閑煞箏絃衣袖黦，怪他金鴨屏幃近。南風緊。乳燕一雙歸暝
詞　調	詞題（序）	高觀國詞	焦袁熹詞
〈蘭陵王〉	〈春雨・用高賓王韻〉	〈春雨〉 灑虛閣。冪冪天垂似幕。春寒峭，吹斷萬絲，濕影和煙暗簾箔。清愁晚來覺。佳景愔愔過卻。芳郊外，鶯恨燕愁，不管秋千冷紅索。 　行雲楚臺約。念今古凝情，朝暮如昨。啼紅溼翠春情薄。謾一犁江上，半篙隄外，勾引輕陰趁暮角。正孤緒寂寞。　斑駁。止還作。聽點點簷聲，沈沈春酌。只愁入夜東風惡。怕催教花放，趁將花落。冥冥煙草，夢正遠，恨怎托。	鎖妝閣。一片濃陰覆幕。東風動、吹過幾絲，非霧非烟上珠箔。輕寒坐來覺。篋裡春衫熨却。金爐燼、纖筍更添，不共比鄰鬬絃索。 　紅牋誤佳約。想爛錦年華，前事猶昨。東君覆手心情薄。任裙腰草綠，踏青私路，遮斷天涯到地角。是眞箇寂寞。　彈駁。倩誰作。恁泪滴蟾蜍，無限斟酌。背窗燈影今番惡。怕賺人紅蕊，未挑先落。梨雲凄絕，睡又醒，夢怎託。
詞　調	詞題（序）	周密詞	焦袁熹詞
〈一枝春〉	用草窗詞韻憶咸京在維揚	其一，「寄閒飲客春窗，促坐款密，酒酣意洽，命清吭歌新製。余因為之沾醉，且調新弄以謝之」 碧淡春姿，柳眼醒、似	短夢惺忪，最傷心、聽盡西窗疎雨。更籌暗數，漫憶天涯羈緒。何郎冶思，看幾遍、綠凋紅嫵。應自把、秀句閑吟，彩筆占春長聚。

<table>
<tr><td></td><td></td><td>怯朝來酥雨。芳程乍數。喚起探花情緒。東風尚淺，甚先有、翠嬌紅嫵。應自把、羅綺圍春，占得畫屏春聚。 留連繡叢深處。愛歌雲裊裊，低隨香縷。瓊窗夜暖，試與細評新譜。妝梅媚晚，料無那、弄顰佯妒。還怕裏、簾外籠鶯，笑人醉語。</td><td>遙憐竹西佳處。怕啼鵑到枕，鬢添愁縷。吹簫踏月，懶問紅牙新譜。低聲試問，又聞說、蛾眉曾妒。鶯燕曉、廿四橋邊，替人好語。</td></tr>
<tr><td></td><td></td><td>其二，「越一日，寄閒次余前韻，且未能忘情於落花飛絮間，因寓去燕楊姓事以寄意，此少游『小樓連苑』之詞也。余遂戲用張氏故實次韻代答，亦東坡錦里先生之詩乎」
簾影移陰，杏香寒、乍溼西園絲雨。芳期暗數。又是去年心緒。金花謾翦，倩誰畫、舊時眉嫵。空自想、楊柳風流，淚滴軟綃紅聚。
羅窗那回歌處。歎庭花倦舞，香消衣縷。樓空燕冷，碎錦懶尋塵譜。么弦謾賦，記曾是、倚嬌成妒。深院悄，閒掩梨花，倩鶯寄語。</td><td></td></tr>
<tr><th>詞　調</th><th>詞題（序）</th><th>張梁詞</th><th>焦袁熹詞</th></tr>
<tr><td>〈壺中天〉</td><td>〈和奕山遷居朱家角之作〉</td><td>〈雍正甲辰卜居朱家角鎮，得席氏廢園少加修葺，用黃叔陽自題玉林韻〉五茸西北，喜連峰、秀色撲人眉宇。琴阮屯間闤闠外，藹藹綠蔭庭</td><td>幻花居士，現身來、一種如王之宇。獅座蓮臺仍夢影，何況他家門戶。一櫂夷猶，數峰羅列，妙得其中趣。秋瓜凍芋，礀泉風葉堪煮。
遍地多少癡人，移</td></tr>
</table>

		戶。俠豈朱家，隱非角裡，愛此寬閑趣。平生茶癖，水清隨波汲堪煮。 稍稍補竹添松，疏泉甃石，窈窕成林鄔。誰道閉門躭寂寞，大有鶯歌燕舞。野老能來，山僧肯宿，推作花間主。煙鬟遙列，賦詩還上高處。青浦縣水至清徹底，纖鱗俱見。琴阮，二屯名。〔註13〕	衣換狗，貶眼無鄙塢。冷淡生涯窮活計，賺得天葩狂舞。好景良辰，群賢畢至，長作溪山主。衰遲無分，臥游應也知處。

（一）〈梧桐影‧用唐人韻〉

〈梧桐影〉又名〈明月斜〉、〈落日斜〉，調見《全唐詩‧附詞》唐代呂巖詞。呂巖，字洞賓，號純陽子。唐代京兆人。咸通舉進士，曾爲兩縣令，值黃巢起義，攜眷終南山學道，不知所終，世以爲八仙之一。嘗作小詞〈梧桐影〉：

落日斜，秋風冷。今夜故人來不來，教人立盡梧桐影。〔註14〕

韻字爲「冷、影」，第十一部上聲韻。夕陽西沉，秋風蕭瑟，詞中人期待故人前來卻久盼不至，以「立盡梧桐影」表現不忍離去之踟躕徘徊貌，其繾綣之情，微嗔之意，呼之欲出。〔註15〕北宋柳永〈傾杯〉（金風淡蕩）襲此意而成「空贏得、悄悄無言，愁緒終難整。又是立盡、梧桐碎影」（《全宋詞》，冊一，頁51）焦袁熹〈梧桐影‧用唐人韻〉即和呂巖韻，然別出新意：

繡枕欹，紅綿冷。今夜夢魂來也無，屏山落盡燈花影。（《全清詞‧順康卷》，冊十八，頁10567）

「繡枕欹」指詞中人輾轉多時，拂枕欹眠卻苦不成夢。「紅綿冷」化用周邦彥〈蝶戀花‧秋思〉「淚花落枕紅綿冷」（《全宋詞》，冊二，頁

〔註13〕〔清〕張梁：《幻花庵詞鈔》，卷四，藏於中國國家圖書館古籍室。
〔註14〕〔清〕聖祖御定：《全唐詩》，冊二十五，卷九00，頁10167。
〔註15〕惠淇源編著：《婉約詞》（臺北：順達出版社，1994年），頁19。

614）一句，用一「冷」字含蓄點出一夜無眠，瑩瑩淚水沾濕繡枕。由於現實中與故人未得見，乃寄望入夢互訴情衷，最後「屏山落盡燈花影」刻畫出夜來空有相思，竟能成夢，連片刻慰藉也未能得，令人倍感空虛惆悵，益增相思。

（二）〈玉堂春・用珠玉詞韻〉

宋・洪邁《容齋隨筆》云：「古人酬和詩，必答其來意，非若今人爲次韻所局也。」〔註16〕和韻詩歌發展之初，對於韻部、韻字並未如此講究，重和意而非和韻。唱和概念移植入詞壇，初時亦僅依內容或詞牌唱和，黃文吉〈唱和與詞體的興衰〉提及：

> 劉禹錫的和詞（劉禹錫〈憶江南〉自注云：「和樂天春詞，依〈憶江南〉曲拍爲句。」）不但不是「次韻」（用原唱者相同的韻腳），也不是「依韻」（用原唱者相同韻部的字），它只是根據〈憶江南〉題意來塡詞。早期詞調名稱與詞的內容是一致的，當時的人塡詞是一種「和曲拍」、「和題」的行爲。〔註17〕

此現象與詩體早期唱和相同，係針對詞之內容，或詞牌題意加以應和，而不注重其形式；然「唱和」發展逐漸重視聲律，甚至詞人多在聲律上下工夫，僅要求「和韻」形式之規範，反而捨棄了「和意」。焦袁熹所和〈玉堂春〉一闋，其調首見晏殊《珠玉詞》。　雙調六十一字，前段七句兩仄韻、兩平韻，後段五句兩平韻。《珠玉詞》晏詞三首，前段第一、二句，俱押仄韻，當是定格，塡者遵之。除形式之和作外，內容與原作之間，實有相關，故焦袁熹在用晏殊韻之同時，兼和其詞意。晏殊〈玉堂春〉原詞：

> 帝城春暖。御柳暗遮空苑。海燕雙雙，拂颺簾櫳。女伴相攜、共繞林間路，折得櫻桃插髻紅。　昨夜臨明微雨，

〔註16〕〔宋〕洪邁：《容齋隨筆》，《文淵閣四庫全書》，冊八五一，卷十六，頁397。

〔註17〕黃文吉：《黃文吉詞學論集》（臺北：臺灣學生書局，2003年11月），頁26。

新英徧舊叢。寶馬香車、欲傍西池看，觸處楊花滿袖風。(《全宋詞》，冊一，頁 107)

晏殊（991～1055）一生富貴優游，所作多吟成於舞榭歌臺、花前月下，而筆調閒婉，詞語雅麗。其〈玉堂春〉是一首游春賞景之作，全詞描寫春濃景媚之時，仕女至帝都郊外尋芳攬勝，藉此側面表現封建士大夫優遊閒適之生活情趣及北宋初期天下昇平、四海和樂之社會風貌。焦袁熹所和之詞，亦以「暖、苑、櫳、紅、叢、風」爲韻腳，同樣點明春天爲季節，其〈玉堂春・用珠玉詞韻〉詞云：

畫樓烟暖。燕子飛飛芳苑。社日纔過，掠遍簾櫳。撿點綃裙，逐伴尋春去，是處夭桃是處紅。　　綠草萋萋無數，依稀認舊叢。油壁歸來，又聽黃鸝語，盡日楊花盡日風。(《全清詞・順康卷》，冊十八，頁 10599)

兩首詞於藝術上有共同特點，其一，行文有序，層次分明。上片均以閨閣爲視點，寫眼前勃然之春景，並爲之後出遊尋春鋪陳。下片則泛寫郊外春色，女子同游春景，玩賞春光之喜悅神態，結拍同以眼前楊花逐風之景作收。其二，色彩鮮明。晏殊使用翠柳、櫻桃紅、新英、楊花、仕女、海燕等；焦袁熹則用燕子、銷裙、夭桃紅、綠草、黃鸝、楊花等，均構成一幅色彩鮮明、動靜皆宜之畫面。其三，節奏明快，音韻響亮，充分表現女子優遊春日之趣。

（三）〈握金釵・用聖求韻〉

呂渭老，一作濱老，字聖求，秀州嘉興（今屬浙江）人。生平未詳。宣和、靖康年間在朝做過小官，以詩名。嘉定五年（1212），趙師岌序其詞云：「宣和末，有呂聖求者，以詩名，諷詠中率寓愛君憂國意，不但弄筆墨清新俊逸而已。」〔註 18〕有《聖求詞》一卷，其詩在趙師岌時已無完帙，詞則至今猶傳。趙師岌序其詞云：

《聖求詞》一編，婉媚深窈，視美成、耆卿伯仲耳。余因念聖求詩詞俱可以傳後，惜不見他所著述，以是知世間奇

〔註 18〕〔宋〕趙師岌：〈聖求詞序〉，施蟄存主編：《詞籍序跋萃編》，頁 320。

才，未嘗乏也。〔註19〕

詞風婉媚，刻畫工麗，也有平易樸素之作。楊慎《詞品》稱「聖求在宋人不甚著名，而詞甚工。如〈醉蓬萊〉、〈撲蝴蝶近〉、〈惜分釵〉、〈薄倖〉、〈選冠子〉、〈百宜嬌〉……等闋，佳處不減秦少游。」〔註20〕《絕妙好詞》謂其早期詞作多抒寫個人情趣，語言精煉，風格秀婉。後身逢國難，以寫憂國詞作出名，豪放悲壯，誠摯感人。其〈握金釵〉則爲前期作品：

向晚小妝勻，明窗倦裁剪。見花清淚遮眼。開盡繁桃又春晚。心下事，比年時，都較懶。　　胡蝶入簾飛，郎聲似鶯囀。見來無計拘管。心似芭蕉乍舒展。歸去也，夕陽斜，紅滿院。(《全宋詞》，冊二，頁 1120)

該詞韻腳爲「剪、眼、晚、懶、囀、管、展、院」，焦氏和作〈握金釵・用聖求韻〉亦逐次押韻：

春草爲誰鋪，春花爲誰剪。倚簾那更擡眼。整頓新妝幾催晚。千度擬，摘花枝，爭奈嬾。　　女伴隔墻聲，無端學鶯囀。彊人商略弦管。問取丁香甚時展。釵燕墮，鬢蟬欹，歸小院。(《全清詞・順康卷》，冊十八，頁 10600)

焦袁熹兼和呂氏之詞意，以閨情離愁爲主題，描述閨中女子所等情郎未返，懶整新妝之情景，表示一季春天又過，等待再度落空，蘊藏之感情深沉纏綿。

(四)〈梅子黃時雨・本意，和山中白雲詞〉

張炎（1248～1320）字叔夏，號玉田，又號樂笑翁。南宋詞人。

〔註19〕〔宋〕趙師岌：〈聖求詞序〉，施蟄存主編：《詞籍序跋萃編》，頁 321。清末詞人馮煦《蒿庵論詞》則提出反駁認爲：「趙師岌序呂濱老《聖求詞》，謂其『婉媚深窈，視美成、耆卿伯仲。』實衹其〈撲蝴蝶近〉之上半在周、柳之間，其下闋已不稱，此外佳構，亦不過〈小重山〉、〈南歌子〉數篇，殆又出千里下矣。」見唐圭璋主編：《詞話叢編》，冊四，頁 3589。

〔註20〕〔明〕楊慎：《詞品》，唐圭璋主編：《詞話叢編》，冊一，卷一，頁 440。

宋亡，潛跡不仕，縱遊浙江東西，落拓以終。著有《山中白雲詞》、《詞源》等。〈梅子黃時雨〉調見張炎《山中白雲》卷二。其〈梅子黃時雨・病後別羅江諸友〉詞云：

> 流水孤村，愛塵事頓消，來訪深隱。向醉裏誰扶，滿身花影。鷗鷺相看如瘦，近來不是傷春病。嗟流景。竹外野橋，猶繫煙艇。　　誰引。斜川歸興。便啼鴃縱少，無奈時聽。待棹擊空明，魚波千頃。彈到琵琶留不住，最愁人是黃昏近。江風緊。一行柳陰吹暝。（《全宋詞》，冊五，頁3475）

《御定詞譜》卷二十三云：「此張自度曲。」〔註21〕不依照舊有之詞調曲譜填詞，而爲新詞自撰新腔，或爲新腔譜寫新詞，自創新曲。雙調九十四字，前段十句五仄韻，後段十句七仄韻。一向擅長詠自然景物之張炎，以「梅子黃時雨」入題，是嗟嘆年老病衰，萌發歸隱志意而與朋友相辭之作，寫出了無奈傷春景、惆悵離別情。而焦袁熹所和〈梅子黃時雨・本意，和山中白雲詞〉：

> 眼底心酸，見青子翠陰，簾幙深隱。早醞釀吴天，夢雲無影。一枕紗窗頻睡覺，石人那不愁成病。天涯景。懞懂遠山，何處孤艇。　　牽引。年時情興。便檐花細酌，醒後驚聽。況暮暮朝朝，泪添千頃。閑煞箏絃衣袖黦，怪他金鴨屏幃近。南風緊。乳燕一雙歸暝。（《全清詞・順康卷》，冊十八，頁10605）

顯係次張炎詞韻，焦氏詞寫閨中少婦孤單愁苦之情思，以「見青子翠陰」起興，描寫少婦所見朦朧之雨景；「暮暮朝朝，淚添千頃」一語，將眼前景與心中情扣緊，乃情景交融之語，所表現意指與張詞內容並不相涉。

（五）〈蘭陵王・春雨，用高賓王韻〉

〈蘭陵王〉又名〈蘭陵王慢〉，爲唐教坊曲名。高觀國〈蘭陵王〉以「春雨」爲題：

〔註21〕〔清〕王奕清等奉敕輯：《御定詞譜》，《景印文淵閣四庫全書》，冊一四九五，卷二十三，頁411。

灑虛閣。冪冪天垂似幕。春寒峭，吹斷萬絲，濕影和煙暗簾箔。清愁晚來覺。佳景悟悟過卻。芳郊外，鶯恨燕愁，不管秋千冷紅索。　　行雲楚臺約。念今古凝情，朝暮如昨。啼紅溼翠春情薄。謾一犁江上，半篙隄外，勾引輕陰趁暮角。正孤緒寂寞。　　斑駁。止還作。聽點點簷聲，沈沈春酌。只愁入夜東風惡。怕催教花放，趁將花落。冥冥煙草，夢正遠，恨怎託。(《全宋詞》，冊四，頁2357～2358)

前段惜春色蹉跎，後轉爲懷人，詞中寫離思兼均關合「雨」字，情景並到，故俞陛雲《唐五代兩宋詞選釋》:「賦春雨而景與人合詠。」〔註22〕焦袁熹所和〈蘭陵王〉不僅用高觀國韻「閣、幕、絲、箔、覺、却、索、約、昨、薄、角、寞、駁、作、酌、惡、落、託」，甚至同以「春雨」爲題：

鎖妝閣。一片濃陰覆幕。東風動、吹過幾絲，非霧非烟上珠箔。輕寒坐來覺。篋裡春衫熨却。金爐燼、纖笥更添，不共比鄰鬬絃索。　　紅牋誤佳約。想爛錦年華，前事猶昨。東君覆手心情薄。任裙腰草綠，踏青私路，遮斷天涯到地角。是眞箇寂寞。　　彈駁。倩誰作。恁泪滴蟾蜍，無限斟酌。背窗燈影今番惡。怕賺人紅蕊，未挑先落。梨雲淒絕，睡又醒，夢怎託。(《全清詞・順康卷》，冊十八，頁10614)

前段點出地點及季節，女子鎮日獨守妝閣，簾外所繞爲一片春雨濃陰，正心孤迴之時；中段「紅牋誤佳約」始，敘伊人因望雨而勾起過往，僅言舊人不見，即襯托自身之孤獨。雖未寫眼前雨，其意境卻兼帶雨意，寄懷縹緲；結處則以「恁淚滴蟾蜍」，將人情繫於春雨，雨打花落，如女子似花青春亦落，可見詞心之細，與高詞思致相似。

(六)〈一枝春・用草窗詞韻憶咸京在維揚〉

清・周濟：「北宋有無謂之詞以應歌，南宋有無謂之詞以應社。」

〔註22〕俞陛雲：《唐五代兩宋詞選釋》(臺北：文史哲出版社，1988年8月)，頁450。

〔註23〕北宋詞用於應歌，逮南宋結社之風盛行，如徐俯、張元幹等人之豫章詩社、葉夢得等人之許昌詩社，以及周密、張樞等人之西湖吟社。〔註24〕而唱和作爲詩社詞社活動之基本形式，使詞人運用「和韻」方法作詩填詞蔚爲風氣。周密〈一枝春〉共兩首，其一，詞序作「寄閒飲客春窗，促坐款密，酒酣意洽，命清吭歌新製。余因爲之沾醉，且調新弄以謝之」：

> 碧淡春姿，柳眠醒、似怯朝來酥雨。芳程乍數。喚起探花情緒。東風尚淺，甚先有、翠嬌紅嫵。應自把、羅綺圍春，占得畫屏春聚。　　留連繡叢深處。愛歌雲裊裊，低隨香縷。瓊窗夜暖，試與細評新譜。妝梅媚晚，料無那、弄颦佯妒。還怕裏、簾外籠鶯，笑人醉語。（《全宋詞》，冊五，頁3273）

其二，詞序作「越一日，寄閒次余前韻，且未能忘情於落花飛絮間，因寓去燕楊姓事以寄意，此少游『小樓連苑』之詞也。余遂戲用張氏故實次韻代答，亦東坡錦里先生之詩乎」：

> 簾影移陰，杏香寒、乍溼西園絲雨。芳期暗數。又是去年心緒。金花謾翦，倩誰畫、舊時眉嫵。空自想、楊柳風流，淚滴軟綃紅聚。　　羅窗那回歌處。歎庭花倦舞，香消衣縷。樓空燕冷，碎錦懶尋塵譜。么弦謾賦，記曾是、倚嬌成妒。深院悄，閒掩梨花，倩鶯寄語。（《全宋詞》，冊五，頁3273）

寄閒即張樞，周密《浩然齋雅談》卷下：「膴雲張樞字斗南，又號寄閒，忠烈循王五世孫也。筆墨蕭爽，人物醞藉，善音律，嘗度《依聲集》百闋，音韻諧美，眞承平佳公子也。」〔註25〕張樞爲張炎之父，

〔註23〕〔清〕周濟：《介存齋論詞雜著》，見唐圭璋：《詞話叢編》，冊二，頁1629。

〔註24〕歐陽光：《宋元詩社研究叢稿．宋元詩社研究》（廣州：廣東高等教育出版社，1998年），上編，頁3～15。

〔註25〕〔宋〕周密：《浩然齋雅談》，《景印文淵閣四庫全書》，冊一四八一，卷下，頁845。

張炎《詞源》卷下：「先人曉暢音律，有《寄閒集》，旁綴音譜，刊行於世。每作一詞，必使歌者按之，稍有不協，隨即改正。」〔註26〕張樞與周密爲結社詞友，互動較爲密切，在酬唱過程中切磋聲律、字韻，透過周密之詞序，可以窺見當時詞社活動之大致情形。

此二首韻腳皆同：「雨、數、緒、嫵、聚、處、縷、譜、妒、語」，焦袁熹再和此韻，其〈一枝春〉詞序注明「用草窗詞韻，憶咸京在維揚」：

> 短夢惺忪，最傷心、聽盡西窗疎雨。更籌暗數，漫憶天涯羈緒。何郎冶思，看幾遍、綠凋紅嫵。應自把、秀句閑吟，彩筆占春長聚。　　遙憐竹西佳處。怕啼鵑到枕，鬢添愁縷。吹簫踏月，懶問紅牙新譜。低聲試問，又聞說、蛾眉曾妒。鶯燕曉、廿四橋邊，替人好語。〔註27〕

此闋爲憶友懷遠之作。陳崿，字咸京，號岞嵐，晚號慧香，江蘇華亭人。貢生，以薦充纂修詩經館分校，議敘知縣。遽乞歸，杜門著述。著有《祖硯堂集》、《呵壁詞》。焦袁熹曾作〈壺中天・題岞嵐詞卷後〉〔註28〕一首，並於詞序言：

> 友人陳子咸京負才能文，不得志，悲秋氣之蕭條，怨蛾眉之謠諑，登山臨水，感慨極多。又以悼傷之重，逾于潘安；尚色之談，頗同荀倩，寄諸詞章者，大半皆是耶非耶遺音也。三復之餘，乃作是詞題其後。〔註29〕

〔註26〕〔宋〕張炎：《詞源》，唐圭璋主編：《詞話叢編》，冊一，卷下，頁256。

〔註27〕此闋《全清詞・順康卷》未收，見於南開大學古籍室館藏《此木軒直寄詞》(三卷附舊作一卷)，卷四。

〔註28〕「庾郎蕭瑟，對江南風景，獨吟愁句。落日墜鞭行色倦，一片亂山如許。楓岸傷心，鴻天極目，底事悲今古。莫教容易，少年添鬢絲縷。　　衫袖未脫緇塵，歸來江上，又聽琵琶語。路隔藍橋煙浪闊，舊夢斷無續處。解珮空歸，淩波不見，訴盡相思苦。僕原多恨，爲君灑淚如雨。」南開大學圖書館藏《此木軒全書・此木軒直寄詞》，卷四。

〔註29〕《全清詞・順康卷》未收，見於南開大學古籍室館藏《此木軒直寄詞》(三卷附舊作一卷)，卷四。

陳崿懷才不遇，曾於康熙雍正間，游於揚州等地。焦袁熹慨其友人之遭遇，特撰此序，並寄題〈一枝春〉用周詞韻。清・李佳《左庵詞話》：「凡前人名作，無論詠古詠物，既經膾炙人口，便不宜和韻，適落窠臼。必須用翻案法，獨出新意，方足以爭奇致勝。否則縱極工穩，亦不過拾人牙慧。」〔註30〕焦詞中藉「漫憶天涯羈緒」一語，表達憶其羈旅揚州而不得歸之友人，並未和原作內容，另出新意。

（七）〈壺中天・和奕山遷居朱家角之作〉

詞牌〈壺中天〉，爲〈念奴嬌〉之別稱，焦袁熹所和之對象即是其門人張梁。張梁，字大木，一字奕山，號幻花，江南華亭人（一作婁縣）。康熙五十二年癸巳進士。有《澹吟樓詩鈔》、《幻花庵詞鈔》。張梁與謬謨、張照並稱「焦村三鳳」，與焦袁熹關係亦師亦友，平日交往熱絡，並塡詞相互唱和題贈。焦袁熹更爲賦詩題張梁詞，其〈題幻花居士澹吟樓詩卷〉：「幻從眞際起，根柢性靈深。憂旱還喜雨，皇天亦鑒臨。無思非默照，有感一長吟。澹爾忘言處，悠然恣意尋。伯牙因寄託，山水未知音，物論推高蹈，那窺閉戶心。」〔註31〕張梁於《幻花庵詞・自序》言：

> 余年近壯，偶一按譜，見賞於徵君焦夫子。曰：「知子纔試爲此，已入晚宋四家之望，此事固關天分。」又仿元曲四字評語曰：「子詞可謂如『竹風梧語』。」勾花庵詞鈔自序〔註32〕

所謂「徵君焦夫子」即是「焦袁熹」，足見二人恆藉詞作相互稱賞、切磋。焦袁熹和張梁〈壺中天・雍正甲辰卜居朱家角鎭，得席氏廢園少加修葺，用黃叔陽自題玉林韻〉，原作云：

〔註30〕〔清〕李佳：《左庵詞話》，唐圭璋主編：《詞話叢編》，冊四，卷下，頁3163。

〔註31〕〔清〕焦袁熹：《此木軒詩鈔・題幻花居士澹吟樓詩卷》，藏於中國國家圖書館古籍室，卷六，頁18～19。

〔註32〕此處「幻花庵」誤作「勾花庵」，見〔清〕馮金伯輯：《詞苑叢編》，唐圭璋主編：《詞話叢編》，冊二，卷八，頁1948。

五茸西北，喜連峰、秀色撲人眉宇。琴阮屯間闤闠外，藹藹綠蔭庭戶。佚豈朱家，隱非角裡，愛此寬閑趣。平生茶癖，水清隨汲堪煮。　　稍稍補竹添松，疏泉甃石，窈窕成林鄔。誰道閉門躭寂寞，大有鶯歌燕舞。野老能來，山僧肯宿，推作花間主。煙鬟遙列，賦詩還上高處。青浦縣水至清徹底，纖鱗俱見。琴阮，二屯名。〔註 33〕

〈壺中天〉即〈念奴嬌〉〔註 34〕，此調有平韻、仄韻兩體，是詞為仄韻體，韻字分別為「宇、戶、趣、煮、鄔、舞、主、處」等字。張梁於康熙五十二年（1713）成進士入武英殿纂修，書成告歸，不復仕進，移家青浦朱家角。善鼓琴，指法入古，嘗於西溪鼓〈鶴舞洞天曲〉，庭中所蓄二鶴翔舞。〔註 35〕張梁於詞序中明言，雍正二年（1724）甲辰遷居位於青浦縣之朱家角鎮，四周連峰秀色，綠蔭滿庭，水清可汲。舊園少加修葺便成林鄔，自己未耽寂寞更作花間主，故賦詩而發「愛此寬閑趣」之感。焦氏和詞云：

幻花居士，現身來、一種如王之宇。獅座蓮臺仍夢影，何況他家門戶。一櫂夷猶，數峰羅列，妙得其中趣。秋瓜凍芋，礀泉風葉堪煮。　　遍地多少癡人，移衣換狗，眨眼無郿塢。冷淡生涯窮活計，賺得天葩狂舞。好景良辰，群賢畢至，長作溪山主。衰遲無分，臥游應也知處。(《全清詞》，冊十八，頁 10607)

詞體之內容全據原作發揮，詞中敘述幻花居士所遷新宅數峰環列，其生活雖非富裕優渥，甚至堪謂「冷淡生涯窮活計」，但臥游其中，長

〔註 33〕〔清〕張梁：《幻花庵詞鈔》，卷四，藏於中國國家圖書館古籍室，無頁次。

〔註 34〕又名〈千秋歲〉、〈大江西上曲〉、〈大江西去曲〉、〈大江東〉、〈大江東去〉、〈大江詞〉、〈大江乘〉、〈太平歡〉、〈古梅曲〉、〈白雪〉、〈白雪詞〉、〈百字令〉、〈百字歌〉、〈百字謠〉、〈百歲令〉、〈百歲篇〉、〈杏花天〉、〈赤壁詞〉……。見吳藕汀、吳小汀著：《詞調名辭典》（上海：上海書店，2005 年 9 月），頁 342。

〔註 35〕〔清〕謝庭薰修，〔清〕陸錫熊纂：《江蘇婁縣志》，《中國方志叢書》（臺北：成文書局，1974 年），冊一三七，卷二六，頁 1112。

作溪山主人，庶得天然之妙趣。

焦袁熹塡詞側重聲律要素，和韻亦然。誠如劉勰《文心雕龍‧聲律》云：「吟詠滋味，流於字句，氣力窮於和韻。異音相從謂之和，同聲相應謂之韻。」范文瀾注云「異音相從謂之和，指句內雙聲疊韻及平仄之合調；同聲相應謂之韻，指句末所用之韻。」〔註36〕此外，其所和之作與原作內容多有相涉，更可見「同題唱和」之現象。

二、仿擬（包含效、擬、改、作）

王師偉勇於〈兩宋詞人仿擬典範作品析論〉一文，舉出兩宋詞人仿擬方式有三：一、效仿作法與體製；二效仿體製、內容與風格；三、效仿總體風格。〔註37〕作家刻意的「仿擬」，既表現出對仿擬對象的推崇，亦引發作品優劣之比較，或襲而愈工，或襲而不逮，其間之差異，足見詞人之所好。焦袁熹仿擬之對象，有溫庭筠、晏幾道、晁補之、宋祁、柳永、黃庭堅、蔣捷、陳允平等八家，共八首作品；所用詞牌爲〈訴衷情〉、〈長相思〉、〈少年游〉、〈浪淘沙〉、〈少年心〉、〈卜算子慢〉、〈聲聲慢〉、〈永遇樂〉等。茲臚列簡表，探析如次：

唐宋詞人原詞及焦袁熹效體詞對照表

詞　調	詞題（序）	溫庭筠原詞	焦袁熹詞
〈訴衷情〉	溫庭筠體	鶯語，花舞，春晝午，雨霏微。金帶枕，宮錦，鳳凰帷。柳弱燕交飛，依依。遼陽音信稀，夢中歸。	花晚。人倦。紅玉軟。柳絲長。心似醉。宜睡。絮飛狂。極目又斜陽。商量。嬌燕正飛忙。未歸梁。

〔註36〕〔梁〕劉勰撰，范文瀾注：《文心雕龍注》（臺北：學海出版社，1988年3月），卷七，頁553、559。

〔註37〕王師偉勇〈兩宋詞人仿擬典範作品析論〉，見張師高評主編：《人文與創意學術研討會論文集》，（臺北：里仁書局，2008年6月），頁106。

詞　調	詞題（序）	晏幾道原詞	焦袁熹詞
〈長相思〉	效小山體	長相思。長相思。若問相思甚了期。除非相見時。　長相思。長相思。欲把相思說似誰。淺情人不知。	長相思。長相思。若道相思有盡期。江流却向西。　長相思。長相思。如此相思訴與誰。春花秋月知。
詞　調	詞題（序）	晁補之原詞	焦袁熹詞
〈少年游〉	晁無咎體	當年攜手，是處成雙，無人不羨。自間阻、五年也，一夢擁、嬌嬌粉面。　柳眉輕掃，杏腮微拂，依前雙靨。盛睡裏、起來尋覓，卻眼前不見。	傷離懷遠，總在心苗，瞞人怎麼。向眾裡、暫時也，略展放、眉兒則箇。　柳邊花底，月廊風榭，多應怨平聲我。只怕你、自家憔悴。累別人罪過。
詞　調	詞題（序）	宋祁原詞	焦袁熹詞
〈浪淘沙〉	宋子京體	〈留別劉原父〉 少年不管。流光如箭。因循不覺韶光換。至如今，始惜月滿、花滿、酒滿。　扁舟欲解垂楊岸。尚同歡宴。日斜歌闋將分散。倚蘭橈，望水遠、天遠、人遠。	醉魂欲醒。繁憂難整。青青兩鬢霜侵鏡。望中愁、漸覺水暝、山暝、村暝。　前歡往恨還重省。夢雲無影。單棲鳥鵲驚難定。舊窗櫺、歎月冷、香冷、塵冷。
詞　調	詞題（序）	黃庭堅原詞	焦袁熹詞
〈少年心〉	山谷體	對景惹起愁悶。染相思、病成方寸。是阿誰先有意，阿誰薄倖。斗頓恁、少喜多嗔。 合下休傳音問。你有我、我無你分。似合歡桃核，眞堪人恨。心兒裏、有兩箇人人。	甚底只恁摧挫。好時光、這般空過。相見時渾不語，泪珠暗墮。背著臉、心事偏多。 兩下眞成無那。你可也、商量則箇。似剉來黃蘗，教人眠坐。和身苦、行不得哥哥。
詞　調	詞題（序）	柳永原詞	焦袁熹詞
〈卜算子慢〉	效樂章體	江楓漸老，汀蕙半凋，滿目敗紅衰翠。楚客登臨，正是暮秋天氣，引	風簾落絮，閒弄杏牋，有得許多明慧。妝束隨宜。偏覺眾中無二。好

		疏砧、斷續殘陽裏。對晚景、傷懷念遠，新愁舊恨相繼。　脈脈人千里。念兩處風情，萬重煙水。雨歇天高，望斷翠峯十二。儘無言、誰會憑高意。縱寫得，離腸萬種，奈歸雲誰寄。	春天、早入愁滋味。念別後、秦樓日暖，天涯芳草凝睇。　遠目傷千里。想燕語鶯啼，倩魂歸未。鬬草拖裙，不少舊家姊妹。願多情、且恁相寬譬。莫但使、今宵夢裡。也驚伊憔悴。

詞調	詞題（序）	蔣捷原詞	焦袁熹詞
〈聲聲慢〉	詠歸人聲・用蔣勝欲體	〈秋聲〉 黃花深巷，紅葉低窗，淒涼一片秋聲。豆雨聲來，中間夾帶風聲。疏疏二十五點，麗譙門、不鎖更聲。故人遠，問誰搖玉佩，檐底鈴聲。彩角聲吹月墮，漸連營馬動，四起笳聲。閃爍鄰燈，燈前尚有砧聲。知他訴愁到曉，碎噥噥、多少蛩聲。訴未了，把一半、分與雁聲。	深深媚靨，小小夭脣，天然出落嬌聲。笑語花間，輕風攙入鶯聲。尋常共人酬對，勝他家、清脆歌聲。鎖蛾綠，被些兒懊惱，引出啼聲。　暗憶當年歡會，有深遮燈影，一向低聲。月底星前，知他幾許愁聲。商量甚時重見，小窗中、唧唧儂聲。相見也，又嗔人、偏不做聲。

詞　調	詞題（序）	陳允平原詞	焦袁熹詞
〈永遇樂〉	用陳君衡體	玉腕籠寒，翠闌凭曉，鶯調新簧。暗水穿苔，游絲度柳，人靜芳晝長。雲南歸雁，樓西飛燕，去來慣認炎涼。王孫遠，青青草色，幾回望斷柔腸。　薔薇舊約，尊前一笑，等閒孤負年光。鬥草庭空，拋梭架冷，簾外風絮香。傷春情緒，惜花時候，日斜尚未成妝。聞嬉笑，誰家女伴，又還采桑。 註：舊上聲韻，今移入平聲	試上樓看，舊家雙燕，乍觸簾旌。仔細聽來，話愁難了，纔只三四聲。香車油壁，西池南陌，幾番做弄陰晴。東風裡、紅羞綠慘，教人有甚心情。　垂楊無數，飛花無數，霎時寒食清明，驕馬空嘶，裙腰一道，不語心暗驚。誰家姊妹，年時三五，瑣窗低喚卿卿。傷心也、三春過却，半妝未成。

（一）〈訴衷情・溫庭筠體〉：

焦袁熹頗賞「花間鼻祖」溫庭筠之作品，曾作〈題飛卿集〉詩：

> 應雲頗塵雜，天下一何奇。文章千古事，竟以側麗爲。鄭衛與紅紫，詎可得廢之。書生非無眼，不識眞龍姿。落魄無所遇，祿命固已而。八叉致猜防，一尉終喧卑。有絲即便彈，有孔即便吹，富貴復何物，風流猶見思。〔註38〕

不僅以「側麗詞風」與「乖蹇仕途」二端論其人其詞，焦袁熹更於創作填詞時仿效溫庭筠體。〈訴衷情〉，爲唐玄宗時教坊曲名，後用爲詞調。「本調爲溫飛卿所創，義取《離騷》：『眾不可戶說兮，孰云察余之中情』，而曰〈訴衷情〉。」〔註39〕溫庭筠創制此調，此詞爲單調三十三字，皆爲短句，且句句押韻，仄平相間。五代詞人多用以寫相思之情。溫庭筠原詞：

> 鶯語，花舞，春晝午，雨霏微。金帶枕，宮錦，鳳凰帷。柳弱燕交飛，依依。遼陽音信稀，夢中歸。（《全唐五代詞》，上冊，頁121）

本詞敘寫征婦之怨。首起寫鶯啼花搖、細雨霏微之春日景物；之後轉至室內環境陳設之描寫，暗抒睹物思人之情；最後以「夢中歸」三字，點出詞中人欲兩情相悅、永不分離之美夢難成，以燕子雙舞之意象襯托女子孤獨之悲哀。篇末點題，又含不盡之意，耐人尋味。焦氏仿作〈訴衷情・溫庭筠體〉仍寫女子思念故人的一腔衷情：

> 花晚。人倦。紅玉軟。柳絲長。心似醉。宜睡。絮飛狂。極目又斜陽。商量。嬌燕正飛忙。未歸梁。（《全清詞・順康卷》，冊十八，頁10569）

焦氏所作，效溫庭筠之體製。《花間集》此體第九句，類用疊字，如「輕輕」、「迢迢」、「沉沉」皆然，溫庭筠亦用疊字「依依」。焦袁熹

〔註38〕〔清〕焦袁熹：《此木軒詩鈔》，藏於中國國家圖書館古籍室，卷四，頁18。

〔註39〕〔清〕舒夢蘭輯，韓楚原重編，謝朝徵箋，李鴻球校訂：《白香詞譜》，楊家駱主編，劉雅農總校：《世界文庫・四部刊要》（臺北：世界書局，1994年3月），頁19。

詞此處則用「商量」二字，未盡相同。此外，溫詞主要描寫女子纏綿情思之纖細形象，淋漓盡致刻畫出一種含蓄細膩，只可意會而無法言傳之心緒。焦袁熹仍依循此風格，描寫柳絲飄揚、柳絮紛飛之春景，以景襯情，又以「人倦」、「心醉」、「極目久望」表現閨中女子等待故人心情，結拍以「嬌燕正飛忙，未歸梁」，同以離人意象托物言情，實際暗示故人未歸。然焦氏仿作相較於原作較顯用語堆砌、層次鬆散之感。

（二）〈長相思・效小山體〉

〈長相思〉，詞牌名。原唐教坊曲名，後用爲詞調，又名〈長相思令〉、〈相思令〉等。因南朝樂府中有「上言長相思，下言久別離」一句，故名。「相思」一詞在《小山詞》一共用了三十四次，其中晏幾道〈長相思〉一闋即重複六次：

> 長相思。長相思。若問相思甚了期。除非相見時。　長相思。長相思。欲把相思說似誰。淺情人不知。（《全宋詞》，冊一，頁 255）

晏幾道此詞以民歌手法及質樸之語言，娓娓道出相思之情，調名與內容可謂緊密聯繫，渾爲一體，不覺索然無味。陳廷焯稱賞此詞「纏綿往復，姿態有餘」〔註 40〕，而其形式上，前後段起疊用「長相思」四句，與白居易等諸家不同。〔註 41〕焦袁熹則效其體，前後段各疊用「長相思」四句，前後段第三句亦用「相思」二字應題。焦式和作：

> 長相思。長相思。若道相思有盡期。江流却向西。　長相思。長相思。如此相思訴與誰。春花秋月知。（《全清詞・順康卷》，冊十八，頁 10570）

〔註 40〕〔清〕陳廷焯：《詞則・閑情集》，此則收錄於吳熊和主編：《唐宋詞彙評》，冊一，頁 361。

〔註 41〕〔唐〕白居易〈長相思・閨怨〉：「汴水流，泗水流，流到瓜州古渡頭，吳山點點愁。　思悠悠，恨悠悠，恨到歸時方始休，月明人倚樓。」曾昭岷、曹濟平、王兆鵬、劉尊明編著：《全唐五代詞》，上冊，頁 74。

兩首均爲懷人念遠之抒情小詞，「無處說相思」爲詞人共同之苦。然晏幾道以正面描寫詞中人低徊纏綿之離情別恨連綿悠長，直至兩人見面之時，愁怨才會休止。焦袁熹則以反面敘述，若道此綿綿不絕之相思愁緒有盡期，就如同江河之水違背常理而往西邊流去，均爲非常之事，女子以此作爲長相思斷絕之前提，更添其愁思綿長。語言淺易流暢，言簡意豐，又頻用疊字和接字，全詞音律和諧，情韻悠長。

（三）〈少年游・晁無咎體〉

晁補之爲「蘇門四學士」之一，因個人之秉性、氣質，使其詞傾向豪放詞風，詩詞當受蘇軾、黃庭堅影響，大多以率然坦露而氣勢暢達見長，並具清朗流麗之美，況周頤《蕙風詞話》：

> 有宋熙豐間，詞學稱極盛。蘇長公提倡風雅，爲一代山斗。黃山谷、秦少游、晁無咎，皆長公之客也。山谷、無咎皆工倚聲，體格於長公爲近。〔註42〕

黃文吉據王灼《碧雞漫志》卷二之說法，云：「晁補之（無咎）、黃庭堅（魯直）都是「蘇門四學士」之一，晁詞『神姿高秀』、黃詞『著腔子唱好詩』，受蘇軾影響自不待言」〔註43〕，當將晁補之視爲蘇派傳人。

而焦袁熹嘗言二晁詩接響蘇黃，更無餘味，《此木軒論詩彙編》卷二言：

> 自古天才有絕倫，罪魁功首亦相因。蘇黃已是無餘味，況乃希風接響人。謂二晁之徒。〔註44〕

焦氏較欣賞晁補之婉約作品，其詞語格調「重雅輕俗」，戀情詞多以相思離別爲主要描寫內容，毛晉跋晁補之《琴趣外篇》云：「無咎雖游戲小詞，不作綺豔語。」〔註45〕雖非確正之論，然其戀情詞的確較

〔註42〕〔清〕況周頤：《蕙風詞話》，唐圭璋主編：《詞話叢編》，冊五，卷二，頁4426。

〔註43〕黃文吉先生：《北宋十大詞家研究》（臺北：文史哲出版社，1996年3月），頁191。

〔註44〕〔清〕焦袁熹：《此木軒論詩彙編》，卷二。

〔註45〕〔明〕毛晉：〈琴趣外篇跋〉，施蟄存主編：《詞籍序跋萃編》，頁89。

顯婉雅，如〈少年游〉一詞：

當年攜手，是處成雙，無人不羨。自間阻、五年也，一夢擁、嬌嬌粉面。　柳眉輕掃，杏腮微拂，依前雙靨。盛睡裏、起來尋覓，卻眼前不見。（《全宋詞》，冊一，頁576）

晁無咎體〈少年游〉，爲雙調四十九字，前後段各五句，兩仄韻，宋、元人無塡此者，因見《琴趣外篇》，爲柳永諸家外之又一體。此詞內容「寫相思離別之情，但一切由夢境出，不加評斷，則其眷戀之摯深怨苦不言自明」，以追念往昔歡情爲開端，轉寫別後無限之眷念與深情，惟能夢中暫得相會，以慰相思，然夢醒卻遍尋伊人未著，淒涼冷清之景象鮮明可見，倍感空虛惆悵。情感表達坦率，語言流於通俗，可見受柳詞之影響，卻不涉及鄙陋和過份輕薄之色情描寫，故焦氏效其體作〈少年游・晁無咎體〉：

傷離懷遠，總在心苗，瞞人怎麼。向眾裡、暫時也，略展放、眉兒則箇。　柳邊花底，月廊風榭，多應怨平聲我。只怕你、自家憔悴。累別人罪過。（《全清詞・順康卷》，冊十八，頁10590）

起首「傷離懷遠，總在心苗，瞞人怎麼」總起下篇，點出「相思別離」主題，指出柳、花、月、風亦知愁，然而自然景物何關情？皆因君愁我亦愁。語言淺白易懂，其情則溢於言表了。

（四）〈浪淘沙・宋子京體〉

宋祁〈浪淘沙・留別劉原父〉：

少年不管。流光如箭。因循不覺韶光換。至如今，始惜月滿、花滿、酒滿。　扁舟欲解垂楊岸。尚同歡宴。日斜歌闋將分散。倚蘭橈，望水遠、天遠、人遠。（《全宋詞》，冊一，頁116）

〈浪淘沙〉，亦稱〈浪淘沙令〉、〈賣花聲〉、〈過龍門〉。〔註46〕雙調五十四字，有平韻、仄韻兩體，是詞爲仄韻體，前、後闋各四仄韻，一

〔註46〕吳藕汀、吳小汀：《詞調名辭典》（上海：上海書店，2005年9月），頁506。

韻到底。起首「少年不管。流光如箭。因循不覺韶光換」，年少時光於因循蹉跎之間，一去無返。「至如今，始惜月滿、花滿、酒滿」，是詞人自述其感悟，至今驀然懂得珍惜花好月圓、高朋月圓、觥籌交錯之時光，詞人以「月滿、花滿、酒滿」來象徵人生種種美好的事物。詞之下片，回到「敘別」之題旨，與朋友歡聚時刻短暫，送友遠行只見水天相連，茫茫一片，人也漸行漸遠，遙不可及，故詞人最後以「水遠、天遠、人遠」，表現時光流逝，知己遠在天涯一方之感慨。

焦袁熹詞效宋祁詞之體製，上下片末句句式一致，更以「韶光易逝」開展，自傷年老凋零：

> 醉魂欲醒。繁憂難整。青青兩鬢霜侵鏡。望中愁、漸覺水暝、山暝、村暝。　　前歡往恨還重省。夢雲無影。單棲鳥鵲驚難定。舊窗櫺、歎月冷、香冷、塵冷。（《全清詞・順康卷》，冊十八，頁 10592）

「醉魂欲醒。繁憂難整。青青兩鬢霜侵鏡」，原欲借酒澆愁，卻欲醉還醒，煩憂更化爲霜雪染白雙鬢。「望中愁、漸覺水暝山暝村暝」，以寫景正襯其愁懷。詞之下片，詞人重省過往年少之歡恨如浮雲清淡無痕，而今卻似單棲之鳥鵲容易受驚難定，結尾遂嘆「月冷、香冷、塵冷」，透過三「冷」字抒發其孤寂及冷清之感。

（五）〈卜算子慢・效樂章體〉

〈卜算子慢〉之體製是雙調八十九字，前段八句四仄韻，後段八句五仄韻，以柳永〈卜算子慢〉爲正格：

> 江楓漸老，汀蕙半凋，滿目敗紅衰翠。楚客登臨，正是暮秋天氣。引疏砧、斷續殘陽裏。對晚景、傷懷念遠，新愁舊恨相繼。　　脈脈人千里。念兩處風情，萬重煙水。雨歇天高，望斷翠峯十二。儘無言，誰會憑高意。縱寫得、離腸萬種，奈歸雲誰寄。（《全宋詞》，冊一，頁 26）

此詞以「傷懷念遠」爲主題，描寫異鄉行役之羈人臨秋易感，登高念遠之情，乃抒發懷念伊人卻望而不見，欲訴此情卻無人能會，欲傳書卻無處可託之感慨，增添詞人無可奈何的淒苦情懷。上半闋點出登臨所望，以景渲染其悲苦。下半闋則直寫愁恨之內涵，抒發其傷懷念遠之愁緒。

焦袁熹所仿作之詞，同以仿擬其作法、體製，然主要以悼亡伊人爲主題：

> 風簾落絮，閒弄杏牋，有得許多明慧。妝束隨宜。偏覺眾中無二。好春天、早入愁滋味。念別後、秦樓日暖，天涯芳草凝睇。　遠目傷千里。想燕語鶯啼，倩魂歸未。鬭草拖裙，不少舊家姊妹。願多情、且恁相寬譬。莫但使、今宵夢裡。也驚伊憔悴。（《全清詞・順康卷》，冊十八，頁 10603）

焦氏上半闋以「追述示現」之手法，伊人裝束及分離場景描寫仿若眼前，如聞如見。後以「春天入愁」、「天涯芳草」寄寓對伊人連綿相思之愁懷。下片點明詞人登高望遠，見是處春濃景媚，遂問道「倩魂歸未」？點明與所思之人天人永隔，終究未得再聚首。眼前游女雙雙進行鬬百草之遊戲〔註 47〕，點檢眾家姊妹均仍在，卻獨不見所思之人。最後則自我寬慰勸解，排解情緒，惟驚今宵夢裡與伊人相見之際，伊人也會覺我多情而憔悴。

（六）〈少年心・山谷體〉

〈少年心〉調見黃庭堅詞，雙片六十字，上下片五句三仄韻、一叶韻。其詞云：

> 對景惹起愁悶。染相思、病成方寸。是阿誰先有意，阿誰薄倖。斗頓恁、少喜多嗔。　合下休傳音問。你有我、我無你分。似合歡桃核，眞堪人恨。心兒裏、有兩箇人人。
>
> （《全宋詞》，冊一，頁 409）

此首說男子三心兩意，如核桃仁分兩片，合起來雖爲一，分開即是兩個仁（人）；女子生怨，方寸間愁病喜嗔全具，以「休傳因問」寫男

〔註 47〕古代兒女有鬬百草之遊戲，相傳起於吳王、西施，多由年輕女子遊戲，以草名作對。〔梁〕宗懍《荊楚歲時記》：「五月五日謂之浴蘭節，四民並蹋百草之戲。」《景印文淵閣四庫全書》，冊五八九，頁 22。

人變心，婦人決絕的悲憤，可與鮑照〈擬行路難〉詩意互參：「剉蘗染黃絲。黃絲歷亂不可治。昔我與君始相值。爾時自謂可君意。結帶與我言。死生好惡不相置。今日見我顏色衰。意中索寞與先異。還君金釵瑇瑁簪。不忍見之益愁思。」〔註 48〕黃詞另有〈少年心〉（心裏人人）一首〔註 49〕，爲添字體。因詞語俚甚，《詞律》、《詞譜》具未採錄。焦袁熹所效爲〈少年心〉（對景惹起愁悶）一體，其詞云：

> 甚底只恁摧挫。好時光、這般空過。相見時渾不語，泪珠暗墮。背著臉、心事偏多。　　兩下眞成無那。你可也、商量則箇。似剉來黃蘗，教人眠坐。和身苦、行不得哥哥。
>
> （《全清詞・順康卷》，冊十八，頁 10596）

首句化用柳永〈鶴沖天〉（閒窗漏水）詞：「悔恨無計那。迢迢良夜，自家只恁摧挫。」（《全宋詞》，冊一，頁 18）首句自問：甚麼導致詞中人這般煩惱？後兩句交代煩憂之內涵，即是感慨往昔兩人相愛時光，如此急速消逝。而今相見惟有墮淚不語、暗地自愁。黃庭堅原作女子反抗態度激烈堅決，而焦詞中女子卻借鷓鴣禽語「行不得哥哥」，發出挽留不捨之聲，足見兩人作法有異。

（七）〈聲聲慢・詠歸人聲 用蔣勝欲體〉

焦袁熹〈聲聲慢・詠歸人聲 用蔣勝欲體〉標明用標明「效」其體，蓋模仿蔣捷獨木橋體之作。針對福唐獨木橋體，王師偉勇〈兩宋豪放詞之典範與突破——以蘇、辛雜體詞爲例〉一文，已有探析。〔註 50〕「福唐體」又稱「獨木橋體」，或「福唐獨木橋體」。文學中之

〔註 48〕〔宋〕鮑照：〈擬行路難〉，逯欽立輯校：《先秦漢魏晉南北朝詩》，中冊，卷七，頁 1276。

〔註 49〕「心裏人人，暫不見、霎時難過。天生你要憔悴我。把心頭從前鬼，著手摩挲。抖擻了、百病銷磨。　　見說那廝脾鱉熱。大不成我便與拆破。待來時、鬲上與廝噷則個。溫存著、且教推磨。」（《全宋詞》，冊一，頁 410）

〔註 50〕王師偉勇：〈兩宋豪放詞之典範與突破——以蘇、辛雜體詞爲例〉，收錄於國立成功大學文學院主辦，張師高評主編《典範與創意學術研討會論文集》（臺北：里仁書局，2007 年 12 月），頁 299～300。

「福唐」本屬地名，為宋代福建路（今福建省）所轄州名或縣名。王兆鵬、劉尊明《宋詞大辭典》言：「所謂獨木橋體，意謂此體用同字押韻或以用字韻相間使用，其奇險如走獨木橋也。」〔註51〕可窺見「福唐獨木橋體」確為詞體特殊體製之一。其常見形式，厥有四類：一為隔句用同一字協韻；二為全詞用同一虛字協韻；三為句尾用同一虛字而韻腳在聲詞的上一個字；其四為全詞用同一實字協韻。〔註52〕由此可知「福唐獨木橋體」確為詞體特殊體製之一。

福唐獨木橋體的體製極特殊，而蔣捷竟然試手三次，不能不感歎其好奇性情與文學造詣。清人許多詞話對此有所評論，賀裳以為「奇耳，固未為妙」〔註53〕、沈雄認為「究同嚼臘」〔註54〕，對此類奇詞多加贊語，然而僅將獨木橋韻視為流於形式的創變，而忽略其背後之聲情，把這些詞視做別體、雜體，而非本色之詞。

蔣捷〈聲聲慢・秋聲〉是其三首獨木橋體中最富聲情之詞篇，其絕妙處不遜於歐陽修的〈秋聲賦〉，其詞云：

> 黃花深巷，紅葉低窗，淒涼一片秋聲。豆雨聲來，中間夾帶風聲。疏疏二十五點，麗譙門、不鎖更聲。故人遠，問誰搖玉佩，檐底鈴聲。　　彩角聲吹月墮，漸連營馬動，四起笳聲。閃爍鄰燈，燈前尚有砧聲。知他訴愁到曉，碎噥噥、多少蛩聲。訴未了，把一半、分與雁聲。（《全宋詞》，冊五，頁3439）

蔣捷選用此調，借用秋夜不寐所聞之「秋聲」（具體包括雨聲、風聲、更聲、鈴聲、笳聲、砧聲、蛩聲、雁聲，都是與漂泊經歷相關的淒苦之聲），詞調聲聲催人、慢慢難挨之意來寫秋夜難盡的愁緒，刻意渲

〔註51〕王兆鵬、劉尊明主編：《宋詞大辭典》（南京：鳳凰出版社，2003年9月），頁45。

〔註52〕沈文凡、李博昊：〈宋詞中的獨特體式——福唐獨木橋體〉，《社會科學輯刊》第1期，2006年，頁190～193。

〔註53〕〔清〕賀裳：《皺水軒詞筌》，唐圭璋：《詞話叢編》，冊一，頁714。

〔註54〕〔清〕沈雄：《古今詞話・詞品》，唐圭璋：《詞話叢編》，冊一，卷上，頁845。

染漂泊流離的客中孤獨淒涼的敏感與淒涼。李清照〈聲聲慢〉爲詞中典範，蔣捷則在佳作之上更有創獲，即用以長尾韻，全篇以「聲」字爲韻腳，之前仍有眞實的韻腳，不同於前兩首結以虛字。這種用韻形式還爲清人仿效，焦袁熹詞即校竹山體，同以「聲」字作爲韻腳，另以「詠歸人聲」爲題：

> 深深媚靨，小小夭脣，天然出落嬌聲。笑語花間，輕風攙入鶯聲。尋常共人酬對，勝他家、清脆歌聲。鎖蛾綠，被些兒懊惱，引出啼聲。　暗憶當年歡會，有深遮燈影，一向低聲。月底星前，知他幾許愁聲。商量甚時重見，小窗中、唧唧儂聲。相見也，又嗔人、偏不做聲。（《全清詞·順康卷》，冊十八，頁10606）

其後厲鶚詞〈瑞鶴仙·詠菊爲楞山生日效蔣竹山體〉、〈樊榭山房集·集外詞〉，女詞人對〈聲聲慢〉詞調情有獨鍾，出現了徐燦〈聲聲慢·感懷〉（寒寒暖暖）、許德蘋〈聲聲慢·秋情〉（重重覓覓）等佳構。另焦氏於評論韋莊之論詞長短句，亦使用獨木橋體創作，更以「愁」作爲韻腳，藝術體式的模仿，某種意義上是借他人之酒杯，澆心中之塊壘，又爲竹山詞體式特徵的逐漸鮮明付出詞學貢獻。當然，這些創作也反映了清代詞壇求新求奇、創造變革的藝術傾向性，同時具有詞體史的意義與價值。

（八）〈永遇樂·用陳君衡體〉

陳允平，字君衡，一字衡仲，號西麓。四明（今浙江寧波）人。爲宋元間詞人，生卒年不詳。〔註55〕德祐元年時任沿海制置司參議。元至元十五年（1278），以圖謀恢復舊朝之嫌入獄。經同官袁洪營救

〔註55〕陳允平於《宋史》無傳，又無行狀志銘傳世，所能憑藉之依據，惟有地方誌、《四庫全書總目》、袁洪《清容居士集》等著作中零星記載。金啓華、肖鵬在《周密及其詞研究》中，對陳允平的生卒年有比較詳細之推斷，認爲其生年「甯宗嘉定八年到十三年之間（1215年～1220年）比較合理」，卒年「疑在元貞（1295年～1297年）前後，與周密卒年相去不遠。」見金啓華、肖鵬：《周密及其詞研究》（濟南：齊魯書社，1993年），頁88。

得免，晚年居家不出，至卒。〔註 56〕年少時即與張樞、李彭老及周密等人相互酬唱，填詞注重藝術形式，精於審音，爲格律派詞家。其《西麓繼周集》百餘首皆和周邦彥詞韻，取法清眞詞可謂亦步亦趨，想見服膺之意。其詞爲時人稱道，如南宋陳思《兩宋名賢小集》稱陳允平「才高學博，一時名公卿皆傾倒」，「倚聲之作推爲特絕」〔註 57〕，張炎評其詞：「本製平正，亦有佳者。」〔註 58〕陳允平詞風格與周邦彥接近，其影響延及清代，如清初朱彝尊所編《詞綜》收錄其詞二十三首，且清代詞話多有論及其人其詞，尤以清代浙派詞人頗爲稱道。焦袁熹效其〈永遇樂〉填詞，陳氏原作：

玉腕籠寒，翠欄凭曉，鶯調新簧。暗水穿苔，游絲度柳，人靜芳晝長。雲南歸雁，樓西飛燕，去來慣認炎涼。王孫遠，青青草色，幾回望斷柔腸。　　薔薇舊約，尊前一笑，等閒孤負年光。鬬草庭空，抛梭架冷，簾外風絮香。傷春情緒，惜花時候，日斜尚未成妝。聞嬉笑，誰家女伴，又還采桑。(《全宋詞》，冊五，頁 3098)

陳允平此首用平韻，是〈永遇樂〉之變體。雙調一百零四字，二十二句，首起兩句，第四、五、七、八句均爲四字對。按觀焦袁熹詞亦用平韻，然只有七、八句爲四字對，是知非仿效其體製，其詞云：

試上樓看，舊家雙燕，乍觸簾旌。仔細聽來，話愁難了，纔只三四聲。香車油壁，西池南陌，幾番做弄陰晴。東風裡、紅羞綠慘，教人有甚心情。　　垂楊無數，飛花無數，霎時寒食清明，驕馬空嘶，裙腰一道，不語心暗驚。誰家姊妹，年時三五，瑣窗低喚卿卿。傷心也、三春過却，半妝未成。(《全清詞・順康卷》，冊十八，頁 10610)

〔註 56〕陳允平事蹟參阮元撰：《四庫未收書目提要・日湖漁唱提要》，王雲五主編：《四庫未收書目提要》(臺灣：臺灣商務印書館，1971 年 3 月)，卷一，頁 23。

〔註 57〕〔宋〕陳思編，〔元〕陳世隆補：《兩宋名賢小集》，《景印文淵閣四庫全書》，冊五五六，卷十五，頁 497。

〔註 58〕〔宋〕張炎：《詞源》，唐圭璋主編：《詞話叢編》，冊一，卷下，頁 266。

兩首均為女子懷人情事。詞中設想春季時候，易惹傷春愁緒，乍看無端而起、隨時而生，實為幾番希望落空，年光空負之感慨。然細較其詞，仍可發現兩詞之差異。陳作以「王孫遠，青青草色，幾回望斷柔腸」，描寫幾回春季已過，主人公所等待之故人卻仍未歸來，以「望斷柔腸」表現女子期待深切，卻又屢屢落空之心情。詞中多用自然景物表現離人意象，如：柳絲、歸雁、飛燕、青草、飛絮、日斜；主人公孤寂感受，可於「寒」、「遠」、「斷」、「孤」、「空」、「冷」等字見出。結拍更以樂寫悲，借他人相聚談笑襯托自身孤獨之悲苦。

焦袁熹同樣以景襯情，然下闋則著力描寫主人公心情之轉折，由「驕馬空嘶」而誤以為故人歸來之驚喜，至聽聞其他女子「瑣窗低喚卿卿」之失落，最後層層推進，生發成「三春過却，半妝未成」之傷心，與「空」字契合暗逗。焦袁熹仿效原作總體風格，詞以平正和雅、清婉綿麗為特色，其律嚴整，字句精美。

三、集句（字）詞

集句詩起源甚早，至宋風氣最盛。徐師曾《文體明辨・序說》：「按集句詩者，雜集古句以成詩也。自晉以來有之，至宋王安石尤長於此。」〔註59〕王安石亦是將集句作法運用至詞體的作家，共作有七首。〔註60〕集句（字）作品，係擷取前人之詩文字句以成篇章之特殊體式，然「作詩固難，集句尤不易」〔註61〕，詞家所集，需慮及聲律妥切、平仄協韻、切合題意之方面，以及情思是否連續，詞境是否融合，「集之佳者亦僅一斑爛衣也，否則百補破衲矣。」〔註62〕針對集句之形式，王師偉勇《詞學專題研究》云：「以整引、截取、

〔註59〕〔明〕徐師曾撰，羅根澤校點：《文體明辨序說》，頁111。

〔註60〕黃文吉先生：《北宋十大詞家研究》（臺北：文史哲出版社，1996年3月），頁181。

〔註61〕〔宋〕陳起：《江湖小集》，《景印文淵閣四庫全書》（臺北：臺灣商務印書館，1984年7月），冊一三五七，卷九，頁68。

〔註62〕〔清〕沈雄：《古今詞話・詞品》引賀裳語，唐圭璋主編：《詞話叢編》，冊一，頁843。

增損、化用、櫽括等方式，雜集古句；間或雜入一、二今人或個人作品以成詞也。」〔註63〕集句成篇之方式，尚可窺見詞人所關注之名句。而「集字詩」者，即從古人特定詩句中，集其所用字詞以寫成新作，並非對於前人詩句的簡單照抄，或生搬硬套，而是經過詩人重新組合，使之成爲具有新意的詩篇。〔註64〕至宋代蘇軾即可見，據金・王若虛《滹南詩話》卷中：「東坡酷愛〈歸去來辭〉，既次其韻，又衍爲長短句，又裂爲集字詩，破碎甚矣。」〔註65〕清代蘇繼軾《韻綠堂集》集杜甫〈秋興八首〉字，以成〈秋興八首〉，亦成絕唱。而於焦袁熹詞集中，得見摘取集用前人字詞者，逕於〈漁歌子〉、〈如夢令〉、〈浣溪沙〉等詞牌下標示「集字」，凡六闋，然並未特別標明所集之詩人或詩作爲何，當可視爲廣泛收集前人詞句以成新作。〔註66〕由於詞人取材範圍極廣泛，難以確指，三字尤然，故筆者僅就目前可查得者，予以索原，僅得三處，餘暫附原文，俟日後再考。

（一）〈漁歌子・集字〉

張志和〈漁歌子〉中漁父形象，深爲文人墨客所景仰，《唐才子傳》載其生平云：「以親喪不復仕，居江湖。性高邁，自稱煙波釣徒，

〔註63〕王師偉勇：《詞學專題研究》（臺北：文史哲出版社，2003年4月），頁330。關於「整引、截取、增損、化用、櫽括」等術語之詮釋，詳見頁290。

〔註64〕李德超：《詩學新編》（臺北：五南圖書出版公司，1995年），頁242。侯健主編：《中國詩歌大辭典》（北京：作家出版社，1990年12月），頁41。

〔註65〕〔金〕王若虛：《滹南詩話》，丁福保輯：《歷代詩話續編》，中冊，卷二，頁514。

〔註66〕「集字」亦可是「集詩牌字分賦」之簡稱，此爲清初文人盛行之遊戲。《清稗類鈔》：「所謂集字者，以牌中平仄之字，聯合而成詩也。初以紙爲之，後易竹木，盛行於康熙時博學鴻詞中人。」詩牌創自盛唐張祜，名「集字詩」，又名「鬥詩牌」，玩牌者各以牌分取雜字，綴成韻語。焦氏詞集中亦存有一首，且於詞題中清楚註記「集詩牌字分賦」，而此處六首逕於詞牌下記「集字」二字，與前者有異。見徐珂：《清稗類鈔・物品類》（臺北：商務印書館，1966年），冊四五，頁45。

撰《玄眞子》十二卷。」論其眞性情云：「善畫山水，酒酣，或擊鼓吹笛，舐筆輒就，曲盡天眞。自撰漁歌，便復畫之，興趣高遠，人不能及」〔註67〕，斯可見張志和藉漁父野釣閒適之形象。焦袁熹集字而成之〈漁歌子〉亦流露出悠然自得之性情，意境清淡高遠；審美情調呈現眞樸生命，任眞自在。其詞云：

> 蓮渚依微弄碧煙。涼催楓岸艇初還。清嘯發，直鉤閒。悠悠不識洞中仙。（《全清詞・順康卷》，冊十八，頁10568）

索原：

◎「蓮渚依微弄碧煙」：

許渾〈夜泊永樂有懷〉：「蓮渚愁紅蕩碧波，吳娃齊唱採蓮歌。」〔註68〕焦詞此句顯自「蓮渚」一句化用而來。

（二）〈如夢令・集字〉二首

李清照〈如夢令〉（昨夜雨疎風驟）一闋，作於宋室南渡前，「當時文士莫不擊節稱賞，未有能道之者」（蔣一葵《堯山堂外記》），乃爲傳誦不絕之名篇。清代黃蓼園評：「短幅中藏無數曲折，自是聖於詞者」（《蓼園詞選》），小令雖短，卻層層轉折，詞中明寫惜春之景，其實著意於人生青春易逝、紅顏難駐的傷感，以景襯情，極盡傳神之妙。焦袁熹所集之〈如夢令〉，亦以寥寥數語，委婉傳達女子惜花之心情，語句頓挫有致，不落繁俗。〈如夢令・集字〉其一：

> 纖纖兜上錦鞋。風前小立閒階。眼看落花落，一時玉葬香埋。傷懷。傷懷。眞是沒箇安排。（《全清詞・順康卷》，冊十八，頁10569）

◎「眞是沒箇安排」：

李冠〈蝶戀花〉：「一寸相思千萬緒，人間沒箇安排處。」〔註69〕

〔註67〕〔宋〕辛文房：《唐才子傳》，《文淵閣四庫全書》，冊一五四，卷八，頁246。

〔註68〕〔清〕聖祖御定：《全唐詩》，冊十六，卷五三八，頁6136。

〔註69〕〔清〕朱彝尊：《詞綜》《續修四庫全書・集部・詞類》，冊一七三〇，卷八，頁12。

焦詞此句顯自「人間」一句增損而來。

〈如夢令・集字〉其二：

曉日曈曨朱户。燕子雙雙來去。掠過小窗西，聽得捲簾人語。知否。知否。又是一番紅雨。(《全清詞・順康卷》，冊十八，頁 10569)

索原：

◎「知否。知否。又是一番紅雨」：

李清照〈如夢令〉：「知否。知否。應是綠肥紅瘦。」〔註 70〕蓋焦詞「知否。知否」句，顯自李詞整引而來。

（三）〈浣溪沙・集字〉三首

「浣溪沙」，本唐代教坊曲名，因西施浣紗於若耶溪，故又名〈浣沙溪〉。上下片三個七字句。四十二字。分平仄兩體。平韻體流傳至今，上片三句全用韻，下片末二句用韻。過片二句用對偶句的居多。焦袁熹以〈浣溪沙〉詞牌集字之作，共計三首，由於此調音節明快，句式整齊，易於上口，爲婉約、豪放兩派詞人所常用，故焦氏集字詞取材範圍極泛，苟未能明，暫不予索原，以俟日後再考。首闋〈浣溪沙・集字〉以「詠梅」爲題：

梅樹依微映渚灣。蘚岩苔磴競臨觀。芳魂睡重也知還。

約鬢乍疑涼影在，凭樓渾覺繡茵閒。清尊碧袖且尋歡。

(《全清詞・順康卷》，冊十八，頁 10573)

〈浣溪沙・集字〉其二：

白日昏昏只醉眠。夢回芳草夕陽天。一雙蝴蝶繡裙邊。

往恨不如風易過，新愁却似月長圓。此時此際思綿綿。

(《全清詞・順康卷》，冊十八，頁 10574)

〈浣溪沙・集字〉其三：

九十紹光似箭弦。效顰楊柳日三眠。緣陰陰裡拆鞦韆。

燕子商量心下事，蝶兒驚覺夢中緣。落花飛絮奈何天。

(《全清詞・順康卷》，冊十八，頁 10574)

〔註 70〕唐圭璋主編：《全宋詞》，冊二，頁 927。

四、回文（即迴文）

回文，謂詩、詞中字句往復讀之皆可成章也。唐吳競：「右迴復讀之，皆歌而成文也。」（《樂府古題要解・迴文詩》）張敬〈詞體中俳優格例證試探〉一文將回文詞列入詞體中的俳優格云：

> 按回文詞之作，以中國文字詞性之不受限制，顚之倒之，皆可領悟，諧趣橫生，靈機驟至，能在句頭或句中與韻腳同協，逆讀、正讀，俱成文理，固然有時亦顯生硬、呆滯，甚至難解，視爲俳優，何用挑剔？詞調正常句式，作回文讀，用心可致。若遇拗句，則非同等閒。〔註71〕

謝章鋌《賭棋山莊詞話》卷十一則認爲回文「雖極巧思，終鮮美制」〔註72〕，但是詞人透過文字視覺之轉變，產生音樂聽覺之趣味，均有其特色。如焦袁熹所作「回文詞」計有三闋，〈菩薩蠻・秋閨怨〉詞云：

> 唳鴻飛到將書寄。寄書將到飛鴻唳。魂斷欲黃昏。昏黃欲斷魂。　　細風涼葉碎。碎葉涼風細。頻夢遠行人。人行遠夢頻。（《全清詞・順康卷》，冊十八，頁10576）

此詞以每兩句爲一組回文，共分爲四組，如此反覆回文，由上而下，或由下而上，獨皆可通。此闋詞中來回重複「唳」、「斷」、「碎」、「遠」等實字，使句子更爲濃重，表現情感淒絕穠厚。詞中虛字不少，與所寫之寥落氣氛極相稱，使詞意倍增。

又〈菩薩蠻・燕〉以「回文」體方式寫成，造成反覆迴環之效果，進而渲染、烘托詞中閨婦的情緒及情感。其詞云：

> 晚花穿入重簾捲。捲廉重入穿花晚。紅影舞輕風。風輕舞影紅。　　伴伊憐語軟。軟語憐伊伴。儂去莫匆匆。匆匆莫去儂。（《全清詞・順康卷》，冊十八，頁10576）

〔註71〕張敬：〈詞體中俳優格例證試探〉，收於《清徽學術論文集》（臺北：華正書局，1993年8月），頁644。

〔註72〕〔清〕謝章鋌：《賭棋山莊詞話》，唐圭璋主編：《詞話叢編》，冊四，卷十一，頁3456。

另外，〈菩薩蠻・蜂〉則以春風、竊香、日暖、芳年，表現春季生命暢茂，寫出青春之歡愉，描寫春光，同時以「趁」字，發出惜春之語云：

> 好風春聚花房小。小房花聚春風好。腰細倚多嬌。嬌多倚細腰。　　竊香濃暖日。日暖濃香竊。狂蝶趁年芳。芳年趁蝶狂。(《全清詞・順康卷》，冊十八，頁 10576)

此詞特用「回文」方式寫成，焦詞以二句爲單位，取首尾迴環之情趣，表現詠蜂之主題，讀來愜意稱心，頗具巧慧。

小　結

細觀焦袁熹和韻、仿擬、集字、回文等特殊體製作品，泰半可見焦氏對於前人之學習痕跡，然其創作並非亦步亦趨之模仿，誠如焦氏〈閱近世詩集戲題〉所言：

> 今古風騷豈異源，韓蘇滾滾逼詞門。從他金翅摩天者，我自蟲吟秋草根。　　藝苑于今頗絕奇，分張旗鼓叔雄雌。步趨前輩非吾事，烏有先生是本師。〔註 73〕

「步趨前輩非吾事，烏有先生是本師」，更直言其詩、詞直抒胸臆，不屑純粹模仿他人，而是在融合前人詞句而出己意。焦袁熹曾廣泛學習南北詞人，然一直保持著自己出語勁直之特點，故清代陳廷焯《雲韶集》稱其「詞非一格，淹有眾長」，又贊其「小令尤工」，「語似勁直，意則芊婉」，允爲篤論。

第二節　賦情傷逝

所謂「賦情」主題，就本節所說之涵義，非專指敘寫塵寰人間，男女情愛一類之詞篇作品，尚包括離別送行、悼亡哀思之詞。從焦袁熹賦情詞之題材而言，基本上並未超出兩宋以來的規範，大抵追溯前代男女戀情之主題，所衍生出來相關賦情詞篇。殊值注意處，是焦袁

〔註 73〕〔清〕焦袁熹：《此木軒論詩彙編》，卷二。

熹情詞中僅見內容婉約閒雅之作，而未見香豔縱情之作；而內容俚俗狎暱者，亦非其風格，筆調亦不似花間詞家之側豔浮靡。故其愛情詞題材多見相思、閨怨等，至於幽會、冶遊、狎技及調情等，均未見之，其創作態度與其崇尚婉約，講究文雅等詞學觀點，堪稱一致。此外，焦袁熹賦情詞作，另有一部份是對象明確之送別詞，以及懷念遠方之朋友，故藉詞抒發相思之情。此中，有悼亡詞一首，特另設一類，故本節計分：閨閣綺怨、送別憶友、悼亡哀思三大主題進行論述。

一、閨閣綺怨

焦袁熹此類詞多寫閨中少婦之綺怨及相思情懷，承繼南唐以來「綺羅香澤之態」的傳統本色。部分閨怨詞標記「春閨」、「閨情」、「閨思」、「閨人新秋」、「春閨風雨」等詞題，其內容或側重女子外在修飾之雕琢，包含對女子面貌、體態、舉止、情態、情韻等深入刻畫，以及對於閨中少婦美好形象之描繪。而以閨中少婦思君未得見，又逢春去、花落、日暮等自然時序景色之改變，進而引發女子自傷年老、年華已逝之喟嘆，渲染閨閣婦女綺怨情緒的發展氛圍。就時空交感而言，閨閣綺怨之萌發多因爲傷春、悲秋的季節流轉，以及空間、景物的改換，後閨婦即景生情，融情於景，同時將菲薄的命運也融合在眼前之片刻。焦詞尤以極力描寫春光，反襯閨婦之寂寞爲多，如〈碧桃春・春閨〉：

> 深深院落掩朱扉。隔花垂翠帷。春光滿眼不曾歸。是儂愁苦時。　南陌上，踏青期。心情非更非。日長惟見燕雙飛。斜陽影裡迴。〔註74〕

以幽深院落、朱扉重掩、翠帷垂隔三個聚焦描寫，點出女子居處之深邃幽閉。雖未正面描寫女子之面貌與體態，但女子孤寂愁苦之情已不難窺見，與上片末句焦氏以女子之口道出「是儂愁苦時」相呼應。下片繼而透過眼前之春景，展延其相思情緒，也透過空間之漸闊，雙燕

〔註74〕〔清〕焦袁熹：《此木軒全集・此木軒直寄詞》，天津南開大學館藏清抄本（三卷附舊作一卷），未編冊卷、頁碼。

之反襯，以「日長惟見燕雙飛。斜陽影裡迴」，寫閨婦愁苦之悠悠無窮，沒入無限蒼茫之境。此外，〈喜遷鶯・春閨風雨〉則獵取春季「苦雨淒風」之景，烘托女子欲留無計之惆悵：

> 春來過半，被苦雨淒風，將春拘管。抑勒梅魂，牽縈柳眼，暗逗芳心如線。要得韶華滿地，最是微寒難遣。眞無計，看絲絲煙靄，重簾不捲。　　人倦。腰似束，故着紅綿。瘦損無人見。灰撥釵痕，香添心字，還認碎心千片。匼匝銀屏六幅，指點名花開遍。好天氣，問踏青何日，約他女伴。〔註 75〕

情感的抒發，往往高度複雜而縱橫鉤貫於時空之中，藉著自然時空的推移而忽隱忽現。詞人不作純粹的摹情，而是透過時空實象的交互映射予以形象化。上片著重寫景，景中暗透思情。「春來過半，被苦雨淒風，將春拘管」，面對已近暮春之際，又遇狂風驟雨破壞春容，「新愁往恨東風裏」〔註 76〕、「東風吹斷天涯夢」〔註 77〕，均將春風比作無情物，宛如一切的美好都將隨之而滅，眼前寥落淒涼之殘景，正是女人孤寂心境之絕好反映，一筆而兼有二意。「要得韶華滿地，最是微寒難遣」，女子無計留春，因而芳年韶華都將流逝而無返，雖欲遣傷春嘆老之愁，卻更添悵惘。下片首四句則描寫女子身態之憔悴，僅一「倦」字，女子之形象宛然呈現，以容顏形貌的變化來表現內心之改變，然而瘦則瘦矣，何故又在其後加上「無人見」三字呢？即便因相思而憔悴，但良人始終未歸，事已至此，不是白白折磨自己嗎？「灰

〔註 75〕〔清〕焦袁熹：《此木軒全集・此木軒直寄詞》，天津南開大學館藏清抄本（三卷附舊作一卷），未編冊卷、頁碼。

〔註 76〕〈蝶戀花〉其一：「草綠閑階花滿砌。深院無人，蛺蝶還飛至。春事一年狂絮起。新愁往恨東風裏。鬭草踏青無好計。　　醉纈瞢騰，盡日簾垂地。燕子歸來雙語細。如何管得人憔悴。」（《全清詞・順康卷》，冊十八，頁 10598）

〔註 77〕〈蝶戀花〉其二：「日轉窗紗花影弄。鏡裏雙蛾，一晌閑愁湧。金鴨濃香誰與共。小屏深處鸞衾擁。　　紫燕啣泥棲畫棟。零落春魂，是處花成冢。絮亂絲繁春睡重。東風吹斷天涯夢。」（《全清詞・順康卷》，冊十八，頁 10598）

撥釵痕，香添心字，還認碎心千片」，「心字香」為一爐香名，明．楊慎《詞品．心字香》：「范石湖《驂鸞綠》云：『番禺人作心字香，用素馨茉莉半開者，著淨器中。以沉香薄劈，層層相間，密封之。日一易，不待花蔫，花過香成。』所謂心字香者，以香末縈篆成心字也」〔註 78〕，詞人所謂「碎心千片」，雖是眼前與時俱增之香爐灰燼，實乃暗指女子深心相思迴繞，牽腸掛肚，都只是徒增一寸寸之灰燼罷了。此句上下連鎖，以「意象」簡潔映現出閨婦悲苦感受。又如〈玉堂春〉：

> 小樓春滿。鸚鵡簾間偷喚。日嫩風柔，好拓窗紗。玉鏡臺前，擬把長眉畫，煙柳青青恰似他。　　聽得賣花聲過，妝成定勝花。凭檻臨流，細認千嬌面，不信狂夫不憶家。（《全清詞．順康卷》，冊十八，頁 10598～10599）

就字面而言，詞意淺露，略無餘蘊。若細思其中層次，表露情感之內涵實繁複。方東樹曾言：「凡短章最要層次多，每一二句即當一大段」〔註 79〕，層層入裡即會產生妙意。全詞之層次為：因春光盈滿而粉飾妍華，因妝成豔麗而自恃勝花，因自恃貌美而覺狂夫亦在思家，共分作四層。以樂景寫哀景，「人比花嬌，見賞無人」之愁情，自覺逼臨眉睫，於是從狂夫處切入，不言自身相思甚深，而料想對方在想念自己，在興致活潑裡藏著悲咽，不言自明。

秋天之衰颯，同樣易惹閨婦愁緒，焦氏喜側重於描寫景物寥落之跡，表現季節之更迭，點簇閨人逢秋而興之苦。〈念奴嬌第五體．閨人新秋〉：

> 荷香初謝，正池塘雨過，嫩涼天氣。楊柳梢頭蟬一箇，帶着斜陽聲沸。蕩槳人歸，采蓮歌罷，自把紅裳替。無端又被，晚風宕樣吹起。　　聞道天上雙星，鵲橋今欲渡，相

〔註 78〕〔明〕楊慎：《詞品．心字香》，唐圭璋主編：《詞話叢編》，冊一，頁 464。

〔註 79〕〔清〕方東樹著，汪紹楹校點：《昭味詹言》（北京：人民文學出版社，2006 年 6 月），卷十一，頁 239。

逢非易。不願穿針求送巧，怕送別離滋味。一向除釵，未曾施粉，小婢差堪比。從今妝束，又須宮樣高髻。〔註80〕

上片描寫夏末入秋之景色變化，集中排列所見聞之空間景物，擇取池塘、柳梢、船隻等，蹠實地描繪，使場景趨於單純化，而非氾濫無歸之散漫描寫，協助讀者完成詞境之重現。至於情感本身的呈現，在詞意表情的傳達上，大多採行所謂「間接的方式」，從創作角度來看，作者在表現情致時，也不僅侷限於單純的內心生活，心靈表現往往須借助物象作爲傳遞媒介，從而兩者融會成不可分割的整體。〔註81〕李漁《窺詞管見》:「說景即是說情，非借物遣懷，即將人喻物」〔註82〕，同樣藉由新秋景物之變改，表現人物宛轉綿長之情思。下片則就「七夕」之習俗，加以翻疊。七夕是乞巧節，喜鵲爲牛郎織女造橋，一年一度相會。南朝梁．宗懍《荊楚歲時記》:「七月七日爲牽牛織女聚會之夜。是夕，人家婦女結綵縷，穿七孔鍼，或以金銀鍮石爲針，陳几筵酒脯瓜菓於庭中以乞巧，有蟢子網於瓜上則以爲符應。」〔註83〕人間家家兒女望著星空，庭中陳列果食花樣，祈求賜給巧慧，然詞中閨人則「不願穿針求送巧」，底下揭示其因，惟「怕送別離滋味」，此句承「相逢非易」句而來，翻疊慣有之認識。至末，以女子口吻自言過往「一向除釵，未曾施粉」，因無人可賞，故對於梳妝打扮並無興致，然「從今妝束，又須宮樣高髻」，指往後又將作富麗典雅、精緻時新之扮樣。劉禹錫贈李司空一首妓詩：「高髻雲鬟宮樣妝，春風一曲杜韋娘」〔註84〕，杜韋娘本唐朝歌妓，美艷動人。詞中女子雖憂離別滋味，終究決定重作打扮，意味著內心仍期待那人歸來，結拍並未正面寫女子心情，但可窺見一段怨情蘊蓄於內。此外，焦氏亦透過摹寫感

〔註80〕〔清〕焦袁熹：《此木軒全集．此木軒直寄詞》，天津南開大學館藏清抄本（三卷附舊作一卷），未編冊卷、頁碼。

〔註81〕孫立：《詞的審美特性》（臺北：文津出版社，1995年2月），頁154。

〔註82〕〔清〕李漁：《窺詞管見》，唐圭璋主編：《詞話叢編》，冊一，頁554。

〔註83〕〔梁〕宗懍：《荊楚歲時記》，《景印文淵閣四庫全書》，冊五八九，頁24。

〔註84〕〔清〕聖祖御定：《全唐詩》，冊十一，卷三六五，頁4121。

官體察深秋景物之敏銳，凸顯閨婦之感愴，如〈卜算子〉：

> 涼思入空牀，欹枕輕衾擁。死命窗前做雨聲，悔把芭蕉種。　　重露滴深叢，醒卻虫天夢。自是離人心上秋，唧唧知誰共。（《全清詞・順康卷》，冊十八，頁 10578）

此闋乃利用宵寒訴諸觸覺，雨打芭蕉、蟲鳴訴諸聽覺，同時用宋・吳文英〈唐多令・惜別〉：「何字合成愁？離人心上秋」句（《全宋詞》，冊四，頁 2939），以「離合」方式，將「愁」字拆解為「心上秋」，此句也兼攝深秋季節，將女子愁守空閨的情狀，以及深秋夜晚淒苦寂寥的意味，勾勒得分外真切，能教人親身觸及。

焦氏寄調〈南鄉子〉組詞，「閨情」即寫傷春之辭，「閨思」則為悲秋之詠：

> 六曲小屏風。一片吳山花萬重。人在畫堂深處躲，嬌慵。鎮日閒愁鎖黛峰。　　纖指露春蔥。為卜歸期翠袖籠。寶鴨金猊添又冷，微紅。不得溫存徹夜濃。〔註 85〕（〈南鄉子・閨情〉）

> 描出小峰頭。壓得橫波一寸秋。為惜玉容涵曉鏡，凝眸。鎮日心情不自由。　　暮色入妝樓。樓上離人倍覺愁。誤我佳期無定准，悠悠。幾度長天月似鉤。〔註 86〕（〈南鄉子・閨思〉）

詞中人物動作之緩慢，能表現愁思或遺恨，容易造成悲劇性。兩首各以「嬌慵」、「凝眸」二字使畫面漸趨悠緩，「鎮日閒愁鎖黛峰」、「鎮日心情不自由」，一表愁容，一露愁緒，均用靜態之畫面以寫怨情。前者，「不得溫存徹夜濃」承「寶鴨金猊添又冷」一句而來，此「冷」雖為寒夜之真實，同時也是女子對於良人歸期未定之心冷。後者，「幾度長天月似鉤」則是呼應「暮色入妝樓，樓上離人倍覺愁」，由日暮寫至深夜，表現時序推移，交代時間；又以舉頭所見之景，呼應登樓

〔註 85〕〔清〕焦袁熹：《此木軒全集・此木軒直寄詞》，天津南開大學館藏清抄本（三卷附舊作一卷），未編冊卷、頁碼。

〔註 86〕〔清〕焦袁熹：《此木軒全集・此木軒直寄詞》，天津南開大學館藏清抄本（三卷附舊作一卷），未編冊卷、頁碼。

獨倚的動作，點明場景；最後汰去繁複之背景，使「鉤月」之不圓滿暗透結局之無解，顯示其怨誹。

焦袁熹所作閨閣詞不出傳統題材，剪裁亦多類前人舊事舊語，然其詞看似平易，其實洗鍊功深，含意也層折有味，對於韻腳之疏密，音律聲調，焦氏亦有妥當安排，如〈一剪梅〉：

> 倚遍春風廿四番。十二珠簾。十二欄干。楚雲一晌夢中緣。人柳雙眠。人月雙圓。　　擬把鸞膠續斷絃。身是春蠶。心是秋蓮。怨魂愁魄在君邊。處處雲山。處處啼鵑。（《全清詞・順康卷》，冊十八，頁10598）

此詞句句押韻，節奏迫促，能表現情緒之激越，抒發幽怨之情。上片首句「倚遍春風廿四番」，指二十四番花信風，是應花期而來、傳播花開音信的風。〔註87〕詞人以「倚遍」兩字，不僅點出美好的春季消逝，同時也以「花信之年」隱諱女子二十四歲，或泛指女子年輕貌美之時光也隨著花信風而凋零衰落。「十二珠簾」，則用宋・賀鑄〈怨三三〉詞句：「玉津春水如藍。宮柳毿毿。橋上東風側帽檐，記佳節、約是重三。　　飛樓十二珠簾，恨不貯、當年彩蟾。對夢雨廉纖。愁隨芳草，綠徧江南」（《全宋詞》，冊一，頁531），「十二珠簾」並非實指，而是極言樓高，華美的珠簾垂掛，深幽閉索，高高在上，離群孤棲，寂寞冷清，使人難以忍受。「十二欄干」，即曲曲折折的欄干。十二，言其曲折之多。宋・張先《蝶戀花》（臨水人家深宅院）：「樓上東風春不淺。十二闌干，盡日珠簾捲」（《全宋詞》，冊一，頁67），朱淑真〈謁金門・春半〉（春已半）：「十二欄干閒倚遍。愁來天不管」（《全宋詞》，冊一，頁1405），眼前景色，觸目生愁。雖「十二欄干倚遍」，也無法排遣春愁。故閨中女子只能寄託夢境，「楚雲一晌夢中緣」用宋玉《神女賦》

〔註87〕自小寒至穀雨共四個月一百二十日中，有八個節氣：小寒、大寒、立春、雨水、驚蟄、春分、清明、穀雨。每五日為一候，計二十四候，每候對應一種花信，故每個節氣有三番花信風，從小寒至穀雨共二十四番花信風。以上資料參見喬繼堂、朱瑞平主編：《中國歲時節令辭典》（北京：中國社會科學出版社，1988年5月），頁25。

所載夢中與巫山神女夢中始遇而終離之情事〔註 88〕，為夢中之景作鋪墊，不管主觀上如何貪戀夢中相聚之樂，終究不過是「一晌」而已。「人柳雙眠，人月雙圓」極寫夢中之歡，夢中之愈樂，更襯夢醒之苦，不著悲字、愁等字眼，但悲苦之情可以想見，兩者相反相成，互為映襯，以樂景實寫現實之愁苦從而造成反差。

詞之下片寫夢醒後之現實，進一步寫女子之期盼及兩人未能相守之痛苦。「擬把鸞膠續斷絃」，據《海內十洲記・鳳麟洲》載，西海中有鳳麟洲，有神藥百種亦多仙家，煮鳳喙麟角合煎作膏，能續弓弩已斷之弦，名續弦膠。〔註 89〕詞中欲尋仙膏補已斷之絃，意謂希冀兩人如斷弦之情感，得以回復以往，然而仙膏畢竟難尋，也暗示女子所望無法成真，僅僅是空想。「身是春蠶，心是秋蓮」兩句，表現女子一往情深，往而不悔之堅決，然而卻因相思而受苦。「春蠶」句，源於南朝樂府〈作蠶詩〉：「春蠶不應老，晝夜常懷絲。何惜微軀盡。纏綿自有時。」〔註 90〕以絲諧音思，代言纏綿深密、千回百轉的情意。李商隱〈無題〉「春蠶到死絲方盡，蠟炬成灰淚始乾」〔註 91〕即化用此意。「秋蓮」，即荷花，其子味苦。高觀國〈喜遷鶯〉：「香鎖霧扃，心似秋蓮苦。」（《全宋詞》，冊四，頁 2351）清・納蘭性得〈蝶戀花〉：「重到舊時明月路，袖口香寒，心比秋蓮苦」〔註 92〕，均以心苦與秋蓮苦相較，更顯女子含苦難言，無處可訴。最後結拍「怨魂愁魄在君

〔註 88〕〔戰國楚〕宋玉：〈神女賦〉，〔梁〕昭明太子撰，〔唐〕李善注：《昭明文選》（臺北：文化圖書公司，1975 年 8 月），卷十九，頁 252～253。自宋人沈括等提出賦中所寫夢見神女者應是宋玉而非楚襄王之後，至今聚訟不已，許多學者同意沈説，也有人堅持所載為襄王與神女之情事。由於非探討重點，故此文略而不論。

〔註 89〕〔漢〕東方朔著，〔明〕吳琯校：《海內十洲記・鳳麟洲》，《叢書集成新編》，冊二六，頁 116。

〔註 90〕〔宋〕郭茂倩輯：《樂府詩集・清商曲辭六》，《景印文淵閣四庫全書》，冊一三四七，卷四九，頁 438。

〔註 91〕〔清〕聖祖御定：《全唐詩》，冊十六，卷五三九，頁 3139。

〔註 92〕〔清〕納蘭性德撰，趙秀亭、馮統一箋校：《飲水詞箋校》，（北京：中華書局，2005 年 7 月），頁 123。

邊。處處雲山。處處啼鵑」，雖身無法相守，但幽擾之魂魄，當可伴君而不離，「處處雲山」將高聳入雲之山作爲歸路之阻隔，「處處啼鵑」，則用杜鵑啼血思歸，兩句即從男子方面著眼，料想對方思歸而未得之悲苦，以所見所聞的想像畫面，在情緒的鋪陳上也引起一種悠然不盡之遠韻。

歸納這些作品內容，不論是用言簡意賅的小詞寫情敘事，掌握主要特徵；或是用以中調抒寫女性情感世界，有較多婉曲細緻之描繪，都可以見得作者觀察敏銳，以及眞實性情之本質流露。

二、送別憶友

送別憶友爲歷代文人吟詠不絕的千古主題，如《詩經・邶風・燕燕》被王士禎稱爲「萬古送別詩之祖」（《帶經堂詩話》），江淹〈別賦〉被譽爲「千秋絕調」，可見聚散離合是人生中不得避免卻又無可奈何之事。抒寫朋友之別又是送別詩歌的主流，其中可見文人對於友朋之間的情誼尤爲重視，而且直接抒寫離愁別序表達朋友間眞摯友誼之送別詞，在焦袁熹詞中是很普遍的。焦詞曾以「送別」爲題，作〈點絳唇・送別〉一闋，概括全面性的感慨和廣泛性之悲傷：

遊子何之，匆匆行色心如醉。夕陽如此。十里長亭矣。

撲絮濛濛，偏替人垂淚。渾無計。綠楊風裡。忘卻鞭絲墜。〔註 93〕

離別之情因自然之景而曼衍悠揚，往往在筆墨之外縈繞著許多意趣。「離別」之苦，在於空間上，山川阻隔、道路坎坷，在時間上，或一年半載，甚或是此別即決別，終無再聚之可能，故表現出一種茹咽吞吐、眞切深遠之情意。錢古融、魯樞元：「藝術創作的材料，來自三種時間：當時的印象、早年的回憶、未來的憧憬。」〔註 94〕焦袁熹離

〔註 93〕〔清〕焦袁熹：《此木軒全集・此木軒直寄詞》，天津南開大學館藏清抄本（三卷附舊作一卷），未編冊卷、頁碼。

〔註 94〕錢古融、魯樞元主編：《文學心理學》（臺北：新學識文教出版中心，1990 年），頁 123。

別憶友詞，往往以時間透視的方式，藉由回憶過往的相聚，描寫眼前送別的景況，以及對於未來重逢之期待，來表達一種分別的浩渺愁思；也以高度變化的時空意象，將空間的渾涵汪茫，及高遠遼闊作爲背景襯托，以空間透視及似聚還散的空間物象，抒寫心態的鬱勃深沈。

由全面性的感慨，而趨向單一性；由廣泛性的感傷，指向特定性。焦袁熹進而寫送別友人之詞，對象之一即焦袁熹甚賞的張文五。張澤婺，字道復，號文五，華亭人，康熙壬午舉人。負不羈才，縱情詩酒，工繪事，尤不輕作，爲時所珍。〔註 95〕據《焦南浦先生年譜》所載：「文五，名澤棨，鈞瀨先生長君也，才而忤俗不善治生，而府君獨愛之，以爲才者難得，貌雖狂其傲骨足取也」，是證焦氏頗欣賞張澤婺，更以「大才」稱之。〔註 96〕曾作〈贈張文五〉詩：「雄心到底不曾降，古戰場中劍戟撞。舊日聲名憐小范，一時對値笑窮龐。輕欺萬戶詩千首，淩跨諸公酒一缸。莫訝樽前訓唱少，天生才子定無雙」〔註 97〕，稱譽張澤婺之壯志雄心，才高詞贍。彼此之間互動即採塡詞賦詩的方式，來代替一般傳統書箋之功能，維繫彼此之情感。因此對於友人遠在異地，遂發念遠眷戀之情。〈憶舊遊・歲除懷文五，聞尚在淮山〉：

> 記臨分握手，不道匆匆，便理征衣。廿載金臺路，似浮雲眼底，未慕輕肥。尚憐鬢青依舊，壯志肯終違。只羞澀看囊，依劉甚處，生計渾非。　　斜暉。歲雲暮，幾水驛山程，竹几蘆幃。試脫鷫裘慣，眄青帘一點，濁酒頻揮。故鄉已隔千里，別夢可能歸。正月黑淮山，吟情定逐雲雁飛。
>
> （《全清詞・順康卷》，冊十八，10609 頁 10609）

此詞抒發歲末除夕思友的情懷。上片起首「記臨分握手，不道匆匆，便理征衣」，回憶昔日臨別之際，無言語鋪陳，反以握手、理衣等動

〔註 95〕〔清〕馮金伯：《國朝畫識》，周駿富輯：《清代傳記叢刊》（臺北：明文書局，1985 年），冊七一，卷九，頁 629。

〔註 96〕「雍正十一年，朝廷開博學鴻詞科，或問焦氏吾郡之足當是選者，誰耶？曰：『其虞皋、文五乎。虞皋清才，文五大才也。』」〔清〕焦以敬、焦以恕編：《焦南浦先生年譜》，頁 383。

〔註 97〕〔清〕焦袁熹：《此木軒詩鈔》，藏於中國國圖書館古籍室，卷四。

作表示親近與不捨。續寫友人宦遊態度：「廿載金臺路，似浮雲眼底，未慕輕肥」，明確點出友人視富貴名祿如浮雲，不慕清裘肥馬的心志。「輕肥」，即輕裘肥馬之略語，源自《論語・雍也》：「赤之適齊也，乘肥馬，衣輕裘」〔註 98〕，後以「輕裘肥馬」形容富貴豪華的生活。以下兩句，「尚憐鬢青依舊，壯志肯終違」，「肯」爲反詰語氣，猶豈。道出友人始終不肯負平生之壯志，違途窮之痛苦，同時以委婉曲折之方式暗指有志難以馳騁的感慨。上片結拍三句則用典故，「只羞澀看囊，依劉甚處，生計渾非」，《韻府羣玉・七陽》「一錢囊」條下載：「（晉）阮孚持一皀囊，遊會稽，客問：『囊中何物？』阮曰：『但有一錢看囊，空恐羞澀。』」〔註 99〕後因以「阮囊羞澀」爲手頭拮据，身無錢財之典；《三國志・魏志・王粲傳》：「（王粲）年十七，司徒辟，詔除黃門侍郎，以西京擾亂，皆不就。乃之荊州依劉表」〔註 100〕，後因以「依劉」謂投靠權勢、依附豪貴者。此三句承上句而來，追述友人羈窮卻不違壯志的具體表現。

下片全爲詞人自身「想像」，遙想友人離去後，沿途季節時序變更及道路長遠，更以友人在遠方思歸還鄉的手法，襯托自己的想念之情。起筆四句，「斜暉。歲雲暮，幾水驛山程，竹几蘆幃」，明確點出季節時序及環境。「竹几蘆幃」，竹几爲古代消暑用具〔註 101〕；蘆幃，蘆草織成間隔、遮蔽作用的懸垂帷幕，均是詞人想像友人登山臨水，途中可作遮蔽消暑之用。此外，「試脱驌裘慣，眄青帘一點，濁酒頻

〔註 98〕〔魏〕何晏注，〔宋〕邢昺疏：《論語正義・雍也》，〔清〕阮元：《十三經注疏》，冊八，卷六，頁 51。

〔註 99〕〔元〕陰勁弦、陰復春編：《韻府羣玉・七陽》，《景印文淵閣四庫全書》，冊九五一，卷六，頁 255。

〔註 100〕〔晉〕陳壽著，〔宋〕裴松之注，〔明〕盧弼集解，〔清〕錢大昕考異：《三國志集解・魏志・王粲傳》，冊七，卷二十一，頁 519。

〔註 101〕〔清〕趙翼《陔餘叢考・竹夫人湯婆子》：「編竹爲筒，空其中而竅其外，暑時置牀席間，可以憩手足，取其輕涼也，俗謂之竹夫人。按陸龜蒙有《竹夾膝》詩，《天祿識餘》以爲即此器也，然曰夾膝，則尚未有夫人之稱，其名蓋起于宋時。」徐德明、吳平主編：《清代學術筆記叢刊》，冊二二，卷三三，頁 377。

揮」，進而浮現友人脫掉良馬所佩之輕裘，於偏僻的道旁酒店飲濁酒以遣愁的畫面，焦袁熹雖無以言說，僅設想對方不捨之神態，也同時投射出自身思緒聯翩，深情綿邈之狀。底下續說詞人想像，「故鄉已隔千里，別夢可能歸」，敘述友人離開家鄉，隔千里關山未得歸，惟能寄託夢境以慰思鄉之緒。然而「可能」兩字，僅有微薄實現希望，能歸鄉與否實難掌握，因此將長久羈遲淮山，漫遊漂泊之感，一寄於詞。情懷縱使千頭萬緒，若一味去抒情寄慨，也會覺得虛玄空泛，末結，作者便以淮山之景寓情：「正月黑淮山，吟情定逐雲雁飛」，淮山黑夜無月光，惟有高空飛雁逐雲飛翔，細細咀嚼，其中之情可謂豐富。

焦袁熹之詞作往往能留下裊裊餘音，與結尾處匠心布置極有關係，往往於實敘事情將畢未畢之時，結句忽然宕開，以寫景來收束，使人讀來餘韻盎然，而非意隨語竭。如另一首〈長亭怨．歲暮送沈潛夫遊吳閶訪宋牧仲藩司，昔年曾與牧仲等十五人為柳湖社集〉：

> 望橋畔酒帘風揭。欲挽唫鞭，柳衰難折。寒入貂裘，醉餘驪唱聽初徹。故人傷別。那堪踏、城陰積雪。却笑相如，還未是、倦游時節。　　聞說。柳湖高會處，詞客少年曾結。乘車戴笠，肯負了、舊盟花月。入新年、茂苑尋春，看驛路、梅花爭發。便咫尺雲山，不斷離愁千疊。〔註 102〕

上片描寫故人傷別之景況。「望橋畔酒帘風揭」言明地點，「柳衰難折」、「那堪踏、城陰積雪」乃點出歲暮季節，同時表明詞人不堪愁緒，對於往後相逢之「難」頗感無奈。醉酒送別、驪歌徹響，「寒」字乃是歲暮飄雪之真實寒冷，同時也暗透兩人因為將與故友分離，各處異地，而引發孤寒無依之感。詞題言：「送沈潛夫遊吳閶訪宋牧仲藩司」，沈潛夫正欲始其宦遊的歷程，焦氏雖不捨友人拂衣遠行，但仍對於友人離鄉遊訪表達祝福，因而上片結拍三句「却笑相如，還未是、倦游時節」，筆鋒一轉，用司馬相如厭倦游宦生涯之典，拈出此意。據《史

〔註 102〕〔清〕焦袁熹：《此木軒全集．此木軒直寄詞》，天津南開大學館藏清抄本（三卷附舊作一卷），未編冊卷、頁碼。

記・司馬相如列傳》:「長卿故倦游。」裴駰集解引郭璞曰:「厭游宦也。」〔註 103〕古人行役羈旅，宦遊江湖多有不得不行之隱衷，因而詞人以「卻笑」兩字，看似嘲弄司馬相如遊興已盡，倦游歸來之舉，認爲友人浪遊正是時候，當成就理想懷抱，然此句實是焦氏自我安慰之詞，可略見焦氏複雜的心思。

下片起首五句「聞說。柳湖高會處，詞客少年曾結。乘車戴笠，肯負了、舊盟花月」則描述昔日與包含友人所訪之牧仲等十五人載酒酣唱，賦詩吟詠之回憶。《初學記》卷十八引晉周處《風土記》:「越俗性率樸，初與人交有禮，封土壇，祭以犬雞，祝曰:『卿雖乘車我戴笠，後日相逢下車揖。我步行，卿乘馬，後日相逢卿當下。』」〔註 104〕乘車，喻富貴；戴笠，喻貧賤。此用「乘車戴笠」指參與柳湖社集等十五人，情感深厚不因貧富貴賤而有異。之後「入新年」點明時間之轉換，已由憶昔回到現實。先描述初春微露之訊息，「入新年、茂苑尋春，看驛路、梅花爭發」，歲暮入新年，是處惹春意，苑囿花木茂美，驛路梅花盛綻，構成一幅優美的春光畫卷，當令人心曠神怡，美不勝收。然而「便咫尺雲山，不斷離愁千疊」，詞人遠眺咫尺雲山，不僅想念遠行友人，正思念過往曾經的美好相聚，如今卻已然消失，自許今後，情景只能於回憶中再現，因而萌生孤獨寂寞之感。作者因送別而遠眺，因遠眺而生聯想，由聯想而生思念，以雲山千層重疊比擬離愁之深厚濃重，將相思之無窮轉變爲空間之無際，以有形之物喻無形之情，終至景斷意連，語盡情牽，使千頭萬緒之感慨，都齊湧向言外。

陳嵺，字咸京，號岞嵐，晚號慧香，江蘇華亭人。貢生，博洽多聞，康熙五十二年（1713）詔求實學眞儒，王頊齡、李光地以嵺名薦充纂修詩經館分校，議敘知縣。遽乞歸，杜門著述。〔註 105〕著有《祖

〔註 103〕〔漢〕司馬遷著，〔宋〕裴駰集解，〔唐〕司馬貞索隱，張守節正義:《史記・司馬相如列傳》,《二十五史》，冊二，卷一一七，頁 1218。

〔註 104〕〔唐〕徐堅等撰:《初學記》引〔晉〕周處《風土記》,《景印文淵閣四庫全書》，冊八九〇，卷十八，頁 292。

〔註 105〕〔清〕謝庭薰修，陸錫熊纂:《江蘇省婁縣志》,《中國方志叢書》(臺

硯堂集》、《呵壁詞》。〈探春慢・送陳岞嵐遊長洲〉則是送友人陳崿遊長洲而作。其詞云：

> 落日寒蕪，西風病葉，垂楊還向人舞。極浦潮廻，離亭鳥散，別意如今慵賦。怕說銷魂事，又却是、消魂愁句。低篷三扇開時，匆匆軟語無緒。　燭底吟邊惹夢，甚夢醒偏聽，數聲柔艣。雁陣初高，蓴絲正美，未算他鄉羈旅。一片波光冷，但目斷、吳江楓樹。待入新年，與君共尋詩去。〔註 106〕

此詞前半闋由上而下，由遠而近，由大而小描寫送別情景。起首三句「落日寒蕪，西風病葉，垂楊還向人舞」，先寫景點出秋風季節，日暮時刻，透過「寒蕪」、「病葉」渲染成一淒涼蕭條畫面；再以垂楊獨舞表現外物無情，未能會得離人愁緒，襯托送別人之多情。次三句，「極浦潮廻，離亭鳥散，別意如今慵賦」，作者視角下探遙遠的水濱，送別的離亭等眼前實景，雖自言慵倦不賦別意，然其原因豈是慵倦而已？緊承上句，詞人隨即揭示緣由，「怕說銷魂事，又却是、消魂愁句」，誠如江淹〈別賦〉云：「黯然銷魂者，唯別而已矣」〔註 107〕，銷魂是極憂愁，一「怕」字道出詞人心事，除了詞人心思紛亂而無緒賦別之外，更大原因乃是不敢言愁，怕增加心中之悲苦。因此「別意如今慵賦」，不是詞人不想賦別，而是不能賦別，是為避免賦別友人而勾起無限悲苦所採取的強制行動，此種心緒實際上更為淒楚、悲涼。如陸時雍《詩鏡總論》：「善言情者，吞吐深淺，欲露還藏，便覺此衷無限」〔註 108〕，欲語還休，反覺寄情深遠。次兩句「低篷三扇開時，匆匆軟語無緒」，陸游在山陰，描述功名不能成就，而隱居家

北：成文出版社，1974 年 6 月，據清乾隆五十三年刊本影印），冊一三七，卷二六，頁 1112。

〔註 106〕〔清〕焦袁熹：《此木軒全集・此木軒直寄詞》，天津南開大學館藏清抄本（三卷附舊作一卷），未編冊卷、頁碼。

〔註 107〕〔梁〕蕭統：《昭明文選》（鄭州：中州古籍出版社，1990 年），卷十六，頁 221。

〔註 108〕〔明〕陸時雍：《詩鏡總論》，《景印文淵閣四庫全書》，冊一四一一，頁 14。

鄉的閒逸情懷，賦〈鵲橋仙〉詞云：「輕舟八尺，低篷三扇，占斷萍洲煙雨」（《全宋詞》，冊三，頁 1594），這「低篷三扇」指的就是烏篷船，此指陳岞嵐所乘之交通工具。自古面對離情之際多無情緒，宋・柳永〈雨霖鈴〉詞：「都門帳飲無緒，留戀處、蘭舟催發。」（《全宋詞》，冊一，頁 21）焦氏藉由「無緒」、「匆匆」、「軟語」等詞語堆疊，純用白描手法，寫出詞人心思紛亂，叮嚀之絮語不斷的分別景況，爲下片作有力的渲染與鋪墊。

下片，「燭底吟邊惹夢，甚夢醒偏聽，數聲柔艣」句，承上片「落日」而來，時間推移至夜晚，後兩句使用倒裝句法，描寫外頭數聲柔艣驚醒夜夢，使詞人重回眞實人生與友別離之孤寂景況。由於好夢難圓，長夜無眠，不禁回憶起傍晚送別之情景，以慰相思。以下三句，「雁陣初高，蓴絲正美，未算他鄉羈旅」，作爲送別時秋景之補述，雖爲眼前實景同時也運用秋雁南歸之意象，以及張翰罷官歸鄉之典，料想客居他鄉，羈旅異地之友人故情正濃。據《晉書・張翰傳》記載，張翰在洛陽，「因見秋風起，乃思吳中菰菜蓴羹、鱸魚膾，曰：『人生貴適忘，何能羈宦數千里以要名爵乎？』遂命駕而歸」〔註 109〕，因以「蓴鱸之思」，作爲思念故鄉之詞。次三句，「一片波光冷，但目斷、吳江楓樹」，詞人獨自眺望江波邈遠渺茫，夾岸楓樹連綿不絕，恍如行役者足跡漸行漸遠，送行者思念無窮無盡。即便目斷水濱，舟影仍不可見，但詞人並未愈思愈蹙，反而宕開一筆，結拍以「待入新年，與君共尋詩去」，表達經過秋末冬盡，而復新年之始，能與君重逢聚首之期盼，語言曉暢，意蘊深沉。

另外，焦袁熹喜用典故並化用「燕」、「鷓鴣」、「鴻」等禽鳥意象，如〈八歸・送鄭宣城歸靖江〉：

> 低篷挂雨，輕檣留燕，南浦送君歸去。無端眼底縈離思，偏是相逢恨晚，素心堪計。客袂欺春寒漸減，認遠岸搖煙

〔註 109〕〔唐〕房玄齡等著，〔清〕錢大昕等考異：《晉書斠注・張翰傳》，《二十五史》，冊八，卷九二，頁 1534。

柔縷。做短夢却借東風，吹過驛橋路。　　還憶才名日下，吟鞭斷，聽盡鷓鴣聲苦。亂君方寸，陳情片紙，羈緒鄉心無數。會文園遊倦，取酒憑誰賣新賦。休忘却、錦囊詩好，一段相思，鴻天頻寄與。〔註 110〕

此詞是焦袁熹於初春之際，送鄭宣城歸靖江所作。首三句「低篷挂雨，輕檣留燕，南浦送君歸去」，專力描寫停泊於岸邊的行船，先以雨景暗透愁情，以飛燕隱襯別思，最後則直接點明送別之事實。南浦，於詩詞中或作送別之地，或作將往之處，無須坐實。如《楚辭・九歌・河伯》:「子交手兮東行，送美人兮南浦。」王逸注:「願河伯送己南至江之涯」〔註 111〕，及南朝梁・江淹〈別賦〉:「春草碧色，春水淥波，送君南浦，傷如之何。」〔註 112〕焦袁熹與鄭宣城一見如故，意氣極其相投，然而南浦一別，驛路迢迢，多少憂緒感鬱齊湧心頭，故言「無端眼底縈離思，偏是相逢恨晚，素心堪計」，雖自謂「無端」，細細賞味，反而有挹之不盡的離思在其中。次兩句「客袂欺春寒漸減，認遠岸搖煙柔縷」，客袂，指翩翩然、令人留連難舍而不能去之舞袖，語出《楚辭・大招》:「長袂拂面，善留客止」〔註 113〕，「搖煙」則指柳條飄舞貌，彷彿送人遠行，唐・和凝〈柳枝〉:「軟碧搖煙似送人，映花時把翠眉顰」〔註 114〕，作者非僅寓情於其中，更化實爲虛，使「客袂」、「搖煙」均飽含象徵意義。而送別景況乃虛、實雙寫，「實」則爲眞實送別經驗，「虛」則爲虛幻之夢境，成爲作者午夜之一晌短夢，「做短夢却借東風，吹過驛橋路」，寄託於夢境，東風駘蕩，春光

〔註 110〕〔清〕焦袁熹:《此木軒全集・此木軒直寄詞》，天津南開大學館藏清抄本（三卷附舊作一卷），未編冊卷、頁碼。

〔註 111〕〔漢〕王逸:《楚辭章句・九歌・河伯》，《景印文淵閣四庫全書》，冊一〇六二，卷二，頁 22。

〔註 112〕〔梁〕江淹:〈別賦〉，〔梁〕蕭統:《昭明文選》（鄭州:中州古籍出版社，1990 年），卷十六，頁 221。

〔註 113〕〔漢〕王逸:《楚辭章句・大招》，《景印文淵閣四庫全書》，冊一〇六二，卷十，頁 69。

〔註 114〕〔唐〕和凝:〈柳枝〉，曾昭岷、曹濟平、王兆鵬、劉尊明編著:《全唐五代詞》，上冊，頁 476。

融融，離思仍繚繞詞人夢魂，更添悵惘。

下片，「還憶才名日下，吟鞭斷，聽盡鷓鴣聲苦」，描寫鄭宣城才名振京都，蜚聲天下，然而卻如同四處行吟之詩人，在他鄉異地思歸而不得，聽聞鷓鴣「行不得也哥哥」〔註 115〕之鳴聲，遂引異鄉遊子思念故鄉之情，而愁苦橫生。承上句而來，「亂君方寸，陳情片紙，羈緒鄉心無數」，因鷓鴣哀啼而心緒煩亂，而題簡短文字以陳訴衷情，其中羈旅愁苦情緒和思鄉心情之濃重卻無可計數。詞人以「片紙」之短薄，對比「羈緒鄉心」之無數，進一步凸顯遊子長期羈旅，久離家園的愁苦之感，往往至極難消。「會文園遊倦，取酒憑誰賣新賦」，則用司馬相如倦游之典故，喻鄭宣城歸靖江。文園，指漢代司馬相如。因司馬相如曾任文園令。唐・劉知幾《史通・序傳》:「至馬遷，又徵三閭之故事，倣文園之近作，模楷二家，勒成一卷。」〔註 116〕首句指司馬相如厭倦游宦生涯。《史記・司馬相如列傳》:「長卿故倦游。」裴駰集解引郭璞曰:「厭游宦也。」〔註 117〕而「取酒憑誰賣新賦」句，則用陳皇后買《長門賦》之典故:「孝武皇帝陳皇后時得幸，頗妒。別在長門宮，愁悶悲思。聞蜀郡成都司馬相如天下工爲文，奉黃金百斤爲相如文君取酒，因于解悲愁之辭。而相如爲文以悟主上，陳皇后復得親幸。」〔註 118〕焦袁熹非僅以司馬相如倦游比作鄭宣城之歸鄉，更認爲鄭宣城才高足可媲美司馬相如，故問道:鄭氏歸靖江後何人能有此文才呢？至末，「休忘却、錦囊詩好，一段相思，鴻天頻寄與」，

〔註 115〕據王師偉勇:〈論鄧廣銘先生箋注《稼軒詞》之缺失〉歸納出鷓鴣鳴聲共六種:「一曰但南不北，二曰鷓鴣，三曰鉤輈格磔，四曰杜薄州，五曰懊惱澤家，六曰行不得。」《鄧因百先生百歲冥誕國際學術研討會論文集》(臺北:臺灣大學中文系，2005 年 7 月)，頁 323。

〔註 116〕〔唐〕劉知幾:《史通・序傳》,《景印文淵閣四庫全書》，冊六八五，卷九，頁 71～72。

〔註 117〕〔漢〕司馬遷著，〔宋〕裴駰集解，〔唐〕司馬貞索隱，張守節正義:《史記・司馬相如列傳》,《二十五史》，冊二，卷一一七，頁 1218。

〔註 118〕〔梁〕蕭統:《昭明文選》《昭明文選・賦辛・哀傷・長門賦》，卷十六，頁 712。

用李賀之典，《新唐書・文藝傳下・李賀》：「每旦日出，騎弱馬，從小奚奴背古錦囊，遇所得，書投囊中」〔註 119〕，焦氏表面擬囑咐友人歸靖江後莫忘繼續塡詩賦詞，其實乃是叮嚀友人休忘寄錦書相聯繫，互訴相思。託鴻雁以寄相思乃古人之期盼，唐・劉兼〈征婦怨〉詩：「曾寄錦書無限意，塞鴻何事不歸來」〔註 120〕；宋代李清照〈一翦梅〉詞：「雲中誰寄錦書來。雁字回時，月滿西樓」（《全宋詞》，冊一，頁 928），流露出對友人的深情不捨及摯切想念。

三、悼亡哀思

由於焦袁熹對於現實生活的識見敏銳，感受特深，因此於執筆之際，萬念潮生，百思叢集，其詞情是感觸多端的。尤以生死離別之悼亡詞，表現出哀思愁苦，是生者對死者情感的祭奠，是一種超越肉體毀歿、陰陽隔絕，甚而不斷延續的表現。起初稱喪妻爲悼亡〔註 121〕，然入宋後悼亡之題材豐富，對象亦不侷限於妻子，更擴及親人、密友、先烈等，而詞有悼亡作品乃自柳永始〔註 122〕，使原本僅適用於花間尊前之詞體，可拓展至哀悼死者。如焦袁熹〈玉簟凉・爲虞皋重悼亡〉，屬於哀挽類的作品，用以抒寫普遍存在的友誼，表達出深心之摯情：

> 蓮子房空，冰輪窟冷，淚痕又漬荀香。三年鏡聽，可憐浄洗紅妝。歸對葵花面孔，一番嚬綠説凄凉。琉璃脆，彩雲易散，辜負年光。　　認取征衫綫斷，謾搜他蓋篋，種種心傷。鸞鰥鳳渴，從前轉覺尋常。蘋末西風吹老，白頭爭

〔註 119〕〔宋〕宋祁：《新唐書・文藝傳下・李賀列傳》，《二十五史》，冊二七，卷二百三，頁 2280。

〔註 120〕〔清〕聖祖御定：《全唐詩》，冊二二，卷七六六，頁 8689。

〔註 121〕「悼亡」之名始於南朝宋文帝，但其作乃始於《詩經邶風・綠衣》寫鰥夫睹衣思人而傷悼亡妻，以及《詩經唐風・葛生》寫孀婦痛悼亡夫願死後同穴，此後人悼亡詩不斷，其中著名的潘岳悼亡詩此作一出，悼念情眞意篤的亡妻之作。

〔註 122〕柳用曾爲身故之不幸歌妓寫下哀悼詞，作〈秋蕊香引〉（留不得）及〈離別難〉（花謝水流倏忽）二首。

得似鴛鴦。塵緣在，人人此恨，空費詩腸。(《全清詞・順康卷》，冊十八，頁 10607)

焦袁熹所悼亡對象即繆謨，其字丕文，又字虞臯，號雪莊。江南華亭人（一作婁縣，今上海松江人），早年家貧，無力讀書。後得焦袁熹之助而能發揮其才，而顯名於世。焦袁熹賞其詩文清麗，尤工塡詞，曾作〈贈虞臯〉詩：「天下閒人亡是公，世間才子可憐蟲。博場陶頓雲烟似，樂府酸甜氣味同。暫見歡咍堆面上，終知抑塞在胸中。今朝贈汝窮愁句，死不飛來那得工」〔註 123〕，彼此胸中抑塞之氣相通，因而相與莫逆，交誼深厚。

此詞特別之處，在於焦袁熹全詞著重描寫繆謨妻子之思念，而以旁觀者的視角款款道來，虛實相生，情景對應，實蘊含自身濃濃的傷悼之情。起句即入題，開頭「蓮子房空，冰輪窟冷，淚痕又漬荀香」三句，焦詞言及繆謨之妻因見秋季夜景，不禁想到已故亡夫，而淚流滿面。蓮子房，即蓮蓬，蓮花開過後的花托，倒圓錐形，有許多小孔，各孔分隔如房，故名。冰輪，指高掛夜空，潔白無暇之圓月。詞人先以景喻情，透過「空」、「冷」字綰合，構成一種淒寂而清冷、衰頹而黯淡之氛圍；後又借景反襯，將情感假託於景物上，月圓則人當相會，尤其是親人友朋團聚，飲宴賞月之秋節，然而「斯人既已」，生死兩地之永訣，再也不能滿足尋求圓滿之盼望。透過反襯之效果，造成物我衝突之張力，遂而凝出底下一句「淚痕又漬荀香」，宣洩傷逝之情。荀香，即荀令香，《太平御覽》卷七〇三引晉・習鑿齒《襄陽記》：「荀令君至人家，坐處三日香。」〔註 124〕荀令君即荀彧，字文若，爲侍中，守尚書令。傳說曾得異香，用以薰衣，餘香三日不散。後以「荀衣」、「荀香」、「荀令衣香」等，或喻人之風流倜儻，或喻惆悵之情，或喻花卉異香。此指處於女子盈溢花卉異香的室外，因思念而幽咽

〔註 123〕〔清〕焦袁熹：《此木軒詩鈔》，藏於中國國家圖書館古籍室，卷六，頁 6。

〔註 124〕〔宋〕李昉等奉敕撰：《太平御覽》引〔晉〕習鑿齒《襄陽記》，《景印文淵閣四庫全書》，冊八九九，卷七〇三，頁 343。

吞聲，更能獨味其中的惆悵與悲傷。「三年鏡聽，可憐净洗紅妝」，寫繆謨逝去已三載，一世睽違而無相逢之可能，因思念甚殷，每逢佳節人聚之除夜遂初，往往因倍感傷心而淚流滿面，三年未歇。作者以「洗紅妝」三字，不僅見女子流淚之多，亦見傷心之甚。鏡聽，占卜法之一，爲除夕或歲首之習俗。懷鏡胸前，出門聽人言，以占吉凶休咎〔註 125〕，此用以代指除夕、新年之節令。此相思衷情無處可訴，只好「歸對葵花面孔，一番囑绿說凄凉」，只能面對錦葵、蜀葵等自然之物，將一腔思念之情傾出。花兒豈能體會眞情？作者寄深於淺，以擬人化之手法，賦予花以人類的思想感情，同時也能襯托女子寂寞煩亂之心緒。「琉璃脆，彩雲易散，辜負年光」，前兩句乃源自唐代白居易〈簡簡吟〉:「大都好物不堅牢，彩雲易散琉璃脆」〔註 126〕，後宋・柳永爲不幸身故之歌妓所寫哀悼詞〈秋蕊香引〉:「留不得。光陰催促，奈芳蘭歇，好花謝，惟頃刻。彩雲易散琉璃脆，驗前事端的」（《全宋詞》，冊一，頁 25），及晁補之〈青玉案・傷娉娉〉:「彩雲易散琉璃脆。念往事、心將碎。只合人間十三歲。百花開盡，丁香獨自，結恨春風裏。」（《全宋詞》，冊一，頁 576），藉此以傷娉娉之早夭，詞中均借鑒此詩句。「琉璃」爲有色半透明之玉石，彩澤光潤踰於眾玉，極爲珍貴〔註 127〕，然其質卻脆薄易碎；「彩雲」顏色絢麗鮮豔，

〔註 125〕〔元〕伊世珍輯《瑯嬛記》:「鏡聽咒曰：『並光類儷，終逢協吉。』先覓一古鏡，錦囊盛之，獨向竈神，勿令人見，雙手捧鏡。誦咒七遍，出聽人言，以定吉凶。又閉目信足走七步，開眼照鏡，隨其所照，以合人言，無不驗也。」見〔清〕張海鵬輯:《學津討原》（揚州：江蘇廣陵古籍刻印社，1990 年），卷上，頁 14。

〔註 126〕〔唐〕白居易〈簡簡吟〉:「蘇家小女名簡簡，芙蓉花腮柳葉眼。十一把鏡學點妝，十二抽鍼能繡裳。十三行坐事調品，不肯迷頭白地藏。玲瓏雲髻生菜樣，飄搖風袖薔薇香。殊姿異態不可狀，忽忽轉動如有光。二月繁霜殺桃李，明年欲嫁今年死。丈人阿母勿悲啼，此女不是凡夫妻。恐是天仙謫人世，只合人間十三歲。大都好物不堅牢，彩雲易散琉璃脆。」《全唐詩》，冊十三，卷一三五，頁 4822。

〔註 127〕〔宋〕戴埴《鼠璞・琉璃》:「琉璃，自然之物，彩澤光潤踰於眾玉，其色不常。」《景印文淵閣四庫全書》，冊八五四，卷上，頁 67。

卻更容易受風吹散而無處尋覓；「年光」為人生最為珍貴可喜之物，卻易悄然凋衰流逝，而無法再復還。透過重疊的句式，詞人所表現的是對世上美好景物情事之流連，對時光流逝的悵惘，以及對於與友人相聚回憶之思念。

下片起首「認取征衫綫斷，謾搜他薹篋，種種心傷」，多從「征衫」、「薹篋」等細處、近處和靜處進行描寫，往回追憶，不僅萌發「斯人既已」的孤獨感和「觸物傷摧」的鬱塞感，而且使人在時間頹然不流的錯覺中產生一種難以自拔的窘促感，從中體味到悼亡的痛楚和哀傷。以下四句「鸞鰥鳳渴，從前轉覺尋常。蘋末西風吹老，白頭爭得似鴛鴦」，堆疊「孤鸞」、「鰥魚」、「鴛鴦」之意象，這些物象一經帶著作者的離情別緒入詞，成為「人化的自然」，便構成一種荒寒而悲涼、空廓而沉深的美感形態。孤鸞、鰥魚均比喻喪偶之人。南朝宋・范泰〈鸞鳥詩〉序：「昔 罽賓王結罝峻卯之山 ，獲一鸞鳥。王甚愛之，欲其鳴而不致也。乃飾以金樊，饗以珍羞，對之愈戚，三年不鳴。其夫人曰：『嘗聞鳥見其類而後鳴，何不懸鏡以映之？』王從其意。鸞覩形悲鳴，哀響沖霄，一奮而絕」〔註 128〕，以喻無偶或失偶者對命運的傷悼。《釋名・釋親屬》：「無妻曰鰥。鰥，昆也；昆，明也。愁悒不寐，目恆鰥鰥然也。故其字從魚，魚目恆不閉者也」〔註 129〕，後因以「鰥魚」謂鬱悒不寐。「鸞鰥鳳渴」，同「鰥魚渴鳳」，意謂獨身的男子急於求得配偶，希冀尋覓有情人長相廝守，此為歷來不變之愛情渴望。然而，底下筆鋒一轉，「蘋末西風吹老，白頭爭得似鴛鴦」，以反詰語氣道出世間事事難料，現實的阻礙多重，最終年老體衰以致生死兩隔，怎得如鴛鴦比翼，偶居不離呢？「蘋末」，語出宋玉〈風賦〉：「夫風生於地，起於青蘋之末」〔註 130〕，指風所起處，此用以

〔註 128〕〔南朝宋〕范泰：〈鸞鳥詩・序〉，逯欽立輯校：《先秦漢魏晉南北朝詩》，中冊，卷一，頁 1144。

〔註 129〕〔漢〕劉熙：《釋名・釋親屬》，《景印文淵閣四庫全書》，冊二二一，卷三，頁 399。

〔註 130〕〔戰國楚〕宋玉：〈風賦〉，〔梁〕昭明太子撰，〔唐〕李善注：《昭明

指年歲流逝之摧殘。「鴛鴦」，晉・崔豹《古今注・鳥獸》：「鴛鴦，水鳥，鳧類也。雌雄未嘗相離，人得其一，則一思而死，故曰疋鳥」，舊傳雌雄偶居不離，古稱「匹鳥」。鴛鴦亦可用以喻志同道合的兄弟，誠如嵇康〈贈兄秀才入軍〉詩：「鴛鴦于飛，肅肅其羽。朝游高原，夕宿蘭渚。邕邕和鳴，顧眄儔侶。俛仰慷慨，優游容與」，即爲此手法。焦袁熹用以表達與友人生別，濃郁深摯的相思之情。至末結拍三句，「塵緣在，人人此恨，空費詩腸」，由於佛教所謂與塵世的因緣，致彼此有相識之機遇，卻也不免經歷死別永訣的痛徹心扉，實無須白費詩思去強賦愁情，誠知此恨人人有，而世間痛苦莫過於此。焦袁熹曾言：「平昔知交少，中年零落多」〔註 131〕，又作「人生生死別，悽覺兩心知」〔註 132〕，均得見對於人生無常之感慨，因此結拍三句乃爲焦氏歷經交遊零落，生死別離後所得之體悟，同時也表現無可奈何之失落！

小　結

「古傷逝惜別之詞，一披詠之，愀然欲淚者，其情眞也。」〔註 133〕焦袁熹詞中，閨怨寫念遠之情懷，送別寫生離之惆悵，悼亡寫死別之哀傷，情眞意切，均表現出濃重的相思愁緒。《中國古代文學十大主題》一書云：

> 相思主題由於極度的孤獨焦灼，無意中將心理時間與宇宙時間拉開了懸殊的差距。把客觀存在放入主觀情感系統中考察……相思主題特定情感形成一個「心理場」，其

文選》（臺北：文化圖書公司，1975 年 8 月），卷十三，頁 174。

〔註 131〕《此木軒詩鈔》卷一〈題亡友俞蒼文詩卷後〉：：「平昔知交少，中年零落多。生才良不易，無命復如何。泉路惟修夜，人間有逝波。文昌留樂府，遺恨不堪歌。蒼文病目故以張籍比之」

〔註 132〕《此木軒詩鈔》卷一〈長史蒼文相繼淪逝，感念不已，因寄懷策銘〉：「人生生死別，悽覺兩心知。鶢鶋鷗休相笑，雲泥各一時。黃壚空有恨，蒼蓋豈無私。夙昔飛騰意，天涯近若爲。」

〔註 133〕鄭奠、譚全基編：《古漢語修辭學資料彙編・衡曲塵譚・塡詞訓》（臺北：明文書局，1984 年 9 月），頁 485～486。

巨大的引力吸附了人的感知，左右了人外在的「物理場」。〔註 134〕

焦袁熹秉持「情眞」之原則，於綺怨、離別及傷逝詞中，屢寄相思之情，或直抒其意，或暗藏其情，自然悲嗟益深，惻惻動人。此外，考察焦袁熹作品，不少賦情詞均集中筆力，在語典上下工夫，在創作中將學問與情感作結合，自有其傳承與開拓。

第三節　寄贈酬唱

酬贈主題，指的是詞體的運用，包括以詞作爲祝壽、餞別、題贈等工具，以及互相唱和等。實則文人雅士之製詞，更常得於酒席歌筵，那麼，逢場題贈以佐清歡之事，應該隨著這種興會而存在，只是早年未必附上詞題，以致不知題贈與誰了。目前可見，在詞調下附上題贈對象的，要從北宋初期開始，如晏殊〈山亭柳〉（家住西秦），即題云：「贈歌者。」然論其內容，則屬寓寫身世之作；毛滂〈惜分飛〉詞，題作「富陽僧舍作別語贈妓瓊芳」，顯然是贈別歌妓而作，而內容寫相別情態。〔註 135〕不論題序旨意與詞作內涵，是否達成契合，論及詞作體製則多爲詞家所遵循。在蘇軾贈答詞以男性爲主，若干贈妓女歌女，言情意味極少，大部分都是間接稱讚其主人，打破了詞體一向以異性間的情愛爲描寫中心的習慣，改變成爲以大丈夫友誼爲描寫中心的方式〔註 136〕，本以歌妓演唱爲主體的歌詞，轉變爲文人酬贈唱和之工具。焦袁熹所塡寫之酬贈詞，大抵也效仿宋人創製。關於題序之體例，仍然依照往例，同樣會在每一詞牌下，註明題贈酬答之對象，

〔註 134〕王立：《中國古代文學十大主題》（臺北：文史哲出版社，1994 年 7 月），頁 68。

〔註 135〕王師偉勇著：〈古典詞的主題與技巧：以唐宋詞爲論述核心〉，詳見《國文天地》第 18 卷第 9 期，2003 年 2 月，頁 39。晏殊〈山亭柳〉詞，見《全宋詞》，冊一，頁 106；毛滂〈惜分飛〉詞題或作「富陽僧舍代作別語」，見彊邨叢書本《東堂詞》，及《全宋詞》，冊二，頁 677。

〔註 136〕車柱環著，張泰源譯：〈東坡詞研究〉，見《書目季刊》第 22 卷第 3 期，1988 年 9 月，頁 23。

讓讀者能一目了然，熟悉詞中內容發展。而內容方面則循蘇軾之突破衝決，均以男性友人爲對象，描述大丈夫之友誼。茲將焦袁熹酬贈作品，大致分爲二類：一是題贈酬答，二是寄呈唱和。分別探討如下：

一、題贈酬答

焦袁熹交遊廣闊，詞中頗多著名題贈、送別、慶賀之作，卻大多數切人切事，具見性情，多非頌禱鋪張的酬唱之言。而根據詞調與形式載之，焦氏之贈答酬唱詞，一般以中、長調爲主，鋪陳終始，章法平實；寫作範圍多爲實際生活爲內容，而其中一部份爲戲作自遣之詞，以憑空捏造的植物相互贈答遊戲填詞；題贈酬達之對象，則以平日往來之朋友、門人居多。以下就諸詞之分析，略見其題贈酬答詞創作之梗概：

潘牧，至老而貧困，屢過松江郡中與諸君子留連唱和，時人皆視牧園之作爲首屈一指。焦袁熹深嘆其詩詞深美，頗愛惜其才華，更加以提攜，潘牧亡後，焦袁熹於燈下檢得潘子《牧園詩藁》感賦有云：「諸孫活計空門在，故友相思獨夜長。莫道生前無片瓦，桐棺三寸兩淋浪」〔註 137〕，句句皆表達對故友思念之意，眞摯深切。除賦詩之外，焦氏更寄調〈醉翁操〉一闋，題其詩卷以寄思念傷懷。其詞云：

> 堪傷。潘郎。昂藏。鬢蒼蒼。難常。倐然去來無何鄉。酒壚拚醉千場。馱錦囊。得句自鏘洋。何處來錦心繡腸。　　不知許事，失馬亡羊。釣鼇海上，幾度滄波變桑。追七賢兮翶翔。詠五君兮琳琅。相期爲報章。余心方徊徨。翹首莫雲長。一聲哀些吟楚湘。（《全清詞・順康卷》，卷十八，頁 10604）

詞序言：「傷牧園先生，遂賦此詞題其詩卷」，據其詞末所注，「先生製《新體五君詠》，余以齒長忝居前，詞極奇偉，有任華之風」，是知所題詩卷爲《新體五君詠》，焦袁熹頗賞其詞之奇偉，以唐代詩人任華作比，非有機心，亦狂狷之流歟。關於是詞擇調之故，則須溯源於

〔註 137〕〔清〕焦以敬、焦以恕編：《焦南浦先生年譜》，頁 364。

詞牌〈醉翁操〉之出處，《碎金詞譜》：「此本琴曲屬正宮，有聲無詞，沈遵遊歐陽公醉翁亭，以琴寫其聲，好事者倚其聲製曲，而琴聲爲詞所繩約，粗合拍度，非天成也，後有廬山玉澗道人崔閒妙於琴，乃譜其聲，而請東坡補此詞，辛幼安遂編入詞中，沿爲詞調。」〔註 138〕〈醉翁操〉原爲一琴曲，期間有不少人打算爲它塡上相應之歌詞，均不甚理想。直至歐陽脩去世後，由其學生蘇軾完成塡詞，使得琴曲相益增色。蘇軾所塡〈醉翁操〉爲懷念恩師所作，故此詞牌遂用於師生情懷間之抒發爲多。焦袁熹好揚人之長，潘牧便是受其提攜稱揚而著名，焦袁熹對於潘牧而言，可謂亦師亦友。故焦氏擇是詞調以懷其故友，亦展兩人師生之情誼。

上片起頭「堪傷」二字，極爲沉重，渲染詞句傷逝之氣氛。想到昔日景貌，潘牧身故昂藏，氣度軒昂，超越群眾，然其髮卻漸轉斑白，終不敵年歲之流轉而逝亡。「脩然去來無何鄉。酒壚拚醉千場」，「脩然」乃用《莊子．大宗師》：「脩然而往，脩然而來而已矣」〔註 139〕，即謂潘牧無拘無束貌之不羈之身；「酒壚」，原爲賣酒處安置酒瓮之砌臺，在此借指酒肆，意謂潘牧在酒壚酩酊大醉之豪氣狂放。「馱錦囊。得句自鏘洋。何處來錦心繡腸」，此用李賀騎驢覓句之本事，《唐書．李賀》：「每旦日出，騎弱馬，從小奚奴背古錦囊。遇所得，書投囊中。……及暮歸，足成之，非大醉弔喪，日率如此」，「辭尚奇詭，所得皆驚邁絕去翰墨畦逕，當時無能效者。」〔註 140〕李賀背一古破錦囊，遇有所得，即書投囊中，所出詩句均文辭華麗，韻律優美。詞人以李賀騎驢覓句爲比，稱譽潘牧文思優美，聰明有才，更言其詩心詩才之不凡。

〔註 138〕〔清〕謝元淮：《碎金詞譜》，《續修四庫全書》（上海：上海古籍出版社，2002 年），冊一七三七，卷七，頁 156。

〔註 139〕〔周〕莊周著，郭慶藩釋：《莊子集釋．大宗師》，國學整理社原輯：《諸子集成》（北京：中華書局，1954 年），頁 104。

〔註 140〕〔宋〕宋祁：《唐書．文藝傳下．李賀列傳》，《二十五史》，冊二七，卷二百三，頁 2280。

下片，「不知許事，失馬亡羊」兩句，指不懂得禍福相倚之道理。「失馬」，指塞翁失馬；「亡羊」，指亡羊補牢。比喻福禍得失時常互轉，不能以一時論定，即指禍福得失。「釣鼇海上，幾度滄波變桑」，用李白「海上釣鼇客」之軼事，據宋・趙令畤《侯鯖錄》卷六：「李白開元中謁宰相，封一板，上題曰：『海上釣鼇客李白。』宰相問曰：『先生臨滄海，釣巨鼇，以何物爲鉤線？』白曰：『以風浪逸其情，乾坤縱其志；以虹霓爲絲，明月爲鉤。』又曰：『何物爲餌？』曰：『以天下無義氣丈夫爲餌。』宰相悚然。」〔註141〕果然氣勢軒昂，豪情壯闊；然而「幾度滄波變桑」，世事無常，舊人已不復見，「滄海桑田」語出晉・葛洪《神仙傳・王遠》，麻姑自言：「接待以來，已見東海三爲桑田」〔註142〕，詞人心懷故友感觸良多，頗有物是人非之深沈慨嘆。「追七賢兮翱翔，詠五君兮琳琅」，則論及潘牧之風範及所著《新體五君詠》之評價。「七賢」指魏晉七位名士〔註143〕，阮籍爲七賢之一，其〈答伏義書〉：「騰精抗志，邈世高超，蕩精舉於玄區之表，攄妙節於九垓之外。」〔註144〕詞人謂潘牧追求七賢衝破虛僞禮教，超脫世俗塵寰之精神，以及對阮籍、嵇康、劉伶、阮咸、向秀五君之題詠中，深寓寄託，富有眞情實感，得窺見潘牧之超曠不凡。

下片之末結，詞人則轉爲敘寫自身失友後之心情，若賈誼作賦憑弔屈原一般，以喻兩人精神實質之相通。「相期爲報章。余心方徊徨。

〔註141〕〔宋〕趙令畤撰，孔凡禮點校：《侯鯖錄》，《歷代史料筆記叢刊・唐宋史料筆記》（北京：中華書局，2002年9月），卷六，頁151～152。

〔註142〕〔晉〕葛洪：《神仙傳・王遠》，《景印文淵閣四庫全書》，冊一〇五九，卷三，頁270。

〔註143〕「七賢」，指魏晉時嵇康、阮籍、山濤、向秀、劉伶、阮咸、王戎七個名士。〔唐〕房玄齡等著，〔清〕錢大昕等考異：《晉書・嵇康傳》：「所與神交者，惟陳留阮籍，河內山濤，豫其流者，河內向秀，沛國劉伶，籍兄子咸，琅邪王戎，遂爲竹林之游，世所謂竹林七賢也。」《二十五史》，冊八，卷四九，頁914。

〔註144〕〔魏〕阮籍：〈答伏義書〉，〔明〕張溥輯：《漢魏六朝百三名家集》，冊二，頁1025。

翅首莫雲長。一聲哀些吟楚湘」，憶起過往相約爲文賦詩塡詞，如今唯餘吾一人，因而心神不定，驚悸不安；但翅首以盼，仍待淩空翔雲浩蕩之際，只是如許心情，至今已無法與君分享。「一聲哀些吟楚湘」，借用賈誼爲賦弔屈原之典，誼爲長沙王太傅，既以謫去，意不自得；及度湘水，爲賦以吊屈原。〔註 145〕賈誼仕宦經歷頗似屈原，皆因忠被謗，遂發異代同慨之感，此賦雖名爲憑弔屈原所作，實亦兼以自傷，而焦氏〈醉翁操〉詞，亦藉題潘牧詩卷以寄思念外，更寓個人襟抱、志意，並抒發不得志之情懷。

焦氏不得志之故，與清代統治政策密切相關，可謂其所擇所取，端賴君子之道以從其志，可謂「擇地而蹈之，時然後出言」。其〈百字令・贈趙潤川〉亦借贈酬之語，含蓄措意，針砭政局時弊，更寄託其趨舍有時之態度：

> 俊才今見，似士衡妙解、早傳文賦。搖筆驚看騰墨彩，一洗人間塵蠹。擲地摩空，等閒清夢，不信鈞天悞。一時勛績，丹黃堪笑窮措。　　何處長笛飛聲，倚樓聽倦，怨句杯前付。莫惜娉婷今未嫁，好景良辰虛度。寶運方新，重重結網，海底珊瑚露。連城光價，酬君應也如數。（《全清詞・順康卷》，卷十八，頁 10608）

起首，稱許趙潤川之俊才，「俊才今見，似士衡妙解、早傳文賦」句，便讚揚其文才俊妙，得晉代陸機之先。其次，讚美趙氏之妙文，「搖筆驚看騰墨彩，一洗人間塵蠹」，天下詩書塵蠹甚，待趙氏文章出，其思巧詞纖一新耳目，以此稱譽其文章雋異。清代之文字獄較歷代尤甚，其文網之嚴密漸成規模，著書立說當冒極大風險，故當時文人爲避文字獄罹難，其研究方式，一爲文獻考訂，一爲詩文評點。藉由逐一評點進行文學批評而成書籍，焦氏所謂「塵蠹」，以遭塵土污染，蠹蟲蛀壞，比喻晚明以來對文古籍妄加評點之陋習。

〔註 145〕〔漢〕司馬遷著，〔宋〕裴駰集解，〔唐〕司馬貞索隱，張守節正義：《史記・賈誼列傳》，《二十五史》，冊二，卷八十四，頁 905～906。

「擲地摩空，等閒清夢，不信鈞天悞」，即便是辭章優美，才思敏捷之文人，仍舊作著爲官受用之尋常美夢，不能覺醒於帝王之謬欺迷惑。「鈞天」，天的中央。古代神話傳說中天帝住的地方，此指爲帝王。指出當時清代籠絡士子之策略，有志有才之文人未能體察清廷沿明制開科場、設制科及興文教，以籠絡前朝遺臣及一般士子之心，無不趨之若鶩。焦氏此處所謂「不信鈞天悞」之士子，當包括此詩所贈對象趙潤川，以下便緊承上句，貶斥時人爲求一時功績，對於古籍之妄加圈點評語，多不得其要領，對於清代所盛評點學有深責之語，給予辛辣之嘲弄。「一時勛績，丹黃堪笑窮措」，丹黃，舊時點校書籍用朱筆書寫，遇誤字，塗以雌黃，故稱點校文字的丹砂和雌黃爲丹黃。品藻詩文，褒貶前哲，或以丹黃識別而評騭之。清．黎庶昌《續古文辭類纂．序》：「宋、元、明以來，品藻詩文，或加丹黃，判別高下，於是有評點之學。」〔註 146〕窮措，指既貧寒且酸氣之書生，含有輕慢之意。焦袁熹指出明、清以來評點之學之弊，對於評點家無經史學問根底，搜羅不備，去取失嚴，加以貶斥，更開啓往後以乾隆皇帝爲首之清廷官方極力倡導，承繼與發揚清初所主張的學術規範理念。誠如《四庫總目》指出經書乃是「尼山刪定，本以唐虞三代之規，傳爲帝王之治法，不徒爲尋章摘句設也」〔註 147〕，嚴厲譴責對於經書濫加圈點之作法，如評姚舜牧《書經疑問》「於精義罕所考定，惟推尋文句，以意說之，往往穿鑿杜撰。……可謂遊談無根矣」〔註 148〕；評賀貽孫《詩觸》「往往以後人詩法，詁先聖之經，不免失之佻巧」〔註 149〕云云，譴責對於古書濫加刪削，更貶抑以不嚴肅之輕佻態度和話語評點詩文。早在《四庫全書》纂輯之前，焦袁熹即於文學作品中，以及其論詩等批評中，表達對於今人爲求一時功勳事蹟，對於古

〔註 146〕〔清〕黎庶昌：《續古文辭類纂．序》，《四部備要》（臺北：中華書局，1981 年），冊五七〇，頁 14。

〔註 147〕〔清〕永瑢、紀昀編纂：《四庫總目》，卷十二，頁 100。

〔註 148〕〔清〕永瑢、紀昀編纂：《四庫總目》，卷十四，頁 111。

〔註 149〕〔清〕永瑢、紀昀編纂：《四庫總目》，卷十七，頁 143。

人作文妄加評歎，實乃未得其措意之不滿。

下片，則轉寫詞人心中感慨。起句「何處長笛飛聲，倚樓聽倦，怨句杯前付」，化用自趙嘏作〈長安晚秋〉:「長笛一聲人倚樓」〔註150〕，長笛飛聲是動態，倚樓聽倦是靜態，長笛聲悲，易勾愁緒，故倦聽而飲酒，點出詞人有怨。「杯前」代指酒，酒可以用以消憂，可遞友情，可寄豪情，詞人冀望「怨句杯前付」，然而往往「舉杯消愁愁更愁」（葛長庚〈水調歌頭〉），雖欲一醉方休，聊解煩憂，卻反而是酒到酣處更寂寥，渲染哀愁氛圍。「莫惜娉婷今未嫁，好景良辰虛度」，焦袁熹此以姿態美好之佳人自比，以「娉婷未嫁」言尚未出仕爲官；「好景良辰虛度」化用自柳永〈雨霖鈴〉詞句：「此去經年，應是良辰、好景虛設。便縱有、千種風情，更與何人說」（《全宋詞》，冊一，頁21），此闋詞係柳永離開都城汴京（今河南開封）時所作，內容抒發了跟情人道別時之難分難捨。遂借女子之口說：今後年復一年，縱有美景良辰，也同虛度。即便有千種柔情蜜意，又能對誰傾訴？焦袁熹以「虛度美景良辰」，言空負了才學。此句表明自己心志：你無須爲我今日仍未出仕當官，空費自身才學而感到可惜。然而，詞人雖自言無須可惜，實乃吁嗟甚矣！底下，詞人說明自身選擇隱居，未入官場之因，同時暗刺清朝初期之政治時弊，「寶運方新，重重結網，海底珊瑚露」，指清朝初建立不久，即設科舉考試，藉此網羅明末遺老，並泯除其恢復故國之思想和甄別在野學者名流，甚至於康熙十七年詔舉「博學鴻詞科」，得五十人，俱授以翰林官鴻詞科，於是才人文俊均納爲清朝之所用。表面看似正面讚揚以清朝科舉取士等政策，實則反面指出統治者藉科舉錮蔽士人思想，用科名羈縻人才，「重重結網」或指科舉爲一種籠絡士子，鞏固君權之工具；或可指清代所盛之「文字獄」，摘取文句，羅織罪名，牽累極深，告訐風行，非尋常訟獄可比，遂構成冤獄之層層「文網」。詞人以「珊瑚在網」，指出文人才士

〔註150〕〔唐〕趙嘏：〈長安晚秋〉，〔清〕聖祖御定：《全唐詩》，冊十七，卷五四九，頁6347。

均身陷文網之中，呼應前句「莫惜」二字！至末，「連城光價，酬君應也如數」，則表達焦袁熹之祝福，並點明其所「愁」爲何。「連城」，語出《史記‧廉頗藺相如列傳》「完璧歸趙」，指戰國時，趙惠文王得和氏璧，秦昭王寄書趙王，願以十五城易璧。〔註 151〕後以「連城」指和氏璧或珍貴之物。「光價」，榮耀的身階。酬，敬酒之動作，鄭玄箋：「主人酌賓爲獻，賓既酌主人，主人又自飲酌賓曰酬」〔註 152〕，用以表達祝福之意涵，此句即言爲官仕途之珍貴榮耀，趙潤川應有所得，表達對於友人之祝福。表面看爲祝福酬賓之語，褒揚其才識學養，卓越超群，當可賢能佐職，爲朝所用；實係表現其擔憂，「酬」亦雙關「愁」字，道出焦袁熹對於趙潤川奉投身朝廷，恐將陷入重重文網，甚至遭禍之憂。其中，既可見焦氏對於友人之祝福與關懷，又竭誠表述對於清廷之批判、進退取捨之態度，雖該詞不能悉意，然其素心乃呈。

焦袁熹雖從游者眾，然點頭之交頗夥，知心之友未盡存也。若一朝離分，而弗得再見，其心志無人可會，遂思極愁絕，自託其情懷於文辭以贈友人，茲舉〈念奴嬌第五體‧贈黃磬陳〉爲例，可略見其梗概：

> 去年歲晏，正風霜滿地，與君分別。相送短長亭盡處，陌上衰楊難折。極目遙天，傷心遠道，雁字明還滅。索居於此，吾生眞是愁絕。　　曾未半載離家，入春七日，歸計君偏決。九點煙鬟新雨後，笑指峰頭如刷。前度經過，翩然題鳳，此恨如何歇。相逢握手，素心當與誰説。〔註 153〕

此詞爲描寫友情之贈別之作。上片首句，「去年歲晏，正風霜滿地，與君分別」，點明時間，回憶去年將盡之末，與友人分別之場景。之後，更以長短離亭、衰楊難折、極目遙天、傷心遠道、雁字明滅，欲

〔註 151〕〔漢〕司馬遷著，〔宋〕裴駰集解，〔唐〕司馬貞索隱，張守節正義：《史記‧廉頗藺相如列傳》，《二十五史》，冊二，卷八一，頁 985。

〔註 152〕〔漢〕鄭玄箋，〔唐〕孔穎達疏：《毛詩正義‧小雅‧楚茨》，〔清〕阮元：《十三經注疏》，冊二，卷十三，頁 456。

〔註 153〕〔清〕焦袁熹：《此木軒全集‧此木軒直寄詞》，天津南開大學館藏清抄本（三卷附舊作一卷），未編冊卷、頁碼。

情於景，情景交融，渲染將別之愁緒。此後便將目光轉回自身，道出：「索居於此，吾生眞是愁絕」，《禮記・檀弓上》：「吾離羣而索居，亦已久矣」，鄭玄注：「羣，謂同門朋友也；索，猶散也」〔註 154〕，故焦氏言自身與友人分別，如今孤獨地散處一方，遂萌極端憂愁之感。

下片，首句「曾未半載離家，入春七日，歸計君偏决」，言友人未曾離家甚久，人日既至，歸意堅決。「半載」，即「一年半載」，約計時間之詞，多則一年，少則半年。「入春七日」，即農曆正月初七。南朝梁・宗懍《荊楚歲時記》：「正月七日爲人日。以七種菜爲羹，剪綵爲人或鏤金箔爲人，以貼屏風，亦戴之頭鬢。又造華勝以相遺，登高賦詩。」〔註 155〕宋・高承《紀原・正朔歷數・人日》：「東方朔《占書》曰：歲正月一日占雞，二日占狗，三日占羊，四日占豬，五日占牛，六日占馬，七日占人，八日占穀。皆晴明溫和，爲蕃息安泰之候，陰寒慘烈，爲疾病衰耗。」〔註 156〕民間對於此節日頗重視，作爲祈祥祝安之用，此外如唐・高適〈人日寄杜二拾遺〉：「今年人日空相憶，明年人日知何處」〔註 157〕之句，又增添一層思新念友之氣氛，因而人日節聞友人作歸計，故作是詞。「九點煙鬟新雨後，笑指峰頭如刷」，言齊州新雨過後之景，與友人談笑賞景之過往。「九點煙鬟」，借用唐人李賀〈夢天〉詩「遙望齊州九點煙」詩句，登濟南千佛山途中，自半山北望，可見九峰峭立〔註 158〕，故言。「前度經過，翩然題鳳，此恨如何歇」，上回輕疾過訪而未得見，此種遺憾要如何止歇？「題鳳」

〔註 154〕〔漢〕鄭玄注，〔唐〕孔穎達疏：《禮記正義・檀弓上》，〔清〕阮元：《十三經注疏》，冊五，卷七，頁 129。

〔註 155〕〔梁〕宗懍：《荊楚歲時記》，《景印文淵閣四庫全書》，冊五八九，頁 16。

〔註 156〕〔宋〕高承，〔明〕李果訂：《事物紀原・正朔歷數・人日》，王雲五主編：《人人文庫》，冊一二一，卷一，頁 8。

〔註 157〕〔唐〕高適：〈人日寄杜二拾遺〉，〔清〕聖祖御定：《全唐詩》，冊六，卷二一三，頁 2218。

〔註 158〕臥牛山、華不注山、鵲山、鳳凰山、標山、藥山、北馬鞍山、粟山、匡山。

爲訪友之典，事出南朝宋・劉義慶《世說新語・簡傲》：「嵇康與呂安善，每一相思，千里命駕。安後來，值康不在。喜出戶延之，不入。題門上作『鳳』字而去。」〔註159〕故焦氏藉此典故言思念友人，千里相訪卻又不得見之遺憾。末尾，「相逢握手，素心當與誰說」，言與黃磬陳別後，所結盡爲萍水相逢的點頭之交，遂問道：吾之心志又該向何人說去呢？意謂黃氏爲焦袁熹彼此能欣慨交心，委婉道出念友之情。

此外，此類作品中亦不免有應酬贈語，溢美之辭如〈沁園春・贈趙氏昆季〉：

> 且往觀乎，人言聖童，而君果然。嘆三十年來，倒𧝒頗有，百千隊裡，下走何堪。天上青晴，夢中彩筆，莫道人間少謫仙。驚相視，憶趙家和璧，價許城連。　　客來賦就高軒。問來者誰歟輒比肩（余同軒三訪之）。謝臣今已老，後生可畏，君良自愛，我見猶憐。兄固昂昂，弟尤了了，萬里丹山各勉旃。狂喜甚，敢輒呼小友，只願忘年。〔註160〕

上片，以「聖童」、「謫仙」喻趙氏兄弟，稱讚其爲世間少見之曠世奇才，並以「趙」氏雙關，指趙氏兄弟俊才妙文若趙氏璧般價值連城。下片，表達出詞人對於趙氏昆季之稱賞，一爲器宇軒昂，一是聰慧達理，若持續勤勉努力，當可發揮文才，青出於藍，令人敬畏；另方面，同時表達成爲以行輩、德才相敬慕的忘年之交，足見焦氏對昆氏兄弟之愛憐，渴望結賢，以建立情誼。

二、寄呈唱和

蓋「唱和」，爲詩社或雅集最基本之活動。詩社或文人雅集，藉相互唱和，交流詩藝，切磋句法，磨練寫作技巧，從而追新求奇，精進詩藝。尤其是詩社群體間，由於時相唱和、交相品第，抑揚進退之

〔註159〕〔南朝宋〕劉義慶著，〔南朝梁〕劉孝標注，余嘉錫箋疏：《世說新語箋疏・簡傲》（上海：上海古籍出版社，1993年），下冊，頁768～769。
〔註160〕〔清〕焦袁熹：《此木軒全集・此木軒直寄詞》，天津南開大學館藏清抄本（三卷附舊作一卷），未編冊卷、頁碼。

餘，容易達成審美意識之趨同，進而形塑共同之風格，從而對詩派之形成和壯大，發揮積極作用。〔註 161〕焦袁熹熱衷交友，尤其於焦氏與顧舜同結親以來，交友日廣，共同參與社事，塡詞唱和、切磋琢磨；於雲間一地，或放情山水之間，或相聚園林一隅，尙有不少詞人與焦氏往來密切，互相酬贈；焦袁熹一生泰半隱居南浦，友人或入都爲官，或四處遊歷，故焦袁熹寄詞以表思念之意，以詩詞表現對友人情誼之珍視。

林豫仲，諱令旭，生平好經史，長於詩歌兼善繪事，興至揮毫得天然神趣，所著詩、古文醇肆有法。〔註 162〕自雍正八年起中舉後，官至太常卿、督順天學政，卒于深州試院，歷來均居於都中，未得南歸。焦袁熹與豫仲有同鄉之誼，兩人交情甚厚，交往甚密。而焦氏本身即爲一位深情厚意之人，相當重視朋友，因此當聞知林令旭客都中五載，歸思頗切之際，便寫此首〈鷓鴣天・豫仲客都中且五載矣，聞其歸思頗切，賦此寄意〉，以表相互慰藉、勉勵之意，詞云：

> 客裡年光似水流。誰家缸面正新蒭。提壺苦勸君須醉，却恐醒來分外愁。　　尋夢蝶，憶盟鷗。春山好鳥亦相求。杜鵑苦勸君須去，爭奈羈人不自由。(《全清詞・順康卷》，頁10592)

首句即言林令旭入都爲客，五年歲月似流水匆匆而逝，至今卻仍淹留異地，未得歸鄉。三、四句，聞知友人思歸之意頗切，便藉提壺勸醉以忘懷。「提壺」，鳥名。亦作「提壺蘆」、「提胡蘆」，即鵜鶘。於詩詞中多以勸醉排遣愁緒情懷之角色出現。宋・歐陽脩〈啼鳥〉詩：「獨有花上提壺蘆，勸我沽酒花前傾。」〔註 163〕然又恐借酒澆愁，愁不減反增，清醒後愁緒更濃。五、六句，則用「莊周夢蝶」

〔註 161〕歐陽光：《宋元詩社研究叢稿・宋元詩社研究》（廣州：廣東高等教育出版社，1998 年），上編，頁 3～15。

〔註 162〕〔清〕謝庭薰修，〔清〕陸錫熊纂：《江蘇婁縣志》，《中國方志叢書》（臺北：成文書局，1974 年），冊一三七，卷二六，頁 1131。

〔註 163〕〔宋〕歐陽脩〈啼鳥〉，《全宋詩》，冊六，卷二八四，頁 3603。

之典，《莊子・齊物論》：「昔者莊周夢爲胡蝶，栩栩然胡蝶也，自喻適志與！不知周也。俄然覺，則蘧蘧然周也。」〔註 164〕後以「夢蝶」表人與自然融合；又用「盟鷗」之意，謂與鷗鳥訂盟同住水鄉，喻閒適自在之退隱生活。如元・袁桷〈壽李承旨四十韻〉：「息深忘蝶化，機靜狎鷗馴」〔註 165〕，兩者均表示去除一切塵務、機心而回歸閑暇自適的生活，因而道出「春山好鳥亦相求」，表現出對於林令旭棄官返鄉，同隱水濱之期待甚切。承上句而來，「杜鵑苦勸君須去」，「杜鵑，其大如鵲而羽鳥，聲哀，而吻有血，人云春至則鳴，聞其初聲者，有離別之苦。」（《華陽風俗錄》）焦詞透過春末夏初之際，杜鵑常晝夜啼鳴，其聲哀切，苦勸友人「不如歸」，渲染熱切盼歸之氛圍。然而，底下戛然收住，結尾筆鋒一轉，又落入失望情緒，一句「爭奈羈人不自由」，謂友人雖厭倦仕途，渴望歸隱，終究未得返鄉，詞人離情難遣，更憑添了萬般無奈，感慨遙深！焦氏思友之情，於歲暮時節更覺惆悵，然聽聞林令旭明春得以歸來，其喜色難掩，遂塡詞以寄，其〈南柯子・歲暮寄豫仲，聞其明春定得南歸矣〉詞云：

> 燭底輕輕舞，樽前貴貴哥。曲中紅豆聽來多。可奈酒醒獨自，影傞傞。　　桂子秋風客，蒓羹春夢婆。桃花時節漲晴波。遲爾輕帆一葉，未蹉跎。（《全清詞・順康卷》，頁 10591）

「桃花時節漲晴波。遲爾輕帆一葉，未蹉跎」，宕開一筆，叮嚀友人於明年桃花繁開季節，趁著春水漲清波，應當立刻歸鄉莫要蹉跎，由想像之景引發思切之情，交融縈繞，乃爲狂喜之言。此外，焦氏曾賦詩〈逼除夜憶豫仲〉一首：「歲行盡矣愁今夕，愁人在家翻似客。樓頭雁聲不復過，坐近南牕風策策。故人作客長安城，多恐雪花大如席。九九銷寒銷幾何，冷蘂疏香未應坼。婪尾杯深耳熱餘，定向何人出肝

〔註 164〕〔周〕莊周著，郭慶藩釋：《莊子集釋・齊物論》，國學整理社原輯：《諸子集成》，頁 53。

〔註 165〕〔元〕袁桷：《清容居士集》，《景印文淵閣四庫全書》，冊一二〇三，卷九，頁 121。

膈。明鐙吐餤漫歌呼，長箋醉墨光相射。更深魂夢一相尋，與子握手論今昔。」〔註 166〕結尾寄寓作者理想圖境和遠景，相交知心之誠，不因分隔萬里而疏遠，於夢中相尋當可「與子握手論今昔」，思念朋友之情，躍然紙上，讀來倍感眞切！

焦袁熹交游中，時多以詩歌相和，文人於林園雅集更是一種社會時尚，焦氏與朋友亦積極參與文酒之會，擇於良辰美景之時集會於西園，或賦詩酬唱，或主酒論詞，更不乏以聚會內容爲敘寫主題，分賦塡詞，以呈主人之作，如〈水龍吟〉：

> 名園得得頻頻來，縈紆洞壑迷人處。釣船並同傍柳，苔衣上砌，花梢鳴雨。浪細凫猜，池翻鷗剩，雲籠樹古。正掩關坐久，蘋洲眼冷，遲去聲嵐月，蒼霞暮。　　敢是論心争赴。伴清吟、不慗支許。狂搜勝境，愛題筠緑。書巢畫圃。金谷羞談，知君雅志，雲泉爲主。漸低斜碧漢，添斟斗酒，任鶴更曙。（《全清詞・順康卷》，頁 10608～10609）

此闋詞題爲「同衢尊、虞皋、夢園、禹功過西園即事，集詩牌字分賦，呈珠巖」，顯係參與雅集分賦創製之作。「集詩牌字分賦」爲清初文人盛行之遊戲，詩牌創自盛唐張祜，名「集字詩」，又名「鬥詩牌」，玩牌者各以牌分取雜字，綴成韻語。《清稗類鈔》：「所謂集字者，以牌中平仄之字，聯合而成詩也。初以紙爲之，後易竹木，盛行於康熙時博學鴻詞中人。」〔註 167〕清・王士禛《香祖筆記》卷七曾針對此文字遊戲有所批評：「近士大夫競以詩牌集字，牽湊無理，或至刻之集中，尤可笑。」〔註 168〕足以證明，詩牌集字盛行於清康熙時間，又以博學鴻詞中人尤多，參加者多工詩詞，直到清末，文士中仍有玩之者。焦袁熹所作〈水龍吟〉，正是文人閒暇雅集之際，以詩牌爲戲而

〔註 166〕〔清〕焦袁熹：《此木軒詩鈔》，藏於中國國家圖書館，卷四，頁 13～14。

〔註 167〕徐珂：《清稗類鈔・物品類》（臺北：商務印書館，1966 年），冊四五，頁 45。

〔註 168〕〔清〕王士禛：《香祖筆記》，《景印文淵閣四庫全書》，冊八七〇，卷七，頁 466。

成。上半片起首「名園得得頻頻來，縈紆洞壑迷人處」，總述西園景色奇美，曲洞縈紆，值得一再遊賞，底下則仔細分述西園迷人之處，「釣船並柳，苔衣上砌，花梢鳴雨」，描寫園中靜態景色，園林傍水而築，隨眼可見，苔衣青蘚染釣船，花木枝梢弄清雨，詞人巧用「砌」、「鳴」二字，靜止之景色中充滿動態之美感；「浪細鳧猜，池翻鷗剩，雲籠樹古」，則專意描寫動態之美，池湖夾岸蒼樹如雲，鳧鷗游泳其間，聯翻自得，更顯生機勃然。「遲嵐月，蒼霞暮」，環園晨昏夕暮，烟水瀰漫，霞月相映，極富詩意。總括上片，敘寫西園不以工巧取勝，而以自然爲美，山水相宜而成意蘊豐富之園林。

下片起首，「敢是論心爭赴。伴清吟、不慚支許」，文人傾心爭相前往西園，彼此透過清美吟哦，清雅吟誦交遊，此種誠心交往以「支、許」作比亦無所慚。「支、許」係晉高僧支遁和高士許詢之並稱，兩人友善，皆善談佛經與玄理。南朝宋·劉義慶《世說新語·文學》:「支道林、許掾諸人共在會稽王齋頭，支爲法師，許爲都講，支通一義，四坐莫不厭心。許送一難，眾人莫不抃舞。但共嗟詠二家之美，不辯其理之所在。」〔註 169〕此用以喻文士之交誼。「狂搜勝境，愛題筠綠」，「勝境」可指風景優美之佳境，亦可指詩文中美妙的意境。「筠綠」則以一隅竹子濃綠，借代園林之景。「書巢畫圃」，書巢爲陸游居室名，「陸子既老且病，猶不置讀書，名其室曰書巢」〔註 170〕，此用以指文人萃聚於西園談論學問、墨畫風光，謂西園爲文人薈萃之處。「金谷羞談，知君雅志，雲泉爲主」，即謂由西園得見主人之雅志，崇尚淡雅樸素，不務雕琢，而非以金谷園所能比擬。「金谷」，指晉·石崇所築之金谷園，其〈金谷園詩序〉:「金谷澗中，去城十里，或高或下，有清泉茂林，眾果竹柏，藥草之屬。金田十頃，羊二百口，雞豬鵝鴨之類，莫不畢備。又有永礁魚池土窟，其爲娛目歡心之物備矣。時征

〔註 169〕〔南朝宋〕劉義慶著，〔南朝梁〕劉孝標注，余嘉錫箋疏:《世說新語箋疏·文學》，卷上，頁 227。

〔註 170〕〔宋〕陸游:《陸放翁全集·渭南文集·書巢記》，《景印文淵閣四庫全書》，冊一一六三，卷十八，頁 447。

西大將軍祭酒王詡當還長安，余與眾賢共送往澗中。晝夜遊晏，屢遷其坐，或登高臨下，或列坐水濱，時琴笙筑，合載車中，道路竝作。」〔註 171〕金谷園繁華豪奢，構築亭樓臺閣，栽種奇花異草，養魚植荷，蓄猿飼馬，不失華麗，卻落入粗獷塵俗，反而未見其雅。詞人以金谷園作對比，映襯西園之自然雅趣。「漸低斜碧漢，添斟斗酒，任鶴更曙」，儘管日色漸暗，夜幕低垂，仍舊斟酌不輟，直至天色拂曉之際！表現詞人忘情於園林之間，蘊含「對此歡終宴，傾壺待曙光」〔註 172〕之意味。描寫西園湖光水色融合了自然山水之千姿百態，一步一景勾勒出幽邃、蒼古之庭園景致，素靜淡雅，富涵豐富人文氣息。

另外，焦袁熹相互唱酬之對象，不論父執輩、同儕、晚生諸友，以詞相和，泰半脫離不出歌詠其自身際遇、個人懷抱與平凡俗世之生活範疇。曾作〈風流子・寄虞皋〉寄託心志，詞云：

> 溶溶新波暖，搖烟縷、滿眼舊風流。想吟魂醉魄，過從蝶夢，清詞麗句，分付鶯喉。問誰似，月襟千種恨，花骨一場愁。書帷軟語，憎他社燕，水亭閑倚，羨殺沙鷗。　　飛光乘風馬，輕衫漬痕在，寂寞糟邱。一輩喝盧呼雉，回首都休。奈鳳渴鸞縲，自憐成病，燭灰香灺，何計銷憂。莫使帶圍寬盡，羞澀驌裘。（《全清詞・順康卷》，頁 10610）

此詞所寄對象即繆謨，其字虞皋，幼貧廢書，焦袁熹見其詩，勸之學，遂從受業焦袁熹。工詩詞，亦善山水，有〈滿庭芳・畫扇〉：

> 雨滾荷珠，烟籠竹翠，蕭齋無計排閒。玉蜍銅雀，戲潑墨雲寒。不用蟬紗鵝絹，隨意展、習扇彎環。元人派，斟量損益，虧豹管中斑。　　自憐，匏繫處，區區峰泖，未暢奇觀。縱山巒點綴，想像之間，那得輕帆快馬。從今去，航海梯山。齊游徧，蓬瀛閬苑，然後寫君看。〔註 173〕

〔註 171〕〔晉〕石崇：〈金谷園詩序〉，〔清〕嚴可均校輯：《全上古秦漢三國六朝文・全晉文》（京都：中文出版社，1981 年 6 月），冊二，卷三二，頁 1651。

〔註 172〕〔唐〕太宗：〈除夜〉，《全唐詩》，冊三，卷六三，頁 741。

〔註 173〕〔清〕馮金伯撰：《國朝畫識》引繆謨〈滿庭芳・畫扇〉，周駿富編：

其詩文清麗，尤長樂府，論者比之姜夔。〔註 174〕焦袁熹不僅對繆謨有見遇之恩，更視之為「知音」，焦袁熹此闋直寫自身懷抱，寄寓著自傷年老、身軀飄零之感。首句「溶溶新波暖，搖烟縷、滿眼舊風流」敘眼前碧波溶溶，煙氣裊裊之春光景色，一「舊」字則蘊含物是人非之感。「想吟魂醉魄，過從蝶夢，清詞麗句，分付鶯喉」，道出寄情山水，放浪形骸；瀟灑自然，無拘無束；賦詩填詞，諧音婉唱之嚮往。「吟魂醉魄」句，出自唐・周朴〈弔李群玉〉一詩：「群玉詩名冠李唐，投詩換得校書郎。吟魂醉魄知何處，空有幽蘭隔岸香。」〔註 175〕以能賦詩填詞，故謂之吟魂，又常耽酒罕醒，故謂之醉魄也。「過從蝶夢」則化用「莊周夢蝶」〔註 176〕之典，言超然物外的玄想心境。「清詞麗句，分付鶯喉」，即託以婉轉悠揚之歌聲表現清新美麗的詞句。「問誰似，月襟千種恨，花骨一場愁」，詞人逕直點出「愁」、「恨」，將感嘆之情，完全訴諸筆墨之間。詞人順勢引出了下文，其愁緒之由來，在於「憎」、「羨」二字。書齋帷帳上，社燕柔婉細語、相互依偎，勾起詞人形單之嘆，臨濱水亭裡，沙鷗閒適棲息，無憂無恚，遂引詞人羨慕之情。

至下片起首，「飛光乘風馬，輕衫漬痕在，寂寞糟邱」三句，焦袁熹乃自言其憂，敘寫飛光驟逝如乘疾馳之馬，輕薄之衣衫漬痕猶在，乃欲藉濁酒以排遣寂寞，然而卻憑添無限哀愁。「一輩喝盧呼雉，回首都休」，敘寫過往年少歲月以及報效朝廷之壯志，已一去無復還。「喝盧呼雉」指賭博時高聲大叫，希望得彩獲勝。作者用以代指年少

《清代傳記叢刊》（臺北：明文書局，1985 年），冊七一，頁 636～637。

〔註 174〕〔清〕謝庭薰修，〔清〕陸錫熊纂：《江蘇婁縣志》，《中國方志叢書》（臺北：成文書局，1974 年），冊一三七，卷二五，頁 1091。

〔註 175〕〔唐〕周朴：〈弔李群玉〉，〔清〕聖祖御定：《全唐詩》，冊二十，卷六七三，頁 7704。

〔註 176〕〔周〕莊周著，郭慶藩釋：《莊子集釋・齊物論》：「昔者莊周夢為胡蝶，栩栩然胡蝶也，自喻適志與！不知周也。俄然覺，則蘧蘧然周也。不知周之夢為胡蝶與，胡蝶之夢為周與？周與胡蝶，則必有分矣。此之謂物化。」國學整理社原輯：《諸子集成》，頁 53。

意氣高昂，赴考應舉之事，寄望一展鴻才，輔佐盛上，使天下達到盛世太平，然而如今回首已萬事皆休。「奈鳳渴鸞縲，自憐成病，燭灰香灺，何計銷憂」，以鸞、鳳等傳說之神鳥作比，特性高潔，「非梧桐不棲，非竹實不食，非甘泉不飲」，王逸注《楚辭・九章・涉江》:「鸞、鳳，俊鳥也。有聖君則來，無德則去，以興賢臣難進易退也。」〔註 177〕故詞人乃藉鸞鳳無苟棲以自況，寓含對於當政朝廷不滿，不願出仕之心情，自身雖已如香燭燈芯之餘燼，對家國天下之憂卻無計可銷除。末結「莫使帶圍寬盡，羞澀驌裘」兩句，「帶圍寬盡」言身體之瘦損，「驌裘」即騎良馬所衣之裘。詞人著眼於「莫使」二字，點出來日若有清平和諧之時局相迎合，仍願意投效朝廷之寄望。詞人寄託懷抱，自傷懷才不遇，時局不合，然此際雖無力改變，但仍期待來日。將現今之處況，如實描述，情感低迴深婉，言盡而意未盡。總之，詞人能將自身之憂之盼，託寓其詞，寄予繆謨，足以證明彼此交遊匪淺。

此外，焦袁熹題詠和作，更即物達情，以託自身之慨。其〈摸魚兒〉詞云：

> 是前身、放狂忒煞，天教流浪如此。輕塵墜影知何限，偶落謝家池水。休挂齒。鎮泛宅、浮家有甚根和蒂。生生死死。笑貪嫁東風，榆錢亂撒，模樣一般似。　　生憎汝，一隊游魚饞嘴。區區祿命餘幾。楚江丹實成虛妄，爭得君王歡喜。君莫比。比似我、驚蓬瞬息飛千里。渠濃各自。但兩兩三三，羈棲旅泊，逢著吐心事。（《全清詞・順康卷》，頁 10612）

其題序言：「和繆、周二子詠萍」，係和友人之作。「萍」，係浮在水面的一種植物，無固定之鬚根，一旦有風，便被吹得四處飄散。此詞起首「是前身、放狂忒煞，天教流浪如此」，詞人以擬人之手法，點出萍之特質，染繪出其與生俱來之形象，即隨水漂泊，聚散無定之代表；句中「是前身」三字，詞人直截了當，藉物以寄情，表露以萍喻自況。

〔註 177〕〔漢〕王逸：《楚辭章句・九章・涉江》，《景印文淵閣四庫全書》，冊一〇六二，卷四，頁 37。

浮萍本無固定根蒂，《淮南子・原道訓》：「萍樹根於水」〔註 178〕，陶淵明〈雜詩〉：「人生無根蒂，飄如陌上塵。分散逐風轉，此已非常身。」〔註 179〕金・元好問〈鷓鴣天・妾薄命〉：「顏色如花畫不成，命如葉薄可憐生。浮萍自合無根蒂，楊柳誰教管送迎」〔註 180〕之詩句，是證浮萍素被詞人作爲人生漂泊、輾轉飄零之投射。然焦詞在此輒見其豁達態度，詞人筆法一轉，並未順勢論及孤獨寥落沒有依傍之自傷情懷，反而拓展爲「放狂」、「流浪」之個性展現，隨後更以「休掛齒」呼應前意。「鎮泛宅、浮家有甚根和蒂。生生死死」，顯現出作者對於漂泊隱居，即對於聚散無常、悲歡離合之體悟，是深寓哲理之警句，更顯詞人豁達瀟灑之胸懷。「笑貪嫁東風，榆錢亂撒，模樣一般似」，「榆錢」，即榆莢。因其形似小銅錢，故稱。唐・施肩吾〈戲詠榆莢〉：「風吹榆錢落如雨，繞林繞屋來不住。」〔註 181〕清・陳維崧〈河傳・榆錢〉：「蕩漾。誰傍。輕如蝶翅，小於錢樣。抛家離井若爲憐。淒然。江東落絮天。」〔註 182〕榆錢隨風而落，與浮萍模樣相似。焦詞以「笑」字，體現於外之舉動，頗有譏嘲意味，認爲榆錢貪嫁一年一度歸來之東風，而隨之亂撒飄散於水面，最終落得無根斷梗，同浮萍又有何不同呢？詞人在此或以榆錢比喻急於投效朝廷之士人，面對文字獄等政策箝制思想，負才而不得展，最終仍似漂浮不定之萍，終日轉徙無定，無所依藉，如此一來，與歸隱南濱，未能一展所才的我，又有何差異呢？

〔註 178〕〔漢〕劉安撰，〔漢〕許愼注：《淮南子・原道訓》（臺北：臺灣商務印書館，1967 年），卷一，頁 3。

〔註 179〕〔晉〕陶淵明：〈雜詩〉，龔斌校箋：《陶淵明集校箋》（臺北：里仁書局，2007 年 8 月），頁 335。

〔註 180〕〔金〕元好問撰，趙永源校註：《遺山樂府校註》（南京：鳳凰出版社，2006 年 5 月），卷三，頁 414。

〔註 181〕〔唐〕施肩吾：〈戲詠榆莢〉，〔清〕聖祖：《全唐詩》，冊十五，卷四九四，頁 5594。

〔註 182〕〔清〕陳維崧：〈河傳・榆錢〉，南京大學中國語言文學系全清詞編纂研究室編：《全清詞・順康卷》，冊七，頁 3931。

換頭處，承上片所言，「生憎汝，一隊游魚饞嘴。區區祿命餘幾」，此意乃同於唐．韓愈〈南山詩〉：「喁喁魚闖萍」〔註 183〕，詞人最憎只合迎主意之「游魚饞嘴」，僅討君主歡喜，而未能為百姓著想者，相信上天所予之祿食命運，亦所剩無幾。接著，詞人援引「楚江沉魄」〔註 184〕之典故，「楚江丹實成虛妄」，由於屈原自身性格耿直驕傲，加之小人讒言與排擠，屈原逐漸被楚懷王疏遠，赤誠之心卻成荒誕虛妄，最終於絕望和悲憤之下懷石投江而亡。詞人此用屈原以自比，「舉世混濁我獨清，眾人皆醉而我獨醒」〔註 185〕，表達自身對於清朝籠絡文人之政策十分清醒，未能屈身以求祿。詞人之後又將視點拉回萍蓬之描寫，「君莫比。比似我、驚蓬瞬息飛千里」，乃化用《商君書．禁使》：「今夫飛蓬，遇飄風而行千里，乘風之勢也」〔註 186〕，大抵以枯後根斷飛旋千里之蓬草，暗示終得面臨離別，開啓往後轉徙無定、羈旅漂泊之生活。至末，以「但兩兩三三，羈棲旅泊，逢著吐心事」作結，與朋友盟誓，將來萍蓬流轉，或得乍合，或得相會，當與君談論心事，相互勸慰。此闋詞始於詞人相和，而以詠萍作為主題，詞中不論傳達懷抱，抑是敘寫相會離別，皆緊緊圍繞於萍之主題而發，託物寄興，一抒情懷，從詞意表達，明顯可見，訴說羈棲旅泊之總總眞實，揭示了頗具深味之人生體會和理解。

三、戲作自遣

焦袁熹於其贈答詞中始有多闋戲作自釋之詞出現，其特點則藉植物之口發聲，一往一來，相互贈答，多以調笑、戲謔嘲戲為主要趣味。「戲

〔註 183〕〔唐〕韓愈：〈南山詩〉，〔清〕聖祖御定：《全唐詩》，冊十，卷三三六，頁 3765。

〔註 184〕〔漢〕司馬遷著，〔宋〕裴駰集解，〔唐〕司馬貞索隱，張守節正義：《史記．屈原列傳》，《二十五史》，冊二，卷八十四，頁 992～995。

〔註 185〕〔漢〕司馬遷著，〔宋〕裴駰集解，〔唐〕司馬貞索隱，張守節正義：《史記．屈原列傳》，《二十五史》，冊二，卷八十四，頁 993。

〔註 186〕〔清〕商鞅，張覺譯注《商君書．禁使》，國學整理社原輯：《諸子集成》，頁 39。

作」均爲借題發揮，其中或暗寓自身之心志，或含蓄遣興及純作自娛，但可知其題材均從日常生活而來，排遣內心苦悶之目的昭然若揭。

焦氏之戲作，主要透過爲兩組植物之贈答而成，其一爲菊、蘭，其二爲荷、木芙蓉，各於詞題中均清楚注明「戲作」，以便認讀。〈南柯子・戲爲菊贈蘭〉詞云：

> 選夢誰家好，含辭若箇嬌。金釭凝炷可憐宵。露下更深啼眼，濕鮫綃。　　洧外歡仍別，湘中恨莫招。九秋延竚轉無憀。爭似東籬無伴，恁逍遙。（《全清詞・順康卷》，頁 10591）

上片起首「選夢誰家好，含辭若箇嬌」，即言蘭花若含辭未吐、嬌媚露芳之佳人。含辭，即有話要說而未說。三國魏・曹植〈洛神賦〉:「含辭未吐，氣若幽蘭」〔註 187〕，以蘭花之清幽喻美人。然而，此美人卻爲相思爲苦，「金釭凝炷可憐宵。露下更深啼眼，濕鮫綃」，意謂美人在金質燈盞，凝殘燭炷之陪伴下，虛度可憐宵，狀似幽蘭露之淚眼濕透了錦帕。唐・李賀〈蘇小小歌〉:「幽蘭露，如啼眼」〔註 188〕，故詞人以幽蘭露比作美人淚眼，又因一夜相思無眠，而「淚痕紅浥鮫綃透。」（《全宋詞》，冊三，頁 1585）總括上片，詞人將蘭花擬爲獨自含芳抱香、卻未見良人歸來之閨婦。

下片「洧外歡仍別，湘中恨莫招」，爲勸慰之詞，認爲離別相思自古已然，無須自憐。《詩・鄭風・溱洧》:「洧之外，洵訏且樂。維士與女，伊其將謔，贈之以勺藥。」〔註 189〕後以「洧外」指男女談情之處。「湘中」，則用「二妃思舜」之典，據傳虞舜南狩，崩於湘水之濱，娥皇、女英二妃哭泣，以淚灑竹，表達女子終日思君不見君之怨。接下來，「九秋延竚轉無憀」一語，即言秋懷寂寥。清・何

〔註 187〕〔魏〕曹植：〈洛神賦〉，〔明〕張溥輯：《漢魏六朝百三名家集》，冊二，卷一，頁 827。

〔註 188〕〔唐〕李賀：〈蘇小小歌〉，〔清〕聖祖御定：《全唐詩》，冊二，卷二九，頁 422。

〔註 189〕〔漢〕鄭玄箋，〔唐〕孔穎達疏：《毛詩正義・鄭風・溱洧》，〔清〕阮元：《十三經注疏》，冊二，卷四，頁 182。

焯《義門讀書記．昌黎集》：「菊有黃華則九秋矣，故秋懷以是終也」〔註 190〕，「轉無憀」，此專指蘭花於九月深秋之際，閑而鬱悶。因此最後問道：「爭似東籬無伴，恁逍遙？」東籬在此代指菊花。晉．陶潛〈飲酒〉詩之五：「採菊東籬下，悠然見南山」〔註 191〕，後因以指菊圃。陶潛對於菊花鍾情非常，菊花之君子風範及歸隱情趣，實爲筆下經常所及。〈飲酒〉詩之七謂：「秋菊有佳色，裛露掇其英。汎此忘憂物，遠我遺世情」〔註 192〕，寫獨飲無伴，浮菊花於酒上，飲之而遺世之情愈加高遠，菊花遂成爲逍遙容與之代表，因而於「遯世無悶」之立點而言，菊自認才是最善於自修之範型，而蘭之愼獨精神仍尚未及。下一闋，詞人則轉換爲蘭之角度，答此內容。〈南柯子．蘭答菊〉詞云：

寶袜驚衣艷。金鈴訝鬢妍。部頭小字憶當年。底事道家冠樣，學神仙。　　瘦影昏燈伴，殊香夕照前。同心人在阿誰邊。憐取紅芳清露，冷娟娟。（《全清詞．順康卷》，頁 10591）

首兩句「寶袜驚衣艷。金鈴訝鬢妍」，敘寫菊花色豔群英，姿態妍麗之外表。宋．孟元老《東京夢華錄．重陽》：「都下賞菊有數種，……黃色而圓者曰金鈴菊」〔註 193〕，是知「金鈴」，爲一菊花品種名，色黃而圓。「部頭小字憶當年」，部頭小字，指一部書或一部叢書的篇幅卷帙之楷體小字，詞人藉此回憶過往菊花色妍難奪，枝干橫斜之美，呼應上句。而又開啓下句之疑問，「底事道家冠樣，學神仙」兩句，爲蘭問菊之語：何事要學神仙著道家冠帔，歸隱仙境呢？表示不解菊花爲何要沾染道家色彩，進而失去千姿百態之韻致？下片承上句而來，「瘦影昏燈伴，殊香夕照前」，爲蘭自言處境幽靜，有倒影昏燈爲

〔註 190〕〔清〕何焯撰，蔣維鈞編：《義門讀書記．昌黎集》，《景印文淵閣四庫全書》，冊八六〇，卷三十，頁 401。

〔註 191〕〔晉〕陶潛：〈飲酒〉詩之五　，龔斌校箋：《陶淵明集校箋》（臺北：里仁書局，　　2007 年 8 月），頁 253。

〔註 192〕〔晉〕陶潛：〈飲酒〉詩之七，龔斌校箋：《陶淵明集校箋》，頁 259。

〔註 193〕〔宋〕孟元老：《東京夢華錄．重陽》，《景印文淵閣四庫全書》，冊五八九，卷八，頁 165。

伴，更蘊含掩蓋眾芳之香氣，擇地而處，無須從菊花歸隱。菊花敘述自身立場，便重申相思、憐惜之呼喚：「同心人在阿誰邊。憐取紅芳清露，冷娟娟」，勸同心人當憐取紅花盛綻之清露，因那姿態柔美之清幽，長抱貞潔之高介，仍隨花季結束而殘落凋零。一贈一答，作者欣賞菊花高蹈隱居之精神，卻惜其不離道家逍遙閒適之形象，而失去秋榮色豔之韻致；對於蘭花抱貞含芳之幽靜特質珍視，然而又憂芳蘭眾穢獨清之意義受欺凌。蘭、菊總以在野者之身分，一則抱著幽貞之志節，一則尋求逍遙之意境；一則渴望入世，一則徹底遺世，暗示詞人思考出處進退方面「時」、「位」之問題，及其矛盾之心境。

此外，焦氏另作一組木芙蓉和荷花之間戲答。木芙蓉即「木本拒霜花」，花豔如荷花，故有「芙蓉」、「木蓮」之稱，爲明其區別，故又稱荷花爲水芙蓉，稱拒霜花爲木芙蓉。詞人藉由兩者外表、名稱之相似進而發揮想像，戲作一贈一答，有其趣味。〈鵲橋仙・木芙蓉贈荷花〉詞云：

> 不須池上，居然木末，未怕驚風亂颭。西施一舸總輸卿，也分得、文君膩臉。　　鴛鴦夢醒，紅衣褪後，不覺光陰荏苒。偷憐多恐不成憐。又底用、嘉名竊忝。（《全清詞・順康卷》，頁 10594）

首句「不須池上，居然木末，未怕驚風亂颭」，言木芙蓉雖花豔似荷花，但非憑池水而生，而是長於樹梢，因此無須害怕狂風搖蕩碧綠水波，而受到擾亂。歷來許多詩家均點出木芙蓉生長於木末之特質，《楚辭・九歌・湘君》：「采薜荔兮水中，搴芙蓉兮木末。」〔註 194〕明・王守仁〈弘上人蓄秋山圖〉詩：「仙槎影沒銀漢遠，木末芙蓉爲誰剪」〔註 195〕均是，而焦詞開頭亦點明木芙蓉與荷花生處不同，區別兩者。接著，專寫荷花之美，「西施一舸總輸卿，也分得、文君膩臉」，以西

〔註 194〕〔漢〕王逸：《楚辭章句・九歌・湘君》，《景印文淵閣四庫全書》，冊一〇六二，卷二，頁 18。

〔註 195〕〔清〕錢謙益編：《列朝詩集》，《續修四庫全書》，冊一六二四，卷二，頁 283。

施及文君之貌美，襯托出荷花脫俗出塵，敷布容豔。「西施」，春秋越美女，民間以西子爲蓮花之神。李白詩「鏡湖三百里，菡萏發荷花。五月西施採，人看隘若耶。回舟不待月，歸去越王家」〔註 196〕，即言入越王家前，西施亦是鏡湖上採蓮女子；之後入越王家，吳王夫差嘗在太湖之濱爲西施建荷花池；「文君」，即卓文君，爲漢代文學家司馬相如之妻，貌美，故司馬相如將其妻比作「出水芙蓉」。李時珍《本草綱目》:「芙蓉，敷布容艷之意」〔註 197〕，故此處「西施」、「文君」，可實指其人，亦可泛指貌美女子，襯托荷花之珍麗豔美。

下片，「鴛鴦夢醒，紅衣褪後，不覺光陰荏苒」，描寫戲水荷葉間之鴛鴦，以及荷花盛綻後因爲時序而產生的變化，透過入秋後之荷池景色，透露光陰悄悄流轉。「鴛鴦」，是我國的美麗珍禽之一，多作爲忠貞不渝美好愛情之象徵；「紅衣」，爲荷花瓣之別稱，歷代文人多以「紅衣」入詩詞，如唐・許渾〈秋晚雲陽驛西亭蓮池〉詩：「煙開翠扇清風曉，水泥紅衣白露秋」〔註 198〕，唐・趙嘏〈長安晚秋〉詩：「紫豔半開籬菊靜，紅衣落盡渚蓮愁」〔註 199〕，宋・姜夔〈惜紅衣・荷花〉詞：「虹梁水陌。魚浪吹香，紅衣半狼藉」（《全宋詞》，冊三，頁 2182），是證「紅衣」爲荷花之別稱。而鴛鴦常戲水於荷池中，如楊維楨詩言：「夫容最高葉，翻水洗鴛鴦」〔註 200〕，歷代評論給予了荷花、鴛鴦以雋永的讚喻。而荷花於熏風之吹拂下盛綻，入秋後則逐漸凋零，即焦氏筆觸下所描寫之池景所見，無論「鴛鴦夢醒」，或是「紅

〔註 196〕〔唐〕李白：〈子夜四時歌・夏歌〉，〔清〕聖祖御定：《全唐詩》，冊五，卷一六五，頁 1711。

〔註 197〕〔明〕李時珍：《本草綱目》，《景印文淵閣四庫全書》，冊七七三，卷三三，頁 696。

〔註 198〕〔唐〕許渾：〈秋晚雲陽驛西亭蓮池〉，〔清〕聖祖御定：《全唐詩》，冊十六，卷五三三，頁 6089。

〔註 199〕〔唐〕趙嘏　：〈長安晚秋〉，〔清〕聖祖御定：《全唐詩》，冊十七，卷五四九，頁 6347。

〔註 200〕〔元〕楊維楨撰，〔元〕吳復編：《鐵崖古樂府》，《景印文淵閣四庫全書》，冊一二二二，卷九，頁 68。

衣褪後」均染蕭瑟之秋意，暗示時序轉換之速，後以「光陰荏苒」呼應前句。末尾，「偷憐多恐不成憐。又底用、嘉名竊忝」，荷花夏天開花，色淡紅或白，有清香，供觀賞。花謝後形成蓮蓬，內生多數堅果，俗稱蓮子。詞人諧音將「憐」作「蓮」，指出木芙蓉與荷花其實之差異，著眼於木芙蓉無蓮子，不成「憐」即不成「蓮」，故以木芙蓉之身分自言，實愧得「芙蓉」之美名。

〈鵲橋仙・答〉一闋，則以荷花身分答木芙蓉：

> 花孃小睡，徐孃洪醉，聞說風姿如許。施朱著粉百般宜，料不似、儂家心苦。　　玉奴歸去，紅兒重見，依約鏡心顏嫮。秋風薄命已先驅。又休問、古祠官渡。（《全清詞・順康卷》，頁10594）

上片，首句「花孃小睡，徐孃洪醉，聞說風姿如許」，意謂木芙蓉「三醉」之嬌嬈，風姿綽約。「花孃」，即花蕊夫人（？～976年），是後蜀後主孟昶的慧妃，青城（今成都都江堰市東南）人，歌妓出身，精通詩詞，才貌兼備。相傳花蕊夫人獨鍾芙蓉花，於是孟昶投其所好，命官民在後蜀都城成都遍植芙蓉，成都「芙蓉城」之雅稱，由此而來。花孃假寐，除寓典故之外，同時也描寫木芙蓉含苞待放之貌。「徐孃」，即徐娘，指南朝梁元帝妃徐昭佩。《南史・后妃傳下・梁元帝徐妃》：「妃性嗜酒，多洪醉，帝還房，必吐衣中。」〔註201〕焦詞以徐孃大醉，點出木芙蓉「花中醉客」之稱，唐・白居易〈木芙蓉花下招客飲〉：「莫怕秋無伴醉物，水蓮花盡木蓮開」〔註202〕，又〈木芙蓉〉：「晚函秋霧誰相似，如玉佳人帶酒容」、宋・王安石〈木芙蓉〉：「水邊無數木芙蓉，露染燕脂色未濃。正似美人初醉著，強抬青鏡欲粧慵。」〔註203〕宋・姚寬《西溪叢語》卷上更直接點明木

〔註201〕〔唐〕李延壽撰，〔清〕錢大昕考異：《南史・后妃傳下・元帝徐妃》，《二十五史》，冊十九，卷十二，頁159。

〔註202〕〔唐〕白居易：〈木芙蓉花下招客飲〉，〔清〕聖祖御定：《全唐詩》，冊十三，卷四四三，頁4961。

〔註203〕〔宋〕王安石：〈木芙蓉〉，《全宋詩》，冊十，卷三三，頁6733。

芙蓉爲「醉客」〔註204〕。此外，木芙蓉花一日即逝，其色卻多變，清晨開白花，中午花轉桃紅色，傍晚又變爲深紅色，直至凋謝，民間將詞種顏色變化稱爲「三醉芙蓉」。故緊承上句而來，詞人以「聞說風姿如許」稱譽木芙蓉朝白暮紅，如美人初醉般的花容。接著，作者筆鋒一轉，「施朱著粉百般宜，料不似、儂家心苦」，指出木芙蓉無論嫻靜淡雅，還是塗脂抹粉均萬分適宜，或「瀟灑無俗姿」，或「若朝霞散綺，絢爛非常」，皆美好。然而木芙蓉卻不似荷花有蓮子，而具「中心苦」之特質，藉此點出兩者之差異，並且扣緊贈詞所提及「不成憐」之意涵。

下片，「玉奴歸去，紅兒重見，依約鏡心顏嫮」，「玉奴歸去」，即指喚梅花同去。語出宋・王沂孫〈花犯・苔梅〉（古嬋娟）：「羅浮夢，半蟾挂曉，么鳳冷，山中乍起。又喚取、玉奴歸去，餘香空翠被。」（《全宋詞》，冊五，頁3352）木芙蓉又稱「拒霜」，於初秋開花燦爛豔麗，至秋末而落。焦詞以木芙蓉喚梅花同去，暗指時序之轉換。「紅兒重見」，即紅色的荷花再現，紅兒又稱紅蓮。南朝・梁元帝〈採蓮賦〉：「紫莖兮文波，紅蓮兮芰荷」〔註205〕，唐・王維〈山居即事〉詩：「綠竹含新粉，紅蓮落故衣。」〔註206〕荷花色豔而夭妍絢爛非常，臨水而生，照水而開，那濕紅搖影，花光入波之獨特韻致，彷彿倒映於水鏡中之美人，相映益妍。此處「鏡心」或可另解作「鏡湖之心」，西施曾於鏡湖上採蓮，故以西施作比喻，以顯荷花之色美。然而自古「紅顏薄命」，荷花色美而易凋，因此焦詞「秋風薄命已先驅。又休問、古祠官渡」，其中「古祠、官渡」乃出自則用韓愈〈木芙蓉〉：

〔註204〕〔宋〕姚寬：《西溪叢語》：「昔張敏叔有十客圖，忘其名。予長兄伯聲，嘗得三十客：牡丹爲貴客，梅爲清客，蘭爲幽客，桃爲妖客，杏爲豔客，……木芙蓉爲醉客。」《景印文淵閣四庫全書》，冊八五〇，卷上，頁922。

〔註205〕〔梁〕元帝：〈採蓮賦〉，〔明〕張溥輯：《漢魏六朝百三名家集》，冊四，頁2725。

〔註206〕〔唐〕王維：〈山居即事〉，〔清〕聖祖御定：《全唐詩》，冊四，卷一二六，頁1277。

新開寒露叢，遠比水間紅。艷色寧相妒，嘉名偶自同。採江官渡晚，搴木古祠空。願得勤來看，無令便逐風。〔註207〕

蓋此詩言荷花與木芙蓉，生不同處，而色皆美，名又同，故以采江、搴木二事相對，言其生處。焦詞借「古祠、官渡」代指木芙蓉與荷花之生處，更輔以「紅顏薄命」之形象爲擬，言荷花與木芙蓉生不同處，一成於池上，一長於樹梢，然而在蕭瑟秋風無情之搖蕩下，開啓萬物衰頹之前奏，兩者皆避不了逐風而落之命運。故詞人最終以荷花之口，答覆木芙蓉「嘉名竊忝」之語，謂：「同爲紅顏薄命，實無須再分彼此之差異了」，即認爲具「清姿雅質，獨殿群芳」稱譽之木芙蓉，當可共此嘉名。

小　結

焦袁熹或主動填詞，寄贈好友，或以詞作爲和答之工具。在往復之間，除傳遞平日訊息外，更有問候致意，進而鞏固友誼之目的。

在詞篇內容方面，詞人透過寄贈呈和以相互慰藉、勉勵，能使詩歌抒情達意之功能得到實現，充分流露出對朋友關切之意，繫存眞摯高雅之情操。從而使作者最終獲得精神紓解，和心理能量之釋放；於贈答戲作中，發揮想像力，透過花卉一贈一答，表達其獨特觀點，寄寓人生哲思及處世智慧。

在形式方面，焦袁熹的贈友之作，多以中、長調爲主，與小令相比，長調更舒緩，更豐滿，更適合於表現複雜多樣的現實生活。但也會因爲寄贈對象之不同，以及傳達情感的需要，而選擇不同詞調，以符合人物之狀況。如文中所舉寄林令旭之作，〈南柯子・歲暮寄豫仲，聞其明春定得南歸矣〉、〈鷓鴣天・豫仲客都中且五載矣，聞其歸思頗切，賦此寄意〉等，即是其例。而藉花卉贈答的遊戲作品，則透過小令節奏明快、文字精鍊之特色，呈現趣味。

〔註207〕〔唐〕韓愈：〈木芙蓉〉，〔清〕聖祖御定：《全唐詩》，冊十，卷三四三，頁3843。

第四節　詠物託意

《禮記・樂記》云：「人心之動，物使之然也。」〔註 208〕天地間萬物瞬息變化總是觸動人心，人們往往在受外物形色感覺之刺激後，不自覺地手舞足蹈。況心思敏捷、情性中人之文人，多愁而易感，舉凡天文地理、蟲魚鳥獸莫不入詞，形諸文字，自見曠世鉅作。詞人可以透過詠物詞「寂然凝慮，思接千載，悄焉動容，視通千里；吟詠之間，吐納珠玉之聲，眉睫之前，卷舒風雲之色。」〔註 209〕歷代文人墨客詠物，或摹其形，寫其貌，或寓其志，寄其情，數量甚眾。

詠物作為詞之題材，肇端於唐五代，發展於北宋，大盛於南宋。清代詠物風潮，則起於《樂府補題》之出現。據嚴迪昌先生考證，蔣景祁刊刻《樂府補題》的時間約在康熙十八年至二十年間，即朱彝尊、陳維崧等在京師參加博學鴻詞之試和任職使館期間。朱彝尊〈樂府補題序〉：「誦其詞，可以觀其意所存，雖有山林友朋之娛，而身世之感，別有淒然言外者。其騷人〈橘頌〉之遺音乎？」〔註 210〕陳維崧：「嗟乎！此皆趙宋遺民作也。……援微詞而通志，倚小令以成聲。此則飛卿麗句，不過開元宮女之閒談；至於崇祚新編，大都才老《夢華》之軼事也。」〔註 211〕宋遺民借詠物以寄意，引起清詞人之稱賞，遂興起詠物詞風尚，逮至清康熙皇帝敕撰《佩文齋詠物詩選》，更推動清代詠物詞蔚然成風。

詠物詞不好作，鮮有佳構。張炎《詞源・詠物》：「詩難於詠物，詞為尤難。體稍認真，則拘而暢；模寫差遠，則晦而不明；要須收縱聯密，用事合題，一段意思，全在結句，斯為絕妙。」此段話可

〔註 208〕〔漢〕鄭玄注，〔唐〕孔穎達疏：《禮記正義・樂記》，〔清〕阮元：《十三經注疏》，冊五，卷三七，頁 662。

〔註 209〕〔梁〕劉勰：《文心雕龍・神思》，《景印文淵閣四庫全書》，冊一四七八，卷六，頁 39。

〔註 210〕〔清〕朱彝尊：《曝書亭集・樂府補題序》，《景印文淵閣四庫全書》，冊一三一八，頁 61。

〔註 211〕〔清〕陳其年：〈樂府補題序〉，見施蟄存主編：《詞籍序跋萃編》，頁 689。

視爲詠物詞之寫作原則。〔註212〕此外，張炎於《詞源》一書，分爲〈詠物〉和〈節序〉兩項，可見張氏未將節序詞歸爲詠物一類。而清康熙皇帝敕撰《佩文齋詠物詩選》甚至將「節序」包括在內，因節序詞主要切合時景、描寫地方風物、人情，廣義而言，仍屬詠物詞範疇。〔註213〕然焦袁熹節令詞內容多涵蓋於憶友、相思等題材之下，爲避免主題過於繁瑣，故將「節序詞」分散於本章各節討論，不再另立小節專論。

焦袁熹對於詠物詞之寫作手法及標準，於《此木軒論詩彙編》闡明：

> 詠此物，則壓捺一切，使皆出其下，期於盡態極妍而止，此爲尊題格也。〔註214〕

將「盡態極妍」作爲詠物之手法，「尊題格」之標準。焦袁熹詠物之作，共有近五十闋，從其題材選擇與吟詠對象觀之，除傳統題材之外，更有詠剪刀、裙、腰等內涵表現屬於特殊題材。其類型約可分爲四大方面，依次爲：(一）題花詠梅，屬草木花果類；(二）描禽寫蟲，屬蟲魚鳥獸類；(三）摹雪狀雲，屬山川風雲類；(四）特殊題材，屬雜物類。茲表列如下，並擇要略論如次：

〔註212〕引自〔宋〕張炎《詞源》卷下「詠物」條，唐圭璋編《詞話叢編》冊一，頁 261。至於理論之探討，詳見王師偉勇著：〈古典詞的主題與技巧：以唐宋詞爲論述核心〉，《國文天地》第十八卷十九期，2003年2月，頁36；楊海明著《張炎詞研究・張炎的詠物詞》(濟南：齊魯書社，1989年10月），頁139。

〔註213〕詠物詞的內容， 據張清徽〈南宋詞家詠物論述〉一文分爲十類：「節令類第一，山川風雲類第二，草木花果類第三，蟲魚鳥獸類第四，人物類第五，名都勝跡類第六，樓臺池館類第七，雜物類第八，雜事類第九，題詠類第十。」《東吳文史學報》第二號，1977年3月，頁 34～53。另外，王師偉勇在〈南宋詞之特色〉，列舉如前所云有九類詠物詞之內容，其中「節令類」，則因文而另立一節，詳見《南宋詞研究》(臺北：文史哲出版社，1987年9月），頁161～163。

〔註214〕〔清〕焦袁熹：《此木軒論詩彙編》，卷一。

一、題花詠梅

序號	對象	詞調	詞題	起句
1	梅	浣溪紗	集字・詠梅	梅樹依微映渚灣
		清平樂	見蠟梅著花感賦	小春初過
		琴調相思引	梅	不怕冰霜噤煞人
		霜天曉角	落梅	東風惡劣
		喝火令	梅	古月空留魄
		一枝春	盆梅同虞皋、研眞賦	好手園丁
		瑞鶴仙	賦窗前蠟梅	小庭還著汝
		東風第一枝	早梅	砌冷沾霜
		生查子	西園詠梅，呈珠岩	苔枝覆碧流 春信入南樓
2	桃	東坡引	桃花	胭脂何處借
		解語花	白桃花	梅魂去後
		多麗	桃花	水光融
		聲聲慢	桃花	香隨騎馬
		臺城路	桃花	東風吹破群芳夢
3	柳	賀新郎	柳	慣把纖條拆
		愁倚欄令	楊柳	春過半
		瑣窗寒	春柳	略略輕風
		謝池春	柳絮	試問天公
4	荷	師師令	荷	風來水際
		六幺令	採得葉園荷花	鏡中紅嫵
		燭影搖紅	荷燈	蕭鼓聲中
5	蘭	情調相思引	蘭	蝴蝶眠香夢未知
6	萍	摸魚兒	和謬、周二子詠萍	是前身
7	紫薇	摸魚兒	百日紅	日長時
8	洋繡毬	留春令	洋繡毬	淺碧輕紅
9	秋海棠	西子妝	秋海棠	人立小庭
10	草	踏莎行	草	陌上晴熏

		疏影	題綠窗近草	明波瘦玉
11	落花	梅花引	落花	花陰立
		欸殘紅	落花	細數十分春
12	落葉	減字木蘭花	落葉	悽悽摵摵
13	柿	水龍吟	詠柿	赤龍盤舞蒼崖
14	南瓜	采桑子	南瓜俗名飯瓜	救慌奇策
15	瓜子	珍珠簾	瓜子	瓏鬆包裏盤兒裏

焦袁熹以草木花果類爲對象之詠物詞，計有詠梅八首、詠桃五首、詠柳四首、詠荷三首，草、落花各兩首，蘭、萍、紫薇、洋繡毬、秋海棠、落葉、柿子、南瓜、瓜子則各一首，描摹範式頗多。詞人大多於詞牌下註明清楚所詠對象，隨著情節變化，形象更爲顯著，常見則有梅、桃、柳、荷等各種植物類型，茲論述如次：

（一）梅

在百花之中，焦袁熹對梅最爲鍾情。梅，以其傲雪風骨，怒放仙姿，成爲古往今來詠物作品之重要題材，其數量更居百花之魁。因此面對此一題材，歷來詞人往往不敢貿然下筆，唯恐落入前人俗套，故朱彝尊：「詠物詩最難工，而梅尤不易。」〔註215〕焦袁熹對「梅」之題詠甚多，梅在其筆下，隨著心境之變遷，而不斷更換角色，或報春之使者，或傷春之閨婦，或自潔之騷客，於雪裡尋香，月下高吟。

中國詩人對梅花有情感，進而仰歎崇拜，大概因爲梅是報春訊的使者。〔註216〕焦袁熹亦將梅視爲春之化身，其〈琴調相思引・梅〉詞云：

> 不怕冰霜噤煞人。一枝偷報蠟前春。冷香寒艷，窗外月紛紛。　　千里斷魂迷古驛，一聲殘角掩重門。最堪惆悵，畢竟是黃昏。(《全清詞・順康卷》，冊十八，頁10587)

〔註215〕〔清〕朱彝尊，姚祖恩編，黃君坦校點：《靜志居詩話》（北京：人民文學出版社，1998年2月），卷十八，頁557。

〔註216〕黃永武：《中國詩學・思想篇・中國詩人眼中的植物世界》（臺北：巨流圖書公司，2009年9月），頁2。

上片起首「不怕冰霜噤煞人，一枝偷報蠟前春」，意同隋·侯夫人〈看梅〉:「庭梅對我有憐意，先露枝點一點春」〔註 217〕，在寒荒寂寞、眾芳搖落之季節，梅排難犯雪，一樹獨先天下春，直奔人間而來。「冷香寒艷」則點出梅濃郁清香，綽約素豔的風采，然而梅花作爲春天意象序列之一，花開花落，一則以喜，一則以悲，梅花一落，春色已極、春光將逝，故詞人由暮陽殘暉，落梅紛紛，進而發出「堪惆悵」之慨。古人有折柳贈別的傳統，亦有折梅寄人之風俗，故焦氏借梅以寓相思，〈東風第一枝·早梅〉詞云：

> 砌冷沾霜，籬疎約月，南枝暗解春意。犯寒稍覺心狂，照水自憐影碎。偎他翠筱，似林下、美人風致。伴夜深、瘦骨橫斜，一片冷魂遊戲。　　江國遠、乍逢驛使。官舍靜、又添詩思。莫教胡調吹殘，看取闌干共倚。眉峰飄到，那便許、曉妝輕綴。算一番、風信初來，怕墮酸心清淚。〔註 218〕

梅花綻放之春，以「沾霜」、「約月」襯托梅之形象，「照水自憐影碎」表現幽獨，刻畫孤標絕塵，豔壓群芳，卻無意與千花爭春，伴守寂寞之寒山空谷，只願作出世隱逸之美人，亦是詞中人顧影自憐、孤芳自賞。下片則抒情，「算一番、風信初來，怕墮酸心清淚」，以梅瓣飄零紛紛，比喻因故人未歸，女子期待落空所墮之辛酸清淚。〈霜天曉角·落梅〉詞云：

> 東風惡劣。片片飛晴雪。早是黃昏近也，空守著、一簾月。　　怨咽笛吹徹。相思何處說。恰似箇人歸去，香粉賸、轉愁絕。(《全清詞·順康卷》，冊十八，頁 10576)

相思深切，想折梅續情卻音訊難通，可謂「最關情，折盡梅花，難寄相思」，表達詞人一往深情，難以自拔。

梅花最初閨怨形象逐漸轉變爲文人自主表現時序之心，〈瑞鶴仙·

〔註 217〕〔清〕侯夫人：〈春日看梅詩〉，逯欽立輯校《先秦漢魏晉南北朝詩》下冊，卷七，頁 2739。

〔註 218〕〔清〕焦袁熹：《此木軒全集·此木軒直寄詞》，天津南開大學館藏清抄本（三卷附舊作一卷），未編冊卷、頁碼。

賦窗前蠟梅〉詞云：

> 小庭還著汝。記直幹、橫枝瑣窗明煦。幽人正容與。訝先春飛到，蜜脾無數。眞仙伴侶。對額角、輕安並嫵。最高花、難近柔荑，不分傍伊釵股。　　愁緒。年光荏苒，夕照稀疏。倦眸驚顧。含情如許。攢金口，總無語。怕玉龍吹徹，依然飄落，莊蝶一般難駐。便安排、丸蠟封題，寸心更苦。(《全清詞・順康卷》，冊十八，頁 10609)

詞中句句不離梅花，卻又處處綰合人事，渲染出淡淡的哀愁。焦袁熹作爲一代儒者，卻終身隱居不出，其清介的個性、生不逢時之仕途及逐漸衰老之身軀，都讓焦氏筆下梅花染上了悲冷和感傷。梅花本爲一種生於幽冷環境之物，又透過自身冷寂之心境去觀照，故醞釀出一種淒冷、悲情之詞境。焦袁熹詠梅詞不慕風骨，卻側重以雅潔、氣質的方式表現悲情和慨嘆，其筆下的梅已渾然人格化，淡雅孤清，出俗脫塵，成爲詞人曠世情懷、歲寒心事之傾訴對象，如〈一枝春・盆梅同虞皋、研眞賦〉詞云：

> 好手園丁，把南枝、訊息偷藏一掬。端相背面，頗費探春心目。憐他瘦骨，怎生受、這般拳局。應錯認、巖畔查牙，十分蘚痕凝綠。　　依稀素肌寒粟。傍紋窗棐几，長伴幽獨。尖風護取。紙帳夢輕頻續。蜂兒未到，怕么鳳、夜來潛宿。須別有、小小孤山，做伊眷屬。(《全清詞・順康卷》，冊十八，頁 10604)

梅花瘦枝疏斜，雖殘雪披身，亦不染凡塵，冷香幽放。焦袁熹憐梅之瘦肢，同樣以喻自身。入清後，焦氏年少時雖參與科舉取士，但對於清代名以右文懷士，實則文織羅網之情形相當清醒，「憐他瘦骨，怎生受、這般拳局」，即言自己身體素羸弱，如何忍受此種世道呢？並以「應錯認、巖畔查牙，十分蘚痕凝綠」自答，交代其因，遂擇安貧苦節，隱逸不仕之途。焦袁熹以「梅」爲素友，更於窗前植數株，賦詞邀梅相伴過年老，其〈喝火令・梅〉詞云：

> 古月空留魄，寒花也斷魂。東風無計與溫存。惜取三葩兩

蕊，黯淡不堪言。　　逕澀無綦跡，簾低剩粉痕。壽陽嬌額夢中雲。拚箇凭闌，拚箇掩重門。拚箇小窗愁坐，相伴過黃昏。（《全清詞・順康卷》，冊十八，頁10601）

寒梢上的蓓蕾，雖著東風掃落，一蕊一枝已淡無顏色。此首詞探梅寄情，詞人實寫飄零漸老之感，過往風雅和感情都隨花飄零而飲恨，舊夢難溫，惟有拚箇與「素友」相伴過黃昏。

劉勰言：「詩人感物，聯類不窮」〔註219〕，梅花描寫不離其他意象取類烘托，而在烘托梅花之意象中，誠如南宋趙蕃詩所謂：「畫論形似已爲非，牝牡那窮神駿知。莫向眼前尋尺度，要從物外極觀窺。山因雨霧青增黛，水爲風使綠起漪。以是於梅覓佳處，故應偏愛月明時。」〔註220〕焦袁熹詠梅詞中多用「月」、「梅」相交映，此闋首句「古月空留魄，寒花也斷魂」、「砌冷沾霜，籬疎約月，南枝暗解春意。」（〈東風第一枝・早梅〉）及「東風惡劣。片片飛晴雪。早是黃昏近也，空守著、一簾月。」（〈落梅〉）均是例。

（二）桃、柳

杜甫〈絕句漫興〉九首之五：「顛狂柳絮隨風去，輕薄桃花逐水流。」〔註221〕柳絮飄零，桃花凋落，在焦袁熹詠物詞中，二者總關乎詞人之「情」。

首先，就焦袁熹「詠桃詞」而言。《禮記・月令》：「仲春之月，……桃始華。」〔註222〕《廣群芳譜》：「桃，西方之木也，乃五木之精，枝幹扶疎，處處有之，葉狹而長，二月開花，有紅白粉紅深粉紅之殊，他如單瓣大紅千瓣桃紅之變也。單瓣白桃千瓣白桃之變也。爛漫芳

〔註219〕〔梁〕劉勰著：《文心雕龍・物色》，《景印文淵閣四庫全書》，冊一四七八，卷十，頁64。

〔註220〕〔宋〕趙蕃：〈詠梅六首〉，《全宋詩》，冊四九，卷二五，頁30917。

〔註221〕〔唐〕杜甫：〈絕句漫興〉，〔清〕聖祖御定：《全唐詩》，冊七，卷二二七，頁2451。

〔註222〕〔漢〕鄭玄注，〔唐〕孔穎達疏：《禮記正義・月令》，阮元：《十三經注疏》，冊五，卷十五，頁298。

菲，其色甚媚，花早易植，木少則花盛。」〔註 223〕桃花「爛熳芳菲，其色甚媚」往往作爲豔麗之代表。由《詩經》「桃之夭夭，灼灼其華」〔註 224〕開始，即以桃花暗比女子之豔麗，曹植〈雜詩〉：「南國有佳人，容華若桃李」〔註 225〕、劉孝綽詩：「此日倡家女，競嬌桃李顏」〔註 226〕，均以桃花明比女色。焦氏〈多麗・桃花〉一闋，即以桃花比女子，描寫色相、香味：

> 水光融。晴霞暖日相烘。近清明、一番烟景，年年笑倚東風。乍窺墻、全身欲露，恰當户、半面先逢。幾許溫馨，無窮豔冶，惱人氣味不言中。暗觸著、衣香漠漠，我輩本情鍾。應憐取、粉腮羞暈，偷嫁臨邛。　問根株、舊家姊妹，愁他換了芳穠。燕周遮、秦天夢老，蝶留戀、潘縣春空。屐印苔痕，裙拖草色，看朱成碧最惺忪。畫橋外、五湖催送。去鷁苦匆匆。空遺恨、胭脂飛雨，鎮鎖簾櫳。（《全清詞・順康卷》，冊十八，頁 10615）

上片表現雖描寫桃花「笑倚東風」、「全身欲露」、「無窮豔冶」、「惱人氣味」等形象，實乃雙關著女子蕩漾之春心，誠如元・程棨所言：「余嘗評花，以爲梅有山林之風，杏有閨門之態，桃如倚門市娼，李如東郭貧女。」（《三柳軒雜識》）桃花已由春色代表，更成輕薄女子之象徵。如焦袁熹〈東坡引・桃花〉：

> 胭脂何處借。妝來甚穠冶。窺墻不似無心者。愁多還似啞。愁多還似啞。　橋邊巷側，低紅相亞。計日東風早貪嫁。枝頭有箇黃鸝罵。天生輕薄也。天生輕薄也。（《全清詞・順

〔註 223〕〔清〕汪灝、張逸少等奉敕撰：《御定佩文齋廣群芳譜》，《景印文淵閣四庫全書》，冊八四六，卷二五，頁 13。

〔註 224〕〔漢〕鄭玄箋，〔唐〕孔穎達疏：《毛詩正義・國風・周南・桃夭》，〔清〕阮元：《十三經注疏》，冊二，卷一，頁 37。

〔註 225〕〔魏〕曹植〈雜詩七首〉，逯欽立輯校：《先秦漢魏晉南北朝詩》（臺北：木鐸出版社，1983 年），冊上，卷七，頁 457。

〔註 226〕〔梁〕劉孝綽〈遙見臨舟主人投一物，眾姬爭之，有客請余爲詠〉，逯欽立輯校：《先秦漢魏晉南北朝詩》（臺北：木鐸出版社，1983 年），冊下，卷十六，頁 1837。

康卷》，冊十八，頁 10596）

桃花豔冶穠麗，往紅塵低處引申其意，遂得「天生輕薄」之稱。但是「白桃花」之淡妝，焦袁熹則視為「眞色」，其〈解語花・白桃花〉詞云：

梅魂去後，帶露沾霜，偷入夭紅隊。豔陽天氣。芳叢裡、好是淡妝而已。憎他姊妹。惹春思、十分酣醉。爭似伊、滴粉搓酥，別樣憐夫婿。　　不道胭脂愛洗。憶當年窺宋，眞色無比。水邊游戲。鞋幫上、妒煞襪羅塵細。春歸眼底。待約箇、梨雲同睡。愁夜深、蝴蝶飛來，驚玉人彈淚。（《全清詞・順康卷》，冊十八，頁 10608）

以桃花比喻佳人，桃花開爲笑，桃花落是涕，花瓣飄落如玉人彈淚，有其韻致。「人面桃花」指女子面貌姣好，如桃花盛放，然紅顏命薄，更若花瓣易墮，〈臺城路・桃花〉詞云：

東風吹破群芳夢，夭斜短籬初見。柳弱全遮，杏嬌半倚，盡日無人深院。牆陰窺徧，恰宿雨含啼，曉妝凝怨。解語多情，息嬀愁絕楚宮晚。　　清明又逢上巳。憶他朱戶裡，偷睞人面。眼底傾城，人間薄命，惆悵風流雨散。亂飄萬點。似流水仙源，夕陽空觀。斷送蔫紅，暗隨春去遠。〔註 227〕

桃花盛開之時序於二月前後，應該最能展現春意，然而「東風吹破群芳夢」，清明前後梅雨季，造成百花碎影、繁卉破夢，桃花隨著春去而凋零飄落，如同傾城女子天生薄命，含啼凝怨，甚爲愁絕！桃花除了可以形容女子面貌美麗外，更能表現景物依舊，物是人非之說；此肇端於崔護〈題都城南莊〉：「去年今日此門中，人面桃花相映紅。人面不知何處去，桃花依舊笑春風。」〔註 228〕深情款款、悵恨綿綿，爲描寫淒美愛情之情詩，文人墨客遂興「桃花依舊，人事全非」之惆

〔註 227〕〔清〕焦袁熹：《此木軒全集・此木軒直寄詞》，天津南開大學館藏清抄本（三卷附舊作一卷），未編冊卷、頁碼。

〔註 228〕〔唐〕崔護：〈題都城南莊〉，〔清〕聖祖御定：《全唐詩》，冊十一，卷三六八，頁 4148。

悵。其〈聲聲慢・桃花〉即由此意展開：

> 香隨驕馬，暖觸單衣，枝枝燒遍春城。亞字牆低，去年人面堪驚。無言似含濃笑，笑春風、濫付柔情。爭拾取、看洗頭天氣，恰近清明。　　何處鱗鱗錦浪，喚輕盈小字，雙槳逢迎。歌扇開時，酣䫤還帶餘酲。胭脂淚痕千點，悵重來、已隔蓬瀛。吹盡也，錯教伊、凝恨五更。〔註229〕

人面桃花，可惜重尋不遇，綺旎中自有淡淡傷情。

再就「詠柳詞」言，寒食清明時節，正值萬物蔥翠，春色爛漫，「處處逢花，家家插柳」之時，飄逸之柳枝，也成爲隨處可見之春的化身。詩詞中多以柳寓離情別緒，發軔於《詩經・采薇》:「昔我往矣，楊柳依依」〔註230〕，可見楊柳已有依依惜別之意，與「離別」結下不解之緣。此外，多受折柳風俗浸染，《三輔黃圖・橋》言:「溺橋在長安東，跨水作橋，漢人送客至此橋，折柳贈別」〔註231〕，溺陵又稱霸陵，漢函谷關必自溺陵始，故贈行於此折柳以別。由於「柳」與「留」,「絲」與「思」、「絮」與「緒」諧音，折柳相贈有「挽留」、「思念」之意，巧妙地透過柳此物象將離情別緒融注其間，成爲表達情感之媒介。再則，就柳本身姿態而言，絲絲牽人之柳絲，滿路狂飛的柳絮，都象徵多情之「惜別」，或無情的「離別」，令人黯然神傷。焦袁熹〈賀新郎・柳〉詞，即集多情與無情於柳樹一身：

> 慣把纖條折。問東君、若爲抵死，要人分別。搓就黃金千萬縷，贏得柔腸寸結。況媚眼、青青愁絕。十二朱欄憑搭遍，似人人、眠起腰肢怯。眉上翠，恨重疊。　　黃昏小院瓏鬆月。一些些、樓心拜下，舊情難歇。濃綠陰中頻入夢，夢見班騅蹀躞。依約是、絮飛時節。早晚西風驚秋意，最高枝、先墮蕭蕭葉。遮了喚，又還咽。(《全清詞・順康卷》，

〔註229〕〔清〕焦袁熹:《此木軒全集・此木軒直寄詞》，天津南開大學館藏清抄本（三卷附舊作一卷），未編冊卷、頁碼。

〔註230〕〔漢〕鄭玄箋，〔唐〕孔穎達疏:《毛詩正義・小雅・采薇》，〔清〕阮元:《十三經注疏》，冊二，卷九，頁331。

〔註231〕何清谷:《三輔黃圖校釋》(北京:中華書局，2005年)，頁356。

冊十八，頁10613）

「自古無情是楊柳，今朝欲折昨朝生」〔註232〕，如同東君搓就千萬縷柳絲，故意要人分別的，即言柳絲「不合迎人只送人」之無情；去年的楊柳今年再青，又是絮飛時節，而去年行人未必歸來，故柳絲「青青愁絕」，多情不只是傷感春去秋來，更是參與了無數的人去人來，舊情難歇。〈謝池春・柳絮〉詞云：

試問天公，此際爲誰煩惱。共遊絲、紛紛擾擾。成團香雪，送春歸忒早。凭欄人、泪彈多少。　天涯地角，是處夢魂飛繞。短長亭、鞭絲正裊。浮生如許，惹閒愁不了。恁顛狂、誤人非小。（《全清詞・順康卷》，冊十八，頁10601）

從柳絮楊花漫天飛舞，所構成亂絲千萬之景象，充分表現出詞人內心之紛擾，卻又問天：爲何如此煩惱？實爲「萬物著我之色彩」的有我之境，以柳絮紛擾作爲送春景象，自然是「有情」之徵驗；然柳絲裊裊徒增文人閒愁，飛絮無定更是薄情的姿態，故詞人言「恁顛狂、誤人非小」，即是對柳絮的一份埋怨。柳樹關切人間離別，然而卻又繫不住揮袂行人，究竟是多情還是無情呢？

柳是春天之物，其榮枯容易使人產生一種歲月流逝逝滄桑之感，往往以柳樹之盛衰，來比喻歲月的榮枯。〈愁倚欄令・楊柳〉即是其例：

春過半，柳絲垂。夾長堤。堤上行人休折取，有黃鸝。　晚妝成，倚樓西。東風裡。舞困腰支。未是傷春時候也，待花飛。〔註233〕

此首詞爲乙丑、丙寅年作，焦袁熹約二十四、二十五歲青年時期，此時所描寫之柳仍蘊含生機。上片起首寫春景，春光已過泰半，楊柳夾堤而開，絲條裊裊斜垂，詞人層層鋪敘便可順勢抒其感慨，然而卻筆鋒一轉，以黃鸝居柳上而鳴，表現「靜中寓動」的生機，詞人勸行人

〔註232〕〔清〕吳歷：《墨井詩鈔・送友》，《叢書集成續編》，冊一七四，卷上，頁9。

〔註233〕〔清〕焦袁熹：《此木軒全集・此木軒直寄詞》，天津南開大學館藏清抄本（三卷附舊作一卷），未編冊卷、頁碼。

休折取柳絲，表面看似生怕驚動黃鸝，實則勸來往之行人駐步觀賞此江南之風光，珍惜這相聚時刻，莫要輕易離別。再者由遠而近，下片描寫閨中少婦，晚妝初成，倚樓西望。望著柳肢舞困小蠻腰，應覺東風甚惡，然而詞人卻有轉出開闊境界，認爲柳絮未飛之前，莫可傷春，必須把握晴天麗日、生氣蓬勃之季節，發出惜春之歎！

鍾嶸《詩品》:「氣之動物，物之感人，故搖蕩性情，形諸歌詠」〔註 234〕，隨著詞人年歲增長，心境轉換，柳往往成爲其筆下感嘆韶光易逝、青春不再之意象。如:「依約是、絮飛時節。早晚西風驚秋意，最高枝、先墮蕭蕭葉。遮了喚，又還咽。」(〈賀新郎・柳〉) 秋柳之衰落憔悴，正是詞人借詠柳自傷遲暮之生動寫照。春光易逝之主題，其〈瑣窗寒・春柳〉一闋亦得見之：

> 略略輕風，疎疎晚雨，淡黃愁凝。荒灣遠岸，一抹微茫雲影。向樓頭、舞低月痕，瘦腰又怯黃昏近。最憐他雙槳，匆匆暫駐，嫩煙吹暝。　　重省。江南景。算幾番嬉遊，眼青難認。春驄嘶過，分付墜鞭吟穩。待藏鴉、千縷翠陰，困迷似夢渾未醒。記誰家、門巷愔愔，絮飛清晝永。〔註 235〕

所謂「柳掛九衢絲，花飄萬家雪。如何憔悴人，對此芳菲節。」(武元衡〈寒食下第〉) 柳絮紛飛，喻示春天將逝，詞中以「匆匆暫駐」、「春驄嘶過」等不僅是春光易逝之感傷，也抒發了年華易逝、世事頻更之感慨。

(三) 荷

荷生長於湖澤池塘之中，有青青漣漪之濯滌與映襯，其葉愈顯蒼翠，其花愈彰清麗，歷來被視爲美好高潔之象徵。荷花與清水相映，兩者均貌可人而性柔媚，因此又和美人聯繫在一起。此外，荷花象喻著愛情，由於其實曰「蓮子」，與「憐子」諧音，《詩經》:「山

〔註 234〕〔梁〕鍾嶸:《詩品》,《景印文淵閣四庫全書》，冊一四七八，卷一，頁 190。

〔註 235〕〔清〕焦袁熹:《此木軒全集・此木軒直寄詞》，天津南開大學館藏清抄本（三卷附舊作一卷），未編冊卷、頁碼。

有扶蘇，隰有荷華」〔註 236〕，在長有荷花之池塘邊，是年輕男女談情之處，詩中之荷花已有愛情的意味。《爾雅》:「芙渠其總名也，別名芙蓉，江東呼荷。」〔註 237〕芙蓉本作「夫容」，由女子欲取悅丈夫而飾容之嬌媚情態，進而連類而及花枝招展、爭芳鬥妍之姿態，得其「芙蓉」之名。屈原更將荷花比喻爲媒人，《楚辭・九章・思美人》:「令薜荔以爲理兮，憚舉趾而緣木。因芙蓉而爲媒兮，憚蹇裳而濡足。」〔註 238〕以芙蓉作媒，傳遞對於美人之愛慕，有其「香草美人」之意涵。

荷花意象在焦袁熹詞中既與美相關聯，又與愛情相交通，更與理想相契合。如〈師師令・荷〉云：

> 風來水際。覺香生珠翠。著朱施粉總相宜。長共短、穠纖俱美。偏訝淩波塵不起。定迥非人世。　　神仙臯澤閑游戲。遲珊珊環珮。一番凉露洗新妝，菱鑑影、不勝嬌媚。雨雨鴛鴦貪好睡。問此情何似。(《全清詞・順康卷》，冊十八，頁 10602)

上片寫荷花不僅清雅天然，穠淡皆宜，更顯得出塵脫俗。下片則將以成對之鴛鴦襯托荷花，表現美好愛情之意象。此外，荷亦用以襯托哀怨愁苦之愛情。如〈六幺令・採得葉園荷花〉詞云：

> 鏡中紅嫵，舊日曾相識。多應怨深愁重，獺髓染腮赤。想見娉娉嫋嫋，素襪淩波窄。美人傾國。薰風日暮，爛錦年華暗拋擲。　　昨夜輕雷過雨，一霎高唐客。好夢潑醒鴛鴦，露冷銅盤仄。無數風裳水佩，咫尺銀河隔。紅衣狼籍。彩雲分散，千縷情絲倩誰織。(《全清詞・順康卷》，冊十八，頁 10605)

〔註 236〕〔漢〕鄭玄箋，〔唐〕孔穎達疏：《毛詩正義・鄭風・山有扶蘇》，〔清〕阮元：《十三經注疏》，冊二，卷四，頁 171。

〔註 237〕〔晉〕郭樸注，〔宋〕邢昺疏：《爾雅注疏》，〔清〕阮元：《十三經注疏》，冊八，卷八，頁 138。

〔註 238〕〔漢〕王逸：《楚辭章句・九章・思美人》，《景印文淵閣四庫全書》，冊一〇六二，卷四，頁 43。

荷花之姿，「娉娉嫋嫋，素襪淩波窄。美人傾國」，然而其燦爛年華仍隨時序之遷移而逝。下片承「薰風日暮，爛錦年華暗拋擲」開展，一場風雨造成鴛鴦夢醒，荷花狼籍。隨著彩雲分散，這千縷萬縷之情絲又何人堪織，何處可寄？〈燭影搖紅・荷燈〉詞云：

> 簫鼓聲中，早春已覺薰風拂。華筵紅錦夜香圍，看取淩波襪。似恁亭亭嫋嫋。細端相、空迷醉纈。霏煙吐燄，越豔吳娃，居然羅列。　　卻使姮娥，妬他三五無圓缺。坐中年少發清謳，對影憐奇絕。可有絲兒難殺。撿啼痕、高燒絳蠟。並頭種子，的的煎熬，十分心熱。(《全清詞・順康卷》，冊十八，頁 10605)

夏秋之交，正是荷花盛開的美好季節。焦氏將荷花喻爲亭亭佳人，「空迷醉纈。霏煙吐燄」，其美不僅勝吳娃，更使姮娥妒。以「坐中年少發清謳，對影憐奇絕」，描寫雖有清高奇絕之特質，卻只能顧影自憐、孤芳自賞，寄寓詞人感慨。結尾以荷花其實並蒂，蓮子中心苦，抒發女子相思愁苦之情。

焦氏詠物之作雖偏向傳統題材，然其詞清麗婉約，別具一格。其餘如詠蘭詞，著重於離騷愁人獨自含芳，高介風範之形象；詠萍詞則和描寫自身與友人皆若無根浮家，羈棲漂泊，只能彼此互吐心事，最憎只合迎主意之「游魚饞嘴」，似貪嫁東風之榆錢。以詞寄意，各有韻致。

二、描禽寫蟲

序　號	對　象	詞　調	詞　題	起　句
1	燕	菩薩蠻	燕	晚花穿入重簾
		浣溪紗	雙燕	春社今朝雙燕歸
2	鴻雁	東坡引	聞雁	一聲秋思滿
3	蜂	虞美人	蜂	暝風吹向花房住
		菩薩蠻	蜂	好風春聚花房小
4	蝶	玉樓春	蝶	三春光景堪行樂
		虞美人	蝶	深深深院尋春遍

以鳥獸蟲魚爲對象之詠物詞，計有七闋，燕、蜂、蝶各兩首，鴻雁一首，茲略論如次：

（一）燕、鴻雁

燕、雁均爲侯鳥，來往隨雲，南北無定，容易引起愁心，故詞人多藉以抒離別與懷遠之情。「群燕辭歸雁南翔，念君客遊多思腸」（曹丕《燕歌行》）其中燕子擇簷而居，雙雙飛舞，呢喃親切，棲則交頸、行則相隨之生活習性，是幸福之象徵，一種愜意之確證，也成爲人類理想的婚姻生活。然而當人們懷此理想而不得時，見到燕子雙宿雙飛而頓思其偶，便成爲一種觸發感思之樣式。〈菩薩蠻・燕〉詞云：

> 晚花穿入重簾捲。捲簾重入穿花晚。紅影舞輕風。風輕舞影紅。　　伴伊憐語軟。軟語憐伊伴。儂去莫匆匆。匆匆莫去儂。（《全清詞・順康卷》，冊十八，頁 10576）

燕子穿於堂、穿於簾，成爲文人描述閨怨之場景，表現思婦目睹燕子雙雙歡悅，呢喃愛語，反襯出女子形單影隻，內心孤獨。結尾更以思婦對於燕子離去之挽留和不捨，細膩入微地描繪出其幽惻情懷。此闋詞以「回文」體方式寫成，回文是一種「講究詞序，有回環往復之趣」〔註 239〕的修辭法，要將字字湊準，安排順逆已屬不易，且還有寓意明顯之詩題，而非漫寫景物，造成反覆迴環之效果，進而渲染、烘托詞中人情緒及情感。雖見燕子雙飛，易惹愁思，然見燕子失偶單棲，仍添詞人相惜之感。〈浣溪沙・雙燕〉詞云：

> 春社今朝雙燕歸。帶來海日向人飛。身輕容易受風欺。
> 　　小巷柳昏妨對掠，畫梁泥墮怯單棲。一生嬌軟不差池。
>
> 〔註 240〕

雙飛燕子春天歸北，至舊居銜泥築巢，然燕子失偶後嬌軟憔悴，再也不見他日差池春燕影。清・吳雷發《說詩管蒯》：「詠物詩要不即不離，

〔註 239〕陳望道：《修辭學發凡》（上海：上海教育出版社，2001 年 3 月），頁 198。

〔註 240〕《全清詞・順康卷》未收，見於南開大學古籍室館藏《此木軒直寄詞》（三卷附舊作一卷），卷四。

工細中須具縹緲之致」〔註 241〕，確爲正論。焦氏與其妻陰陽相隔，任憑詞人如年度日，愛侶永遠不會再有重聚團圓之歸期。目睹燕失偶單棲，可以體會妻亡後詞人內心深刻銘骨之愛戀、痛徹心扉之思念，以及永遠無法擺脫之缺憾悲愴。

同燕一樣，雁爲一種常見候鳥，每年秋冬季節，便會成群往南遷飛，飛至湖南境內「回雁峰」即止，次年春天再由此北歸。鴻雁喜群飛，具有一種罕見有序行爲，飛行時「長在前而幼在後」，「雌前呼而雄後應」，「鳴則相和，行則接武，前不絕貫，後不越序」，以「人」字或「一」字形成群遷徙；然而雁一旦失群便成「孤雁」，孤雁的叫聲極爲愁苦，悲悽哀鳴，酸楚不忍聽。故焦氏〈東坡引・聞雁〉，即以聞雁聲起興：

> 一聲秋思滿。低過南樓畔。十分酸楚聽難慣。知他是孤雁。知他是孤雁。　　經過幾許，楓汀葦岸。帶些相思恁悲怨。安排字樣愁無伴。和他心緒亂。和他心緒亂。（《全清詞・順康卷》，冊十八，頁 10597）

孤雁念群無伴之叫聲，竟惹詞人起相思，落得淒楚依舊、心緒紛亂，表現出詞人既憐雁，又惱雁之矛盾情緒。

（二）蝶、蜂

焦袁熹對於春天極爲喜愛，其詞作中描寫春光、惜春、傷春、及懷春等內容，數量特多，蜂與蝶作爲春季代表的昆蟲，有著明顯春季色彩，自然成爲焦氏最愛描寫之昆蟲。這些細微之節物出現，或飛翔，或棲伏，都成爲節候轉換之預兆，在乍暖還寒，最易惹詞人對青春生命之注視，詞中表現對蜂、蝶之憐惜，實夾雜自身歲華易度，青春可惜之慨！

首先，論詠蝶。蝶的翅翼有粉，以鬚代鼻，好嗅花香。俗以鬚爲鬍，鬍鬚爲男子之象徵，花則比喻青春妙齡之女子，故詩詞中常以蝴蝶比喻情郎或輕薄無信之男子。如〈虞美人・蝶〉云：

〔註 241〕〔清〕吳雷發：《說詩管蒯》，丁福保編：《清詩話》，冊五，頁 459。

深深深院尋春遍。兜在輕羅扇。一生長是倚東風。偷過短牆還認亞枝紅。　　飛飛飛傍金泥住。最是香濃處。妒他魂夢鎮相隨。不那輕狂容易有醒時。〔註242〕

蝶是春風得意者，「深深深院尋春遍」、「一生長是倚東風」，得東風便起飛；「飛飛飛傍金泥住，最是香濃處」，有芳香即停留。作爲爲探花使者，芳叢蕊粉、深紅濃香，其多情最是浪漫輕狂，故惹詞人嫉妒。〈玉樓春・蝶〉云：

三春光景堪行樂。飛做團兒憐軟弱。裙邊簇得慣輕描，扇底兜來須活捉。　　暖風吹過闌干角。半晌遲輝移畫幕。一生長是爲花忙，叮囑花開休易落。（《全清詞・順康卷》，冊十八，頁10595）

上片首句「三春光景堪行樂」，則將蝶作爲享樂之代表。巧舞高飛的蝴蝶，一生心事皆在春光裡，飽享春花美色，在詞人眼中爲把握現世之行樂者。「裙邊簇得慣輕描，扇底兜來須活捉」，以戲蝶描寫春天生命暢茂之象；下片則以「暖風吹過闌干角，半晌遲輝移畫幕」描寫春天消逝、時光荏苒，故敏感詞人因而發出惜春感慨，並投射於蝶，想像蝴蝶一生探花，便是帶來「花開休易落」之叮囑，惟恐「老大尋香」、「美人遲暮」之無奈。

其次，論及蜜蜂。焦氏不似以往文人將蜜蜂作爲風韻之象徵，寫出蜜蜂爲釀蜜勞苦一生，積累甚多而乏享受。〈虞美人・蜂〉詞云：

暖風吹向花房住。索把花心與。濃香嫩蘂費沉吟。却是纖腰無力怕難禁。　　蜜脾釀得春滋味。辛苦勞雙翅。阿誰偷嫁待儂媒。須記放衙時節報春知。〔註243〕

誠如唐代羅隱〈蜂〉詩：「不論平地與山尖，無限風光盡被占。採得百花成蜜後，爲誰辛苦爲誰甜。」〔註244〕即言釀蜜不易，辛勤勞苦。

〔註242〕《全清詞・順康卷》未收，見於南開大學古籍室館藏《此木軒直寄詞》（三卷附舊作一卷），卷四。

〔註243〕《全清詞・順康卷》未收，見於南開大學古籍室館藏《此木軒直寄詞》（三卷附舊作一卷），卷四。

〔註244〕〔唐〕羅隱：〈蜂〉，〔清〕聖祖御定：《全唐詩》，冊十九，卷六六二，

及辛棄疾《鷓鴣天・有感》:「蜂兒辛苦多官府，蝴蝶花間自在飛」(《全宋詞》，冊三，頁 1943），蝴蝶沾花，自由無拘之形象，蜜蜂終年採花釀蜜，徒爲人役，常被視爲代作嫁衣。此外，「蜜脾釀得春滋味」、「須記放衙時節報春知」句，更凸出蜜蜂作爲報春使者，其雙翅荷載著春，帶來時序交替之訊息。

三、摹雪狀雲

序　號	對　象	詞　調	詞　題	起　句
1	雪	憶君王	微雪	非煙非霧更非霜
		水龍吟	雪意	重陰到自龍沙
		臺城路	雪	冷雲一片迷前浦
		上林春令	春雪	昨夜三分春減
		玉樓春	春雪	畫樓昨夜蓮櫳冷
		探春	元旦雪	爆竹喧春
2	雲	春雲怨	咏春雲	東風吹斷
3	月	醉妝詞	月	上弦月

摹雪狀雲之作，屬山川風雲類，舉凡雪天季節，無力春雲均入其筆下。另外，焦氏多以「雪」爲描寫對象，計有六闋；而詠「雲」僅一首，是證同於梅花一般，雪之色調、姿態成爲焦袁熹鍾情描寫或寄託之對象；詠「月」一首體製短小，且以離別作爲主要意象，同於傳統手法，故於此僅列不論。至於摹雪狀雲之作，謹分述如下：

(一) 雪

古人稱雪爲六出花、瓊英、瓊瑤、飛瓊、屑玉，以其冰清玉潔之風格贏得歷來無數騷人墨客青睞。早在先秦，《詩經》已有「今我來思，雨雪霏霏」〔註 245〕之傳世名句，以雪起興，觸物動情。《楚

頁 7594。

〔註 245〕〔漢〕鄭玄箋，〔唐〕孔穎達疏：《毛詩正義・小雅・采薇》，〔清〕阮元：《十三經注疏》，冊二，卷九，頁 331。

辭》中所出現「魂兮來歸，北方不可以止，增冰峨峨，飛雪千里些」〔註 246〕，透過對於雪的體認，發覺物性之美，以喻個人品行高潔，係以物比德思維之展現。逮至南朝宋，則出現著名〈詠雪聯句〉，據劉義慶《世說新語・言語》載：「謝太傅寒雪日內集，與兒女講論文義。俄而雪驟，公欣然曰：『白雪紛紛何所似？』兄子胡兒曰：『撒鹽空中差可擬。』兄女曰：『未若柳絮因風起。』公大笑樂。」〔註 247〕謝道韞巧用比喻，以柳絮喻雪花，此種用法於焦袁熹詠雪詞屢屢出現，茲引錄於此：

> 重陰到自龍沙，凍雲一色江天暮。數聲欸乃，漁郎小駐，驚鴻時度。遠岸衰楊，斷絲零葉，模糊如許。似東風二月，人家簾幕。待吹起、枝頭絮。　　底事寒威頻做。問飛瓊、步虛果否。瑤臺月暗，藍田煙冷，玉人先妬。可惜梅花，一枝清瘦，獨醒誰語。向黃昏籬落，微微點綴，是春來處。（〈水龍吟・雪意〉）

> 昨夜三分春減。算未到、紅愁綠慘。灞橋狂絮先飛，怕冷卻、踏青小膽。　　單衣欲試怎便敢。甚薄暮、尚憑低檻。分明下了吳鹽，奈春光、乍濃還淡。（〈上林春令・春雪〉）

> 冷雲一片迷前浦，垂垂楚天無色。到地輕鋪，回風半捲，看取六花消息。樓頭認得。似三月搖楊，晴絲暗擘，下了重簾，亂飄幾點峭寒逼。　　羅衣心字染暖，正吟情未了，春思如織。門掩孤村，舟橫野渡，還憶天涯行客。狂蹤蕩跡。怕擁盡殘氈，雁程無力。迎曉梅窗，蝶魂應不識。（〈臺城路・雪〉）

焦袁熹以形觀，則取雪、絮均潔白紛飛之特點；以味察，實則一清涼，一淡香，兩者仍有異處，故〈憶君王・微雪〉詞云：

〔註 246〕〔漢〕王逸：《楚辭章句・招魂》，《景印文淵閣四庫全書》，冊一〇六二，卷九，頁 61。

〔註 247〕〔南朝宋〕劉義慶著，〔南朝梁〕劉孝標注，余嘉錫箋疏：《世說新語箋疏・言語》，卷上，頁 103～131。

非煙非霧更非霜。拂面侵衣來去忙。可是天公欲放狂。忒清涼。何似三春飛絮香。(《全清詞·順康卷》,冊十八,頁 10568)

在詞人眼裡,雪非寒冬之化身,而是報春使者:「向黃昏籬落,微微點綴,是春來處。」(〈水龍吟·雪意〉)因此見雪花墜落,則引發詞人懷春心情,愁思如織,如〈玉樓春·春雪〉詞云:

畫樓昨夜簾櫳冷。梅蕊今朝分瘦影。無多着樹月低迷,一半成花風管領。　　香銷翠被人孤另。斜倚朱欄推酩酊。不知天上定愁無,墮在人間眞薄命。〔註 248〕

上片寫景,詞人以「梅蕊影瘦」、「樹月低迷」皆呈凋殘零落之姿,醞釀愁緒氛圍;下片寫情,思婦空閨獨寢,益覺淒涼難耐,然而倚欄醉酒,卻又感發頗深,不禁移情愁風中紛雪,憐惜落雪如飄花,終迴旋墮地而逝,若美人薄命,香消玉殞,此用「雪花」以自況,憐雪亦自憐。〈探春·元旦雪〉描寫元旦團圓時節,故人未歸卻又逢雪之心情:

爆竹喧春,添爐送老,驚心歲序如此。昨夜呼盧,今朝臥酒,算是新年滋味。任被他寒到,怕隨例、羸童漫刺。枉教户貼宜春,春光還解回避。　　况是天公遊戲。愛滴粉搓酥,釀成愁思。柳眼全遮,梅魂暗鎖,留取伴人憔悴。試問池塘草,悵舊夢、冷吟猶記。鬢脚些些,東風吹散無計。〔註 249〕

此詞起首言「爆竹喧春,添爐送老,驚心歲序如此」,表面雖描寫元旦爆竹聲響、添爐喧鬧之氣氛,實則點明詞人敏銳察覺歲序轉變迅速,而心生無奈;「况是天公遊戲。愛滴粉搓酥,釀成愁思」,見眼前瑞雪霏霏,彷彿天公故意戲弄,伴人憔悴,釀人愁思。然此愁爲何?詞人於最後交代:「試問池塘草,悵舊夢、冷吟猶記。鬢脚些些,東風吹散無計」,重聚之美夢,似落於鬢角些微雪花,受東風吹散而無跡可尋,勾勒提掇出女子岑寂、淒惻之心境。

〔註 248〕《全清詞·順康卷》未收,見於南開大學古籍室館藏《此木軒直寄詞》(三卷附舊作一卷),卷四。

〔註 249〕《全清詞·順康卷》未收,見於南開大學古籍室館藏《此木軒直寄詞》(三卷附舊作一卷),卷四。

（二）雲

「雲」作爲一種自然事物而入詩詞，經由作家主觀情志之反映，或蘊含離愁別緒，或深具閒情野趣，或表現一種禪悟內涵，形象豐富。在《詩經》中，「雲」或用作比喻，多以形容女性多而美，或以「雲」起興，則大多與愛情有關。宋玉〈高唐賦序〉：「旦爲朝雲，暮爲行雨，朝朝暮暮，陽臺之下。」〔註 250〕一般均認爲是巫山神女和楚襄王白日如雲、夜暮如雨之男女相悅，此美麗傳說賦予詩人無窮之靈感，但經於王雲路考證，認爲「雲雨」本指分別、分離之意，如鮑照：「宿心不復歸，流年抱衰疾。既成雨雲人，悲緒終不一。」（〈登雲陽九里埭〉）「雲雨」一詞，由「朝雲行雨」簡稱而來，可代指爲巫山神女之傳說，可代指所愛之佳人，並無褻詞之意。漢魏六朝之後，「雲雨」多爲「雲飛雨散」之簡縮，其含意則爲分離、分別。直至宋元時期，才逐漸附會爲男女歡會之意。〔註 251〕然而「巫山雲雨，陽臺一夢」，好夢難眞而成就無限憾事，凝爲一段淒婉之審美意象，以致元稹〈悼亡詩〉寫下：「曾經滄海難爲水，除卻巫山不是雲。」〔註 252〕故「雲」蘊含綢繆繾綣、魂牽夢縈之愛情特質。焦氏〈春雲怨・詠春雲〉即以「春雲」作爲愛情之象徵，寄寓相思情愫：

> 東風吹斷。正悠揚夢裡，荒臺曾見。行到春朝無力，去逐遊人心共嬾。閣雨輕陰，蕩晴微暖，無數江頭絮飛亂。金勒驕廻，玉樓凝望，遮住別離眼。　　非煙非霧長安遠。誤天涯幾許，驛橋村店。擬問東君意何限。謾道無情，一縷歌音，綺窗宛轉。日暮愁生，美人何處，空記月痕如線。
>
> 〔註 253〕

〔註 250〕〔戰國楚〕宋玉：〈高唐賦〉，〔梁〕昭明太子撰，〔唐〕李善注：《昭明文選》（臺北：文化圖書公司，1975 年 8 月），卷十九，頁 249。

〔註 251〕王雲路：〈「雲雨」漫筆〉，《古漢語研究》第 3 期，2000 年。

〔註 252〕〔唐〕元稹：〈悼亡詩〉，〔清〕聖祖御定：《全唐詩》，冊十二，卷四二二，頁 4643。

〔註 253〕《全清詞・順康卷》未收，見於南開大學古籍室館藏《此木軒直寄詞》（三卷附舊作一卷），卷四。

首句「東風吹斷」，便暗示這段感情不圓滿，又引巫山神女之傳說，印證美夢終究無法成眞的遺憾。此外，雲飄忽不定、無根無依，與古詩詞中飄泊無所之游人有不解之淵源，「浮雲之馳，奄忽相踰，飄颻不定，逮乎因風波蕩。各在天之一隅，以喻人之客遊，飛薄亦爾」〔註 254〕，「浮雲」更能直接引發思婦對於游人未歸之牽引，焦詞以「行到春朝無力，去逐遊人心共嬾」，春光倦困、浮雲慵懶，表現思婦屢屢期待落空而沒精打彩之貌，底下更以「閣雨輕陰，蕩晴微暖，無數江頭絮飛亂」，以陰晴驟變，暗示女子情緒之紛亂。「金勒驕廻，玉樓凝望，遮住別離眼」，則借李白〈登金陵鳳凰臺〉：「總爲浮雲能蔽日，長安不見使人愁」〔註 255〕之喻意，作思婦登樓不見章臺路之用，頗有新意。

下片僅承上片尾句而來「非煙非霧長安遠。誤天涯幾許，驛橋村店」，化用柳永〈八聲甘州〉：「想佳人、妝樓顒望，誤幾回、天際識歸舟」之意，「誤天涯幾許」(《全宋詞》，冊一，頁 43)，寫相思之苦，由於年年所見皆過客而非歸人，女子遂興傷春之感，自傷年華消逝，遂問東君此春意是否能夠長久？而「春雲」應是任意東西、無所羈絆之物，然受美人相思情重所感，不禁徘徊於綺窗旁，故焦氏勸世人「休道春雲無情」阿！「日暮愁生，美人何處，空記月痕如線」句，「日暮愁生」，化用杜牧〈邊上聞笳三首〉之二：「白沙日暮愁雲起，獨感離愁萬里人。」〔註 256〕「日暮愁雲」，就是詩人的離別愁緒。春雲受東風吹斷，逐春而去，成爲詞中人茫然若失心境之再現，末尾以美人妝痕如線之畫面渲染惆悵，尤其著一「空」字，更暗示女子相思之徒然！

〔註 254〕〔梁〕昭明太子撰，〔唐〕李善注：《昭明文選・與蘇武三首》(臺北：文化圖書公司，1975 年 8 月)，卷二九，頁 405。

〔註 255〕〔唐〕李白：〈登金陵鳳凰臺〉，〔清〕聖祖御定：《全唐詩》，冊六，卷一八〇，頁 1836。

〔註 256〕〔唐〕杜牧：〈邊上聞笳三首〉，〔清〕聖祖御定：《全唐詩》，冊十六，卷五二五，頁 6010。

四、特殊題材

序　號	對　象	詞　調	詞　題	起　句
1	剪刀	賀新郎	剪刀	燈火窗紗靜
2	漁竿	浪淘沙	漁竿	潮漲水平磯
3	闌干	曲遊春	闌干	小院東風軟
4	風箏	春風嫋娜	見風箏有作美人樣者	受春風擡舉
5	燈	浣溪沙	殘燈	細雨疏風
6	煙	鵲橋仙	喫煙	樽前席上
7	裙	綺羅香	裙	繡屧深遮
8	腰	沁園春	腰	嫋嫋嬪嬪

焦袁熹詠物詞以特殊題材爲描寫對象者，計有八首。對象爲剪刀、漁竿、闌干、風箏、燈、煙、裙、腰，種類繁複。其中闌干、風箏、腰等意象新穎，故擇而略述如次：

1、闌干

闌干，亦作闌干、欄杆，作爲庭院、樓閣等建築物之附屬部分，兼具實用與審美功能。若作爲一種審美客體存在時，則具備豔麗、柔媚、孤寂等審美特徵，與「詞之爲體，要眇宜修」之詞體特質相契合，感喟於胸、思緒萬千之詞人，在或雕鏤精工、或朱漆斑駁之闌干掩映下，表現相思閨怨、憶舊懷遠、傷春悲秋等主題，「闌干」成爲敘寫閨閣兒女傷春怨別之意象。如〈曲遊春・闌干〉詞云：

> 小院東風軟，甚曲廊圍著，春思千斛。盡日瞢騰，搭絲絲煙縷，困眠難足。誰把愁城築。恁低亞、恰當胸蔌。倚醉拖，翠袖溫存，一餉自憐幽獨。　　滿目。看朱成綠。更雙蝶穿來，飛去還速。紅甲留痕，記凭肩前度，暗縈衷曲。裙底緗鉤蹴。怎禁得，楚腰如束。教放十二筠簾，夢雲又逐。（《全清詞・順康卷》，冊十八，頁 10609）

起首點出曲廊，實呼應闌干之主題：「小院東風軟，甚曲廊圍著，春思千斛」，所謂千斛春思，當包蘊著深閨女子對青春之依戀，對愛情之渴望，與獨居內庭之寂寞難以排遣。再以垂柳作映襯，將闌干所築成「愁城」作爲囹圄，實爲女子苦思良人、憔悴黯淡之心城，故倚欄久立，自憐幽獨。下片藉由雙蝶穿來飛去，暗示時光流轉，更以雙蝶映襯女子隻身一人。觸物起興，往事縈懷豈容輕拋？故憶「凭肩前度，暗縈衷曲」之過昔，對比如今「教放十二�簾，夢雲又逐」，良人如浮雲逐風，身在異地；因此無可奈何，女子惟有倚欄而嘆，不寫情而情在其中。

2、風箏

風箏，即紙鳶，通常以竹篾爲骨架糊以紙、絹而成，斜綴以線，能乘風高飛。明・陳沂《詢蒭錄》：「風箏，即紙鳶，又名風鳶。初五代漢李鄴於宮中作紙鳶，引線乘風爲戲。後於鳶首以竹爲笛，使風入作聲如箏，俗呼風箏。」〔註 257〕風箏初曾作爲軍事通訊之用，後民間多用作春季室外娛樂之具，多扎成鳥形，亦有作蝴蝶、蜈蚣、美人、星、月等形狀。〔註 258〕宋・范仲淹〈賦林衡鑒序〉：「指其物而詠者，謂之詠物」，焦袁熹見風箏有作美人樣者，遂起興而詠，作〈春風嫋娜・見風箏有作美人樣者〉：

> 受春風擡舉，嫁與何人。飄冶袖，曳仙裙。似宮中、飛燕乍能傾國，峰頭神女，早則行雲。便欲乘空，有人牽繫，不許姮娥月裡奔。帶著些兒俗緣重，霎時生怕墮紅塵。
>
> 好是風流性格，無情有恨，訴心事、知復何云。難掙拄，瘦腰身。升沉準擬，分付東君。天肯憐伊，管教長駐，只愁天角，又挂斜曛。春歸一瞬，嘆明年今日，移胎換骨，不記前因。（《全清詞・順康卷》，冊十八，頁 10614）

上片將乘春風而起之風箏，想像爲「飄冶袖，曳仙裙」之仙女正欲出嫁，以漢宮美人趙飛燕、巫山神女作比，凸顯箏上美人其狀甚麗，足

〔註 257〕〔明〕陳沂：《詢蒭錄》，〔明〕高鳴鳳輯：《今獻匯言》（北京：中華書店，2001 年，上海涵芬樓影印明刻本），冊二，頁 68。

〔註 258〕〔宋〕高承撰，〔明〕李果訂：《事物紀原・歲時風俗・紙鳶》，卷八，頁 306。

以傾國。然而受繫於線，未若嫦娥奔月以獨立，唯恐風停箏落，美人又墮紅塵俗緣之間。下片則就風箏隨風流動之特性，雙關「風流」一語，除形容美人風韻美好動人，更表現東君消逝之「無情」，故美人愁掛於餘暉滿日之天際，其愁爲何？惟因「春歸一瞬，嘆明年今日，移胎換骨，不記前因」，焦氏謂春天轉眼消逝，待明年今日，美人不知去處，物是人非，不勝感慨繫之矣。

3、詠腰

〈沁園春・腰〉以「腰」作爲吟詠之對象，所用典故、描寫範疇均未離此主題：

> 嫋嫋婷婷，難貌難描，立還欠伸。乍揣量尺六，的知通體，端相一捻，便合消魂。無限夭斜，非關結束，風柳三眠住水村。宮廚減，惹荊王愛煞，一段行雲。　　眞珠壓衱能勻。待背後、看伊穩稱身。想挫因趁拍，低徊軟舞，迴羞就抱，拳局橫陳。寶鳳宜傳，蜜蜂休妒，帖地銜篸果絕倫。行來近，奈孫孃折盡，一晌難親。（《全清詞・順康卷》，冊十八，頁 10611～10612）

起首言「腰」雖難狀難描，卻爲娉婷女子渾身最婀娜多姿之處；以「風柳三眠」喻腰肢，「三眠」，指檉柳的柔弱枝條在風中時時伏倒之貌。《三輔舊事》：「漢苑中有柳狀如人形，號曰人柳，一日三眠三起。」〔註 259〕故檉柳又稱三眠柳，此運用擬人手法，以三眠柳形容佳人腰肢纖細靈活。「宮廚減，惹荊王愛煞，一段行雲」，該典故出自先秦典籍「楚王好細腰」，《戰國策・楚策一・威王問於莫敖子華》篇載楚臣莫敖子華謂楚威王：「昔者，先君靈王好小腰，楚士約食，馮而能立，式而能起。食之可欲，忍而不入。死之可惡，然而不避。」〔註 260〕言君王好尚，影響至深。昔《墨子・兼愛中》

〔註 259〕〔清〕張澍輯：《三輔舊事》，《叢書集成初編》，冊三二〇五，頁 26。
〔註 260〕〔漢〕劉向集錄，范祥雍箋證，范邦瑾協校：《戰國策箋證・楚策一・威王問於莫敖子華》（上海：上海古籍出版社，2008 年 3 月），上冊，卷十四，頁 810。

道：「昔者楚靈王好士細腰，故靈王之臣皆以一飯爲節，脅息然後帶，扶牆然後起。比期年，朝有黧黑之色。」〔註 261〕爲迎合國君喜好，楚士以細腰爲尚，而後逐漸發展，卻由峨冠博帶之大臣變成了爭寵之嬪妃，如《後漢書・馬援傳》載馬援子馬廖〈上長樂宮以勸成德政疏〉，引證楚王好細腰故事，概括說：「傳曰：吳王好劍客，百姓多創瘢；楚王好細腰，宮中多餓死。」〔註 262〕南朝陳徐陵《玉台新詠・序》亦道：「楚王宮內無不推其細腰。」〔註 263〕皆強調「宮中」而非「朝中」。李商隱〈夢澤〉詩：「夢澤悲風動白茅，楚王葬盡滿城嬌。未知歌舞能多少，虛減宮廚爲細腰。」〔註 264〕焦氏借「朝野虛減宮廚爲細腰」之風尚作引，往下開展，進而透過描寫舞孃腰上裝飾品以詠腰之美好。

下片「眞珠壓衱能勻。待背後、看伊穩稱身」一句，則借鑑唐・杜甫〈雜曲歌辭・麗人行〉：「背後何所見？珠壓腰衱穩稱身。」〔註 265〕透過描寫腰衱眞珠、腰上寶鳳，以凸顯美腰之絕倫。「想挫因趁拍，低徊軟舞，迴羞就抱，拳局橫陳」，則敘述腰肢輕舞，動作誘人。結尾「孫娘」指公孫大娘。唐朝開元年間，玄宗設教坊於宮廷，公孫大娘爲其中著名舞伎，善舞劍，以舞西河劍器渾脫舞著名。故明・司守謙《訓蒙駢句》：「舞劍孫娘，珮聲梟梟知腰軟」〔註 266〕，唐代孫娘舞劍腰軟

〔註 261〕〔漢〕墨子：《墨子・兼爱中》（上海：上海古籍出版社，1989 年），頁 31。

〔註 262〕〔宋〕范曄撰，〔唐〕李賢等注，〔清〕王先謙集解，錢大昭補表，錢大昕考異：《後漢書・馬援傳》，《二十五史》，冊五，卷二十四，頁 281。

〔註 263〕〔南朝陳〕徐陵編，吳兆宜注：《玉台新詠・序》（成都：成都古籍書店，1982 年），頁 1。

〔註 264〕〔唐〕李商隱：〈夢澤〉，〔清〕聖祖御定：《全唐詩》，冊十六，卷五三九，頁 6155。

〔註 265〕〔唐〕杜甫：〈雜曲歌辭・麗人行〉，〔清〕聖祖御定：《全唐詩》，冊二，卷二五，頁 336。

〔註 266〕〔明〕司守謙：《訓蒙駢句・十四鹽》，《叢書集成續編》，冊六一，頁 293。

動人，焦袁熹將孫娘作爲美腰代表，然如今卻難尋，故發出「奈孫孃折盡，一晌難親」之嘆！

小　結

綜結上文分析，有關焦袁熹詠物詞，就表現技法論之，其詠物作品結合了兩宋詠物詞之風格，一方面著重於「摹形狀物」爲主要內容，從物發端，以物收束，無寄情、無託意，只作直觀之描寫，以對自然物之「美」作生動之再現。如：「非煙非霧更非霜。拂面侵衣來去忙。可是天公欲放狂。忒清涼。何似三春飛絮香。」（〈憶君王・微雪〉）其次，「即物達情」，詠物而不滯於物，曲盡其態，傳盡其神，卻又托意甚遠。主題雖是詠物，透過所詠之物暗示詞人自身之命運，或以所詠之物蘊含或抒發或濃或淡之情感，或傷春，或懷人，亦爲焦氏詠物詞之主要典型。如：「古月空留魄，寒花也斷魂。東風無計與溫存。惜取三葩兩蕊，黯淡不堪言。」（〈喝火令・梅〉）、「小院東風軟，甚曲廊圍著，春思千斛。盡日瞢騰，搭絲絲煙縷，困眠難足。誰把愁城築。」（〈曲遊春・闌干〉）詞人由於自身際遇，風格氣度及藝術氣質不同，故詠物詞各具情態。大抵上，焦袁熹先取旁者之創作姿態，作一客觀之觀察摹畫，於是在用心體察物之性情、神理過程中，純用簡鍊之筆墨，進行大體上之描述，勾勒物之形貌，寫盡物之神采。此外，也通過審美移情之作用，賦予物即人之情感，於是在此基礎上滲入更多自身之情志，以致完全融合。蓋焦袁熹爲一深情之人，執著於現實情感及生命體驗，故多作憂鬱深沉之詞，雖偶有豁達之語，但其詞大體致力於抒發其細膩穠摯之情緒感觸。

清代詞論家多主張詠物詞須有寄託，應表現主體情志。如謝章鋌《賭棋山莊詞話》指出詠物詞或應別有寄託，或應獨寫哀怨。〔註 267〕蔣敦復《芬陀利室詞話》則認爲：「詞原於詩，即小小詠

〔註 267〕〔清〕謝章鋌：《賭棋山莊詞話》，唐圭璋主編：《詞話叢編》，冊四，卷二，頁 3343。

物，亦貴得風人比興之旨。」〔註268〕沈祥龍《論詞隨筆》也說：「詠物之作，在借物以寓性情，凡身世之感，君國之憂，隱然蘊於其內，斯寄託遙深，非沾沾焉詠一物矣。」〔註269〕然而，焦袁熹大部分詠物詞大多缺乏比興寄託之意，多以「盡態極妍」爲主，或是因爲焦袁熹所處時代，清朝之統治基本上已穩固下來，雖文網甚密，高壓統治未曾斷絕，但是許多前朝遺老也開始承認新朝存在這一無可變更之現實。更何況焦袁熹出生於清康熙年間，並未經歷亡國之痛，故其詠物詞中不見眷念君國、感慨身世之寄託，極爲自然。但在部分詠物詞中仍可見焦氏對清朝廷之深刻體察，同時表達只顧隱居不願出仕之心情，在一定程度上反映了當時清朝統治者之狀況與社會事實。

此外，焦氏注重音律和諧、聲調抑揚以及節奏張馳有致，故其詠物詞之特點即如此。如：「問東君、若爲抵死，要人分別」、「一些些、樓心拜下，舊情難歇。」（〈賀新郎・柳〉）多以奇數詞段作爲一節，節奏顯得較緊湊，又兼入聲韻之有力收煞，讀來有情感昂揚之情調。

〔註268〕〔清〕蔣敦復：《芬陀利室詞話》，唐圭璋主編：《詞話叢編》，冊四，卷三，頁3675。

〔註269〕〔清〕沈祥龍：《論詞隨筆》，唐圭璋主編：《詞話叢編》，冊五，頁4058。

第八章　結　論

經析論焦袁熹「論詞長短句」後，可見焦氏所欲傳達之詞學主張及創作意圖。就其詞學觀言之，最明顯的是對雲間詞派之賡續和傳承，但非「心摹手追」陳子龍餘緒，而是對雲間詞學觀作無言之修正，其創作實踐亦不類雲間詞派。或謂其「未脫浙西詞派窠臼」，逕將焦袁熹歸於浙西詞派，殆因焦氏詞中多闋提及瓣香朱彝尊之語，且曾爲朱氏《江湖載酒集》作一題詞之故。然細觀焦袁熹詞風，雖曾廣泛學習柳永、周邦彥、姜夔、張炎等人在內之南北詞人，卻一直保持著自己的出語勁直的特點，實與浙西詞派風貌相去甚遠。故焦氏之詞學觀實非主一格，而係兼採各家，有所突破，玆歸納其要點如下：

其一，詞學宗尚，推崇南唐北宋爲詞學高峰：受雲間詞派影響，焦氏推崇南唐、北宋爲詞學高峰，以婉約爲正宗。然雲間詞派只師法南唐、北宋，走的是花間纖豔之仄徑，褊狹之取向，不免有些作繭自縛。而焦袁熹雖主南唐、北宋詞，但其「論詞長短句」中對於南宋詞人評論數量遠超過北宋，可見焦氏係徹底瞭解南、北詞人作品後，經過咀嚼分析，相互比較，進而推舉南唐、北宋詞爲詞史高峰，絕非主觀臆測。同時焦氏亦不廢南宋詞人，雖然不滿當時詞作有鑿刻藻飾之跡，或是浙派末流仿效之惡習，但對於南宋詞人姜夔、張炎一派詞人以清剛之筆寫柔情，進而開拓「清空」之詞境，仍不吝予以肯定揄揚；

對於豪放詞家，亦能稱譽其長處。其次，焦氏推崇柳永爲詞壇天子，足見清代尊柳之說，焦袁熹實鼓吹於前。焦袁熹對於柳永之認識，係透過周邦彥遵循柳永蹊徑之事實而立論；亦即先賞周詞，後溯源柳詞，再藉取蘇軾、張先等詞人之比較，將柳永推上宋代詞壇至尊。所以如此，蓋有三原因：一是柳永詞處於「粗豪」和「輕靡」之間，「處於才與不才之間」，可得「詞中三昧」；二是柳永知音協律，其詞多婉約合樂，符合焦袁熹重視音律之詞學觀；三是柳永詞中隱含貧士失職、淹留無成之慨嘆，似此情志，能遙承楚騷。

其二，詞體功能，用「空中語」以「寄情」：焦袁熹所著詞集名《此木軒直寄詞》，其詞學追求可由「直寄詞」之命名表露一二，「直寄」二字即謂其詞有所寄託。焦袁熹認爲詞體之功能即是用「空中語」以「寄情」；而「空中傳恨」之說，來自浙西詞派朱彝尊，焦氏不僅認同此說，對詞史之評騭也以對詞體功能之認識作爲標準。然焦袁熹又云「前身歐九、本師柳七」，因此認爲詞作須「付歌喉、渾無生澀」，此與浙派所言學步姜、張之形象大異其趣，足證焦袁熹未嘗落入浙派之窠臼。

其三，審美追求，以「清」爲「研煉之極」的表現：焦氏標舉「清」是詩、詞必備之特質，並將「清」落實於語音聲律之層面，認爲才氣對聲律清濁具有決定關係，最後提出聲律運用視內容而定，並不以清爲唯一的追求；同時「清」也不限於淒寒肅殺之聲，那種超絕塵俗之聲方是清之極致。故焦袁熹審視詞之標準，「一言以蔽之，其惟清乎」。焦袁熹認爲詞是以「傳情」爲主，詞體即是將「情」以「清唱哀絃」的形式加以表現，焦袁熹對清的論述，在融合前人見解的基礎上，又有新的開拓。同時指出「清」是中晚唐刻意追求的美學趣味，也觸及了唐詩史的深層，顯出相當深刻的詩史眼光，也顯出相當自覺的理論意識。其次，焦氏對於「清」之提倡，主要是指謫浙派末流悖離清空。於康、雍、乾三朝，浙西詞派標舉南宋「清空」詞風，倡導「醇雅」之格調，視南宋姜夔、張炎爲求其詞格醇雅、清空之途徑，但是過份推崇姜、張，片面追求技巧，勢必捨本逐末，導致意旨枯寂，瑣屑飣餖，學之者流爲寒乞。而焦袁熹學詞不專主一家，初效姜夔、張炎之詞，對於「清空」之範疇當有所接受，遂以詞體作論，揭示浙派末流效顰姜張詞，早已悖離清空之病；同時，焦氏論及姜夔、張炎、張輯等南宋詞人，認爲其詞雖具有「清」之品格，卻分別體現出「貧」、「柔」、「圓」等特點，足證焦氏所論明顯有其現實批評之指向。

至於焦袁熹「論詞長短句」體現於各朝詞人之主要觀點，亦歸納如次：

其一，論唐、五代詞人，多著重源流，蓋是時乃文人詞之開端，既能反映此其詞風，亦可流露作者鑑賞之旨趣。焦袁熹所論唐代詞人唯有李白一人，並視其〈憶秦娥〉爲詞之濫觴，不僅讚揚李白之文采，並肯定其開創意義與藝術成就。其次，焦氏論及李後主亡國後的詞篇所寄寓之淒惻情懷，更論中主李璟及中主朝宰相馮延巳以文相戲之風雅，稱頌南唐詞人之眞情文雅。最後，焦袁熹通過論述和凝、韋莊和李煜、馮延巳在詞人群之中地位與所起之作用，針對花間詞派、南唐詞派與北宋婉約詞派的詞學走向予以評斷，究明唐五代詞之遞承關係。

其二，論北宋詞人除言其詞壇成就，更關注於柳永、蘇軾，以及黃庭堅、秦觀等詞人的開拓革新與承襲流衍，頗能體現詞史之流變。其次，焦氏稱揚婉約詞風，由其論詞長短句評價極高之晏殊、晏幾道、柳永、賀鑄等人，足見焦氏所賞及偏好婉約一路之詞人；講究詞體本色，聲調諧和，貶抑率然而成，不拘音律之作。此外，焦氏同樣重視詞人眞情，由論范仲淹詞「語到情眞，感蕩心魂」，論晏幾道詞「斷盡回腸」；論柳永「三變新聲唱得眞」，其詞「只在當場動得人」，論蕭觀音詞「惹得閒人也斷腸」，均著眼於詞人眞感實情之流露。甚至認爲蘇軾只是「逢場作戲三分假」，情感未能動人，實不如柳永。大抵而論，焦袁熹對於北宋詞人評價頗高，或論其詞，或論其人，甚至評價其戍守、修史之功績等；即便不喜万俟詠之姓，對於詞人仍不吝給予稱許；若有主觀譏評之語，則自注原因於詞後，其觀點誠清晰皦然矣。

其三，論南宋詞家，好著眼於忠愛之思、家國之感：宋南渡詞人受靖康之難而有前後期之詞風差異，焦袁熹深掘其詞中的遺民之痛、愛國之思。此外，南宋愛國詞人於詞中寄寓恢復中原、回歸故里之希冀和傾向極明顯，慷慨悲歌，激昂士氣，皆眞情流露，深受焦袁熹所賞。其次，焦袁熹雖以婉約爲正，仍肯定辛棄疾詞中之價值，推崇其心志，更對世人稱辛棄疾詞粗豪進行駁斥，指出只是步武辛詞之後人，未具辛棄疾之「氣」，徒襲其形，未得其神，「總與辛家作隸奴」，遂流於粗豪傖父之作。最後，透過論及南宋詞家之「清空」特色，批評當時浙派末流以姜、張爲宗，多在字句聲律下工夫，重視詞藻音律，反而忽略詞作內容，導致空疏乏味之弊病，亦藉論詞表達對此風氣之不滿。

至於焦袁熹《此木軒直寄詞》，誠如清代陳廷焯《雲韶集》所言，焦氏「詞非一格，淹有眾長」，認爲其詞雖根柢於傳統題材，多當行本色之作，但廣泛學習眾家之長，進而鎔鑄自身特色。茲總結如次：

其一，細觀焦袁熹和韻、仿擬、集字等作品，可見焦氏對於前人之學習痕跡，然其創作並非亦步亦趨之模仿，而是在融合前人詞句而出己意，表達對於詞人之愛賞。

其二，焦袁熹秉持「情眞」之原則，其閨怨詞寫念遠之情懷，送別詞寫生離之惆悵，悼亡詞寫死別之哀傷，或直抒其意，或暗藏其情，均表現出濃重的相思愁緒，自然悲嗟益深，惻惻動人。

其三，焦袁熹有主動塡詞，寄贈好友，亦有以詞作爲和答，在往復之間相互慰藉、勉勵，能使詩歌抒情達意之功能得到實現，充分流露出對朋友關切之意，繫存眞摯高雅之情操。同時於贈答戲作中，發揮想像力，透過花卉一贈一答，表達其獨特觀點，寄寓人生哲思及處世智慧。

其四，焦袁熹所作詠物詞，大多缺乏比興寄託之意，且以「盡態極妍」爲主，此或緣焦氏所處之清朝基本上已穩固下來，許多前朝遺老也開始承認新朝存在這一無可變更之現實；更何況焦袁熹出生於清康熙年間，並未經歷亡國之痛，故其詠物詞中不見眷念君國、感慨身世之寄託，極爲自然。但其部分詠物詞中仍可見焦氏對清朝廷之深刻體察，同時表達只顧隱居不願出仕之心情，在一定程度上反映了當時清朝統治者之狀況與社會事實。

總之，透過本文研究，信可全面呈顯焦袁熹詞學觀之諸面向，並呼應詞體發展之趨勢。焦袁熹「論詞長短句」歷述各朝詞家，彼此環環相扣，並具體結合詞人生平經歷、詞作軼事等，反映詞壇實況。惟論者限於審美觀點，或逕引一端以崇其所善，難免有遺珠之憾。同時「論詞長短句」囿於外在形式，難以面面俱到，其論述或有不夠周全之處，乃吾人評賞之際所當留心者。蓋焦袁熹以經學家之身分論詞，雖未見「以經論詞」之現象，但其論述內容涵括歷代詞人及詞作之評騭，不僅反映作者之詞學主張與創作意圖，亦兼有記事以爲談資之性質，對於清代後繼批評史料之紹述與褒貶，誠有其創發價值！

參考書目

一、焦袁熹年譜、著作

1.〔清〕焦以敬、焦以恕編：《焦南浦先生年譜》，北京圖書館編：《北京圖書館藏珍本年譜叢刊》，北京：北京圖書館出版社，1999年，清光緒三十年木活字本。

2.〔清〕焦袁熹：《此木軒雜著》，《續修四庫全書》，上海：上海古籍出版社，2002年4月，據嘉慶九年（1804）此木軒刊本影印。

3.〔清〕焦袁熹：《此木軒直寄詞》，天津南開大學館藏清抄本，三卷附舊作一卷。

4.〔清〕焦袁熹：《此木軒文集》，藏於天津南開大學古籍室。

5.〔清〕焦袁熹：《此木軒詩鈔》，清嘉慶十年（1805年）刻本，藏於中國國家圖書館古籍室。

6.〔清〕焦袁熹：《小國春秋》，《叢書集成初編》，北京：中華書局，1991年。

7.〔清〕焦袁熹：《儒林譜》，《叢書集成初編》，北京：中華書局，1991年。

8.〔清〕焦袁熹：《太玄解》，《叢書集成初編》，北京：中華書局，1991年。

9.〔清〕焦袁熹：《潛虛解》，《叢書集成初編》，北京：中華書局，1991年。

10.〔清〕焦袁熹：《此木軒贅語》，《此木軒全書》，藏於上海圖書館古籍室。

11.〔清〕焦袁熹：《此木軒尚志錄》，《此木軒全集》，藏於上海圖書館古籍室。

12.〔清〕焦袁熹：《此木軒論詩彙編》，《此木軒全集》，藏書於上海圖書館古籍室。

二、經、史、子部著作

1.〔漢〕劉向集錄，范祥雍箋證，范邦瑾協校：《戰國策箋證》，上海：上海古籍出版社，2008 年。

2.〔漢〕劉安撰，〔漢〕許慎注：《淮南子》，臺北：臺灣商務印書館，1967 年。

3.〔唐〕張九齡等撰，〔唐〕李林甫等注：《唐六典》，《景印文淵閣四庫全書》，臺北：臺灣商務印書館，1983 年。

4.〔南唐〕徐鍇：《說文繫傳》，文懷沙主編：《四部文明》，西安：陝西人民出版社，2007 年。

5.〔宋〕辛棄疾：《南渡錄》，《中國近代內亂外禍歷史故事叢書》，臺北：廣文書局，1964 年。

6.〔宋〕李心傳：《建炎以來繫年要錄》，臺北：文海出版社，1980 年。

7.〔宋〕姚寬：《西溪叢語》，《景印文淵閣四庫全書》，臺北：臺灣商務印書館，1983 年。

8.〔宋〕朱長文：《吳郡圖經續記》，《景印文淵閣四庫全書》，臺北：臺灣商務印書館，1983 年。

9.〔宋〕確庵、耐庵編，崔文印箋證：《靖康稗史箋證》，北京：中華書局，1988 年。

10.〔宋〕釋普濟：《五燈會元》，臺北：文津出版社，1991 年。

11.〔宋〕馬令：《南唐書》，《中國野史集成》，成都：巴蜀書社，1993 年。

12.〔宋〕胡柯編，吳洪澤校點：《盧陵歐陽文忠公年譜》，錄於吳洪澤、尹波主編：《宋人年譜叢刊》，成都：四川大學出版社，2003 年。

13.〔宋〕李壽撰：《續資治通鑑長編》，北京：中華書局，2004 年。

14.〔明〕李時珍：《本草綱目》，《景印文淵閣四庫全書》，臺北：臺灣商務印書館，1983 年。

15.〔清〕覺羅勒德洪等奉敕修：《大清聖祖仁皇帝實錄》，臺北：華聯出版社，1964 年。

16.〔清〕阮升基等修，寧楷等纂：《宜興縣誌》，臺北：成文書局，1970 年。

17.〔清〕畢沅：《續資治通鑑》，臺北：明倫出版社，1970 年。

18.〔清〕宋如林等修，孫星衍等纂：《江蘇省松江府志》，《中國方志叢書》，臺北：成文出版社，1974 年。

19.〔清〕龔寶琦修，黃厚本纂：《江蘇省金山縣志》，《中國方志叢書》，臺北：成文出版社，1974 年。

20.〔清〕謝庭薰修，陸錫熊纂：《江蘇省婁縣志》，《中國方志叢書》，臺北：成文出版社，1974 年。

21.〔清〕王琰等奉敕撰：《欽定春秋傳說彙纂》，《四庫全書珍本八集》，臺北：臺灣商務印書館，1978 年。

22.〔清〕王夫之：《宋論》，《四部備要》，臺北：中華書局，1981 年。

23.〔清〕黎庶昌：《續古文辭類纂》，《四部備要》，臺北：中華書局，1981 年。

24.〔清〕吳任臣撰，徐敏霞、周瑩點校：《十國春秋》，北京：中華書局，1983 年。

25.〔清〕徐松輯：《宋會要輯稿》，北京：中華書局，1997 年。

26.〔清〕阮元校勘：《十三經注疏》，臺北：藝文印書館，2001 年。

〔晉〕范寧著，〔唐〕楊士勛疏：《春秋穀梁傳注疏》

〔漢〕毛亨傳，鄭玄箋，〔唐〕孔穎達疏：《毛詩正義》

〔漢〕鄭玄注，〔唐〕孔穎達疏：《禮記正義》

〔魏〕何晏注，〔宋〕邢昺疏：《論語正義》

〔晉〕郭樸注，〔宋〕邢昺疏：《爾雅注疏》

27. 新文豐出版小組編輯部：《二十五史》，臺北：新文豐出版公司，1975 年。

〔梁〕沈約：《宋書》。

〔漢〕司馬遷撰，〔南朝宋〕裴駰集解，〔唐〕司馬貞索隱，〔唐〕張守節正義：《史記》

〔晉〕陳壽撰，〔宋〕裴松之注，〔明〕盧弼解，〔清〕錢大昕考異：《三國志集解》

〔唐〕房玄齡等著，〔清〕錢大昕等考異：《晉書斠注》

〔唐〕李延壽撰，〔清〕錢大昕考異《南史》

〔唐〕魏徵等撰：《隋書》

〔後晉〕劉昫撰，〔清〕錢大昕考異，岑建功逸文：《舊唐書》

〔宋〕范曄撰，〔唐〕李賢等注，〔清〕王先謙集解，錢大昭補表，錢大昕考異：《後漢書》

〔宋〕薛居正：《舊五代史》

〔宋〕歐陽脩：《新五代史》
〔宋〕歐陽修等撰，〔宋〕吳縝糾繆，〔清〕錢大昕考異：《唐書》
〔元〕脱脱等撰，〔清〕錢大昕考異：《宋史》
〔元〕脱脱等撰，〔清〕錢大昕考異：《遼史》
28. 楊伯峻集釋：《列子集釋》，臺北：華正書局，1987 年。
29. 夏承燾《唐宋詞人年譜》，臺北：明倫出版社，1970 年。
30. 湯孝純註譯：《新譯管子讀本》，臺北：三民書局，1995 年。
31. 黃錦鋐主編：《新譯莊子讀本》，臺北：三民書局，2003 年。
32. 陳鼓應註譯：《莊子今註今譯》，臺北：臺灣商務印書館，2004 年。

三、專書

（一）詞集

【叢編】

1.〔清〕聶先、曾王孫編：《百名家詞鈔》，《續修四庫全書》，上海：上海古籍出版社，2002 年，據上海圖書館藏清康熙綠蔭堂刻本影印。
2. 朱孝臧輯校：《彊村叢書》，上海：上海古籍出版社，1989 年。

【總集、選集】

1.〔後蜀〕趙崇祚編、李一氓校、李冰若注：《宋紹興本花間集附校注》，臺北：鼎文書局，1974 年。
2.〔宋〕黃昇：《唐宋諸賢絕妙詞選》，《四部叢刊初編》，臺北：臺灣商務印書館，1967 年。
3.〔宋〕周密選，秦寰明、蕭鵬注析：《絕妙好詞注析》，西安：三秦出版社，1996 年。
4.〔宋〕黃昇選編：《花庵詞選》，上海：上海古籍出版社，2007 年。
5.〔明〕顧起綸：《花庵詞選》，楊訥、李曉明編：《文淵閣四庫全書補遺》，北京：北京圖書館出版社，1997 年。
6.〔明〕宋存標等撰，陳立效點：《唱和詩餘》，瀋陽：遼寧出版社，2000 年。
7.〔明〕卓人月、徐士俊編纂：《古今詞統》，《續修四庫全書》，上海：上海古籍出版社，2002 年。
8.〔清〕朱彝尊編、王昶續補：《詞綜》，臺北：世界書局，1968 年。
9.〔清〕戈載編，杜文瀾校注：《宋七家詞選》，《河洛文庫》，臺北：河洛圖書出版社，1978 年。

10.〔清〕張惠言：《詞選》，臺北：廣文書局，1979 年。
11.〔清〕鄧漢儀：《十五家詞》，《景印文淵閣四庫全書》，臺北：臺灣商務印書館，1983 年。
12. 王重民：《敦煌曲子詞集》，上海：商務印書館，1950 年。
13. 鄭騫：《詞選》，臺北：中華文化出版事業委員會，1952 年。
14. 唐圭璋主編：《全宋詞》，臺北：明倫出版社，1970 年。
15. 李冰若：《花間集評注》，見楊家駱主編：《宋紹興本花間集附校注》，臺北：鼎文書局，1974 年。
16. 胡適：《詞選》，臺北：臺灣商務印書館，1980 年。
17. 陳匪石：《宋詞舉》，臺北：正中書局，1983 年。
18. 劉瑞潞：《唐五代詞鈔小箋》，長沙：岳麓書社，1983 年。
19. 胡雲翼編：《宋詞選》，臺北：明文出版社，1987 年。
20. 俞陛雲：《唐五代兩宋詞選釋》，臺北：文史哲出版社，1988 年。
21. 曾昭岷、曹濟平、王兆鵬、劉尊明：《全唐五代詞》，北京：中華書局，1999 年。

【別集】

1.〔南唐〕馮延巳著，〔清〕王鵬運刊刻：《陽春集》，上海：上海古籍出版社，2002 年。
2.〔唐〕韓偓：《香奩集》，《叢書集成續編》，臺北：新文豐出版公司，1985 年。
3.〔宋〕周密編，〔清〕查爲仁、厲鶚箋：《絕妙好詞箋》，《四部備要》，臺北：臺灣中華書局，1981 年。
4.〔宋〕辛棄疾撰，鄧廣銘箋注：《增訂本稼軒詞編年箋注》，臺北：華正書局，1982 年。
5.〔宋〕向子諲《酒邊詞》，見《景印文淵閣四庫全書》，臺北：臺灣商務印書館，1983 年。
6.〔宋〕柳永著，薛瑞生校註：《樂章集校註》，北京：中華書局，1997 年。
7.〔宋〕歐陽脩撰，李之亮箋注：《歐陽修集編年箋注》，成都：巴蜀書社，2007 年。
8.〔清〕曹溶：《靜惕堂詞》，《清辭別集百三十四種》，臺北：鼎文書局，1976 年。
9.〔清〕朱彝尊：《江湖載酒集》，張宏生編：《清詞珍本叢刊》，南京：鳳凰出版社，2007 年。

10.〔清〕納蘭性德撰，趙秀亭、馮統一箋校：《飲水詞箋校》，北京：中華書局，2005 年。

（二）詩集、文集、全集

1.〔漢〕劉向撰，〔清〕姚振宗輯錄：《七略別錄佚文》，收錄於嚴靈峯編：《書目類編》，臺北：成文出版社，1978 年。

2.〔魏〕曹植著，趙幼文：《曹植集校注》，臺北：明文書局，1985 年。

3.〔晉〕陶淵明，龔斌校箋：《陶淵明集校箋》，臺北：里仁書局，2007 年。

4.〔梁〕蕭統編，〔唐〕李善注：《文選》，臺北：五南圖書出版有限公司，1991 年。

5.〔陳〕徐陵編，吴兆宜注：《玉台新詠》，成都：成都古籍書店，1982 年。

6.〔唐〕李賀著，葉葱奇校注：《李賀詩集》，臺北：里仁書局，1982 年。

7.〔唐〕王維撰，〔清〕趙殿成箋注：《王摩詰全集箋注》〔梁〕鍾嶸：《詩品》，《景印文淵閣四庫全書》，臺北：臺灣商務印書館，1983 年。

8.〔南唐〕徐鉉：《徐騎省集》，《國學基本叢書》，臺北：臺灣商務印書館，1968 年。

9.〔宋〕趙明誠：《金石錄》，《四部叢刊》，臺灣：臺灣商務印書館，1966 年。

10.〔宋〕周必大：《文忠集》，王雲五主編：《四庫全書珍本》，臺北：臺灣商務印書館，1971 年。

11.〔宋〕賀鑄：《慶湖遺老詩集》，臺北：臺灣商務印書館，1978 年。

12.〔宋〕姜夔：《白石道人詩集》，《景印文淵閣四庫全書》，臺北：臺灣商務印書館，1983 年。

13.〔宋〕姚勉：《雪坡集》，《景印文淵閣四庫全書》，臺北：臺灣商務印書館，1983 年。

14.〔宋〕韓琦：《安陽集》，《景印文淵閣四庫全書》，臺北：臺灣商務印書館，1983 年。

15.〔宋〕郭茂倩輯：《樂府詩集》，《景印文淵閣四庫全書》，臺北：臺灣商務印書館，1983 年。

16.〔宋〕陳思編，〔元〕陳世隆補：《兩宋名賢小集》，《景印文淵閣四庫全書》，臺北：臺灣商務印書館，1983 年。

27.〔宋〕陳起：《江湖小集》，《景印文淵閣四庫全書》，臺北：臺灣商務印書館，1983 年。

18.〔宋〕周南：《山房集》，《景印文淵閣四庫全書》，臺北：臺灣商務印書館，1983 年。

19.〔宋〕汪應晨：《文定集》，《景印文淵閣四庫全書》，臺北：臺灣商務印書館，1983 年。

20.〔宋〕計有功：《唐詩紀事》，《景印文淵閣四庫全書》，臺北：臺灣商務印書館，1983 年。

21.〔宋〕朱熹：《四書章句集注》，北京：中華書局，1983 年。

22.〔宋〕劉克莊：《後村題跋》，《叢書集成初編》，北京：中華書局，1985 年。

23.〔宋〕蘇軾：《東坡題跋》，北京：中華書局，1985 年。

24.〔宋〕歐陽脩：《歐陽脩全集》，北京：中國書店，1986 年。

25.〔宋〕蘇轍著，陳宏天、高秀芳點校：《蘇轍集》，北京：中華書局，1990 年。

26.〔宋〕歐陽脩《歐陽修全集》，北京：中國書局，1991 年。

27.〔宋〕辛棄疾撰：《美芹十論》，《四庫全書存目叢書》，臺南：莊嚴文化事業有限公司，1995 年。

28.〔宋〕王十朋：《王十朋全集》，上海：上海古籍出版社，1998 年。

29.〔宋〕李之儀：《姑溪居士文集》，《宋集珍本叢刊》，北京：線裝書局，2004 年。

30.〔宋〕蘇軾著，傅成穆儔標點：《蘇軾文集》，上海：上海古籍出版社，2005 年。

31.〔宋〕洪興祖補注，卞岐整理：《楚辭補注》，南京：鳳凰出版社，2007 年。

32.〔金〕元好問，〔元〕張德輝編，〔清〕施國祁箋，〔清〕蔣枕山校：《元遺山詩集》，臺北：廣文書局，1973 年。

33.〔元〕辛文房：《唐才子傳》，臺北：廣文書局，1969 年。

34.〔元〕劉祁：《歸潛志》，《景印文淵閣四庫全書》，臺北：臺灣商務印書館，1983 年。

35.〔元〕袁桷：《清容居士集》，《景印文淵閣四庫全書》，臺北：臺灣商務印書館，1983 年。

36.〔元〕楊維楨撰，〔元〕吳復編：《鐵崖古樂府》，《景印文淵閣四庫全書》臺北：臺灣商務印書館，1983 年。

37.〔元〕湯垕：《古今畫鑒》，《叢書集成初編》，北京：中華書局，1985

年。

38.〔明〕陳子龍：《安雅堂稿》，臺北：偉文圖書出版公司，1977 年。

39.〔明〕張溥輯：《漢魏六朝百三名家集》，臺北：文津出版社，1979 年。

40.〔明〕陳子龍著，施蟄存、馬祖熙標校：《陳子龍詩集》，上海：上海古籍出版社，1983 年。

41.〔明〕胡應麟《少室山房筆叢》，《景印文淵閣四庫全書》，臺北：臺灣商務印書館本，1983 年。

42.〔明〕朱存理：《珊瑚木難》，《景印文淵閣四庫全書》，臺北：臺灣商務印書館本，1983 年。

43.〔清〕吳偉業：《梅村家藏稿》，《四部叢刊初編》，臺北：臺灣商務印書館，1967 年。

44.〔清〕沈辰垣等奉敕編纂：《御選歷代詩餘》，臺北：廣文書局，1972 年。

45.〔清〕王安石著：《王安石全集》，臺北：河洛圖書出版社，1974 年。

46.〔清〕陳維崧：《陳迦陵文集》，王雲五主編：《四部叢刊正編》，臺北：商務印書館，1979 年。

47.〔清〕嚴可均校輯：《全上古秦漢三國六朝文》，京都：中文出版社，1981 年。

48.〔清〕朱彝尊：《曝書亭集》，《景印文淵閣四庫全書》，臺北：臺灣商務印書館，1983 年。

49.〔清〕張宗橚輯：《詞林紀事》，臺北：木鐸出版社，1982 年。

50.〔清〕馮金伯：《國朝畫識》，見周駿富輯：《清代傳記叢刊》，臺北：明文書局，1986 年。

51.〔清〕方薰：《山靜居畫論》，《叢書集成初編》，北京：中華書局，1985 年。

52.〔清〕馮金伯：《國朝畫識》，周駿富輯：《清代傳記叢刊》，臺北：明文書局，1985 年。

53.〔清〕吳歷：《墨井詩鈔》，《叢書集成續編》，臺北：新文豐出版公司，1985 年。

54.〔清〕李漁：《李漁全集》，浙江：浙江古籍出版社，1992 年。

55.〔清〕厲鶚著，董兆熊注、陳九思標校：《樊榭山房集》，上海：上海古籍出版社，1992 年。

56.〔清〕沈德潛編：《清詩別裁集》，上海：上海古籍出版社，1992 年。

57.〔清〕聖祖御定：《全唐詩》，北京：中華書局，1996 年。

58.〔清〕彭賓：《彭燕又先生文集》，《四庫全書存目叢書》，臺南：莊嚴文化事業有限公司，1997 年。
59.〔清〕吳淇：《六朝選詩定論》，《四庫全書存目叢書補編》，濟南：齊魯書社，2001 年。
60.〔清〕李兆洛：《養一齋文集》，《續修四庫全書》，上海：上海古籍出版社，2002 年。
61.〔清〕王士禎：《帶經堂集》，《續修四庫全書》，上海：上海古籍出版社，2002 年。
62.〔清〕王昶：《春融堂集》，《續修四庫全書》，上海：上海古籍出版社，2002 年。
63.〔清〕況周頤：《歷代詞人考略》，《中國公共圖書館古籍文獻珍本匯刊》，北京：全國圖書館文獻縮微複製中心，2003 年。
64.〔清〕高燮：《吹萬樓詩稿》，見王偉勇主編：《民國詩集叢刊》，臺中：文听閣圖書公司，2009 年，據民國三十六年袖海堂鉛印本影印。
65. 陳衍輯：《遼詩記事》，楊家駱主編：《歷代詩史長編》，臺北：鼎文書局，1971 年。
66. 北京大學古文獻研究所主編：《全宋詩》，北京：北京大學出版社，1991 年。
67. 逯欽立輯校：《先秦漢魏晉南北朝詩》，北京：中華書局，1998 年。
68. 曾棗莊、劉琳：《全宋文》，上海：上海辭書出版社，2003 年。

（三）評論資料

【詞話、詞譜】

1.〔宋〕張炎撰、蔡楨疏證：《詞源疏證》，臺北：學海出版社，1988 年。
2.〔宋〕邵思：《野說》，鄧子勉編：《宋金元詞話全編》，南京：鳳凰出版社，2008 年。
3.〔元〕陰勁弦、陰復春編：《韻府羣玉》，《景印文淵閣四庫全書》，臺北：臺灣商務印書館，1984 年。
4.〔明〕毛晉：《隱湖題跋》，《叢書集成續編》，臺北：新文豐出版有限公司，1989 年。
5.〔清〕徐釚：《詞苑叢談》，《景印文淵閣四庫全書》，臺北：臺灣商務印書館，1983 年。
6.〔清〕萬樹：《詞律》，北京：中華書局，1984 年。
7.〔清〕吳梅：《詞學通論》，臺北：臺灣商務印書館，1988 年。

8.〔清〕舒夢蘭輯，韓楚原重編，謝朝徵箋，李鴻球校訂：《白香詞譜》，楊家駱主編，劉雅農總校：《世界文庫・四部刊要》，臺北：世界書局，1994 年。

9.〔清〕謝元淮：《碎金詞譜》，《續修四庫全書》，上海：上海古籍出版社，2002 年。

10. 唐圭璋：《詞話叢編》，北京：中華書局，2005 年。

〔宋〕張炎：《詞源》

〔宋〕王灼：《碧雞漫志》

〔宋〕魏慶之：《魏慶之詞話》

〔宋〕晁補之：《能改齋詞話》

〔明〕楊慎：《詞品》

〔明〕陳霆：《渚山堂詞話》

〔明〕王世貞：《藝苑卮言》

〔清〕劉熙載：《詞概》

〔清〕劉熙載：《藝概》

〔清〕孫麟趾：《詞逕》

〔清〕張德瀛：《詞徵》

〔清〕葉申薌：《本事詞》

〔清〕譚獻：《復堂詞話》

〔清〕沈雄：《古今詞話》

〔清〕沈謙：《塡詞雜說》

〔清〕譚獻：《譚評詞辨》

〔清〕馮煦：《蒿庵論詞》

〔清〕李佳：《左庵詞話》

〔清〕李漁：《窺詞管見》

〔清〕黃蘇：《蓼園詞評》

〔清〕沈祥龍：《論詞隨筆》

〔清〕況周頤：《蕙風詞話》

〔清〕王奕清：《歷代詞話》

〔清〕陳廷焯：《詞壇叢話》

〔清〕彭孫遹：《金粟詞話》

〔清〕許昂宵：《詞綜偶評》

〔清〕江順詒：《詞學集成》
〔清〕王士禎：《花草蒙拾》
〔清〕宋翔鳳：《樂府餘論》
〔清〕馮金伯：《詞苑萃編》
〔清〕李調元：《雨村詞話》
〔清〕田同之：《西圃詞說》
〔清〕沈曾植：《菌閣瑣談》
〔清〕杜文瀾：《憩園詞話》。
〔清〕周曾錦：《臥廬詞話》
〔清〕郭麐：《靈芬館詞話》
〔清〕賀裳：《皺水軒詞筌》
〔清〕焦循：《雕菰樓詞話》
〔清〕郭麐：《靈芬館詞話》
〔清〕吳衡照：《蓮子居詞話》
〔清〕陳廷焯：《白雨齋詞話》
〔清〕劉體仁：《七頌堂詞繹》
〔清〕胡薇元：《歲寒居詞話》
〔清〕鄒祗謨：《遠志齋詞衷》
〔清〕鄧廷楨：《雙硯齋詞話》
〔清〕陳銳：《裦碧齋詞話》
〔清〕王闓運：《湘綺樓評詞》
〔清〕謝章鋌：《賭棋山莊詞話》
〔清〕周濟：《介存齋論詞雜著》
〔清〕周濟：《宋四家詞選目錄序論》
〔清〕蔣敦復：《芬陀利室詞話》
〔清〕先著、程洪：《詞潔輯評》
蔣兆蘭：《詞說》
梁啓超：《飲冰室評詞》
蔡嵩雲：《柯亭詞論》
鄭文焯撰，龍沐勛輯：《大鶴山人詞話附錄》
王國維：《人間詞話》

11. 李冰若：《栩莊漫記》，見楊家駱主編：《宋紹興本花間集附校注》，臺北：鼎文書局，1974 年。

12. 金啓華等編：《唐宋詞集序跋匯編》，南京：江蘇教育出版社，1990 年。

13. 施蟄存：《詞集序跋萃編》，北京：中國社會科學出版社，1994 年。

14. 史雙元：《唐五代詞紀事彙評》，合肥：黃山書社，1995 年。

【詩、文評】

1.〔漢〕王逸，洪興祖：《楚辭補註》，臺北：藝文印書館，2000 年。

2.〔梁〕劉勰：《文心雕龍》，《景印文淵閣四庫全書》，臺北：臺灣商務印書館，1983 年。

3.〔唐〕吳兢：《樂府古題要解》，《四庫全書存目叢書》，臺南：莊嚴文化，1997 年。

4.〔宋〕葉夢得：《石林詩話》，臺北：臺灣商務印書館，1966 年。

5.〔宋〕洪邁：《容齋隨筆》，《景印文淵閣四庫全書》，臺北：臺灣商務印書館，1983 年。

6.〔宋〕姚寬：《西溪叢語》，《景印文淵閣四庫全書》，臺北：臺灣商務印書館，1983 年。

7.〔宋〕周密：《浩然齋雅談》，《景印文淵閣四庫全書》，，臺北：臺灣商務印書館，1983 年。

8.〔宋〕羅大經著，王瑞來點校：《鶴林玉露》，北京：中華書局，1983 年。

9.〔宋〕胡仔：《苕溪漁隱叢話後集》，《叢書集成初編》，北京：中華書局，1985 年。

10.〔宋〕嚴羽著，郭紹虞校釋：《滄浪詩話校釋》，北京：人民文學出版社，2006 年。

11.〔明〕胡應麟：《詩藪內編》，吳文治主編：《明詩話全編》，南京：江蘇古籍出版社，1997 年。

12.〔明〕胡應麟：《詩藪》，《景印文淵閣四庫全書》，臺北：臺灣商務印書館，1983 年。

13.〔明〕陸時雍：《詩鏡總論》，《景印文淵閣四庫全書》，臺北：臺灣商務印書館，1984 年。

14.〔明〕徐師曾撰，羅根澤校點：《文體明辨序說》，北京：人民文學出版社，1998 年。

15.〔明〕胡震亨：《唐音癸籤》，周維德集校：《全明詩話》，濟南：齊魯書社，2005 年。
16.〔清〕何文煥：《歷代詩話》，北京：中華書局，2006 年。
〔唐〕司空圖：《二十四詩品》。
〔宋〕葛立方：《韻語陽秋》。
〔宋〕陳師道：《後山詩話》。
〔宋〕劉攽：《中山詩話》
17.〔清〕吳騫：《拜經樓詩話》，王雲五主編《叢書集成簡編》，臺北：臺灣商務印書館，1966 年。
18.〔清〕葉燮：《原詩》，丁仲祜編訂：《清詩話》，臺北：藝文印書館，1977 年。
19.〔清〕王奕清等奉敕輯：《御定詞譜》，《景印文淵閣四庫全書》，臺北：臺灣商務印書館，1983 年。
20.〔清〕王士禎：《池北偶談》，《景印文淵閣四庫全書》，臺北：臺灣商務印書館，1983 年。
21.〔清〕王士禛著，張宗柟纂集，戴鴻森校點：《帶經堂詩話》，郭紹虞主編：《中國古典文學理論批評專著選輯》，北京：人民文學出版社，1998 年。
22.〔清〕朱彝尊，姚祖恩編，黃君坦校點：《靜志居詩話》，北京：人民文學出版社，1998 年。
23.〔清〕龐塏：《詩義固說》，見郭紹虞編：《清詩話續編》，上海：上海古籍出版社，1999 年。
24.〔清〕吳雷發：《說詩管蒯》，見丁福保編：《清詩話》，北京：北京圖書館出版社，2003 年。
25.〔清〕薛雪：《一瓢詩話》，〔清〕何文煥、丁福保編：《歷代詩話統編》，北京：北京圖書館出版社，2003 年。
26.〔清〕方東樹著，汪紹楹校點：《昭味詹言》，北京：人民文學出版社，2006 年。
27. 於永森：《紅禪室詩詞叢話》，北京：中國文聯出版公司，2001 年。

（四）筆記、小說、雜著

1.〔漢〕劉歆撰，〔晉〕葛洪輯：《西京雜記》，《景印文淵閣四庫全書》，臺北：臺灣商務印書館，1983 年。
2.〔漢〕劉熙：《釋名》，《景印文淵閣四庫全書》，臺北：臺灣商務印書館，1983 年。
3.〔漢〕東方朔著，〔明〕吳琯校：《海內十洲記》，《叢書集成新編》，臺北：新文豐有限公司，1985 年。
4.〔晉〕葛洪：《神仙傳》，《景印文淵閣四庫全書》，臺北：臺灣商務印書館，1983 年。
5.〔梁〕顏之推撰，趙曦明注，盧文弨補注：《顏氏家訓》，《叢書集成初編》，北京：中華書局，1985 年。
6.〔唐〕薛用弱：《集異記》，《宋元明善本叢書十種》，臺北：臺灣商務印書館，1969 年。
7.〔唐〕陶穀《清異錄》，《景印文淵閣四庫全書》，臺北：臺灣商務印書館，1983 年。
8.〔唐〕於鄴：《揚州夢記》，《叢書集成初編》，北京：中華書局，1985 年。
9.〔唐〕范攄：《雲谿友議》，臺北：臺灣商務印書館，1966 年。
10.〔五代〕孫光憲：《北夢瑣言》，北京：中華書局，1984 年。
11.〔遼〕王鼎：《焚椒錄》，《叢書集成初編》，北京：中華書局，1991 年。
12.〔宋〕趙葵：《行營雜錄》，《宋元明善本叢書十種》，臺北：臺灣商務印書館，1969 年。
13.〔宋〕高承，〔明〕李果訂：《事物紀原》，王雲五主編：《人人文庫》，臺北：臺灣商務印書館，1971 年。
14.〔宋〕王得臣：《麈史》，《筆記小說大觀》，臺北：新興書局，1979 年。
15.〔宋〕陳郁：《藏一話腴》，《景印文淵閣四庫全書》，臺北：臺灣商務印書館，1983 年。
16.〔宋〕江少虞：《事實類苑》，《景印文淵閣四庫全書》，臺北：臺灣商務印書館，1983 年。
17.〔宋〕孟元老：《東京夢華錄》，《景印文淵閣四庫全書》，臺北：臺灣商務印書館，1983 年。
18.〔宋〕歐陽脩《歸田錄》，《文淵閣四庫全書》，臺北：臺灣商務印書館，1983 年。
19.〔宋〕魏泰《東軒筆錄》，《景印文淵閣四庫全書》，臺北：臺灣商務印書館，1983 年。
20.〔宋〕徐夢莘：《三朝北盟會編》，《景印文淵閣四庫全書》，臺北：臺灣商務印書館，1983 年。
21.〔宋〕宋祁：《宋景文筆記》，《景印文淵閣四庫全書》，臺北：臺灣商務印書館，1983 年。
22.〔宋〕范鎮：《東齋記事》，《景印文淵閣四庫全書》，臺北：臺灣商務印書館，1983 年。
23.〔宋〕錢世昭：《錢氏私誌》，《景印文淵閣四庫全書》，臺北：臺灣商務印書館，1983 年。
24.〔宋〕孫光憲：《北夢瑣言》，《景印文淵閣四庫全書》，臺北：臺灣商務印書館，1983 年。
25.〔宋〕王讜：《唐語林》，《景印文淵閣四庫全書》，臺北：臺灣商務印書館，1983 年。
26.〔宋〕沈括：《夢溪筆談》，臺北：臺灣商務印書館，1983 年。
27.〔宋〕朱熹：《五朝名臣言行錄》，《四庫叢刊初編》，臺北：新文豐出版公司，1984 年。
28.〔宋〕周密《齊東野語》，《四部叢刊初編》，臺北：新文豐出版公司，1984 年。
29.〔宋〕周密：《武林舊事》，《叢書集成初編》，北京：中華書局，1985 年。
30.〔宋〕趙令畤：《侯鯖錄》，《叢書集成初編》，北京：中華書局，1985 年。
31.〔宋〕王闢之：《澠水燕談錄》，北京：中華書局，1985 年。
32.〔宋〕史虛白：《釣磯立談》，《叢書集成初編》，北京：中華書局，1985 年。
33.〔宋〕釋道原撰：《景德傳燈錄》，臺北：新文豐出版公司，1986 年。
34.〔宋〕俞文豹：《吹劍續錄》，〔元〕陶宗儀：《説郛三種》，上海：上海古籍出版社，1988 年。
35.〔宋〕陳善：《捫虱新話》，《叢書集成初編》，北京：中華書局，1991 年。
36.〔宋〕釋文瑩：《玉壺清話》，北京：中華書局，1991 年。
37.〔宋〕陸游：《老學庵筆記》，施蟄存、陳如江輯錄：《宋元詞話》，上海：上海書店出版社，1992 年。
38.〔宋〕鄭文寶：《南唐近事》，《中國野史集成》，成都：巴蜀書社，1993 年。
39.〔宋〕趙彥衛撰，傅根清點校：《雲麓漫鈔》，北京：中華書局，1996 年。
40.〔宋〕王銍撰，朱傑人點校：《默記》，北京：中華書局，1997 年。
41.〔宋〕陳鵠《耆舊續聞》，《唐宋代史料筆記叢刊》，北京：中華書局，2002 年。

42.〔宋〕趙令畤撰，孔凡禮點校：《侯鯖錄》，《歷代史料筆記叢刊》，北京：中華書局，2002 年。
43.〔宋〕彭？輯撰，孔凡禮點校：《墨客揮犀》，北京：中華書局，2004 年。
44.〔宋〕張義端《貴耳集》，鄧子勉編：《宋金元詞話全編》，南京：鳳凰出版社，2008 年。
45.〔宋〕葉夢得：《避暑錄話》，鄧子勉編：《宋金元詞話全編》，南京：鳳凰出版社，2008 年。
46.〔宋〕陳鵠：《西塘集耆舊續聞》，鄧子勉編：《宋金元詞話全編》，南京：鳳凰出版社，2008 年。
47.〔元〕陶宗儀：《南村輟耕錄》，《四部叢刊續編》，臺北：臺灣商務印書館，1969 年。
48.〔元〕陶宗儀：《說郛三種》，上海：上海古籍出版社，1988 年。
49.〔元〕伊世珍輯：《瑯嬛記》，〔清〕張海鵬輯：《學津討原》，揚州：江蘇廣陵古籍刻印社，1990 年。
50.〔明〕董穀：《碧里雜存》，《叢書集成初編》，北京：中華書局，1985 年。
51.〔明〕田汝成：《西湖遊覽志餘》，《景印文淵閣四庫全書》，臺北：臺灣商務印書館，1983 年。
52.〔明〕羅貫中：《三國演義》，成都：巴蜀書社，1995 年。
53.〔明〕陳沂：《詢蒭錄》，〔明〕高鳴鳳輯：《今獻匯言》，北京：中華書店，2001 年。
54.〔清〕張宗橚輯：《詞林紀事》，臺北：木鐸出版社，1982 年。
55.〔清〕王士禛：《池北偶談》，《景印文淵閣四庫全書》，臺北：臺灣商務印書館，1983 年。
56.〔清〕何焯撰，蔣維鈞編：《義門讀書記》，《景印文淵閣四庫全書》，臺北：臺灣商務印書館，1983 年。
57.〔清〕王士禎：《居易錄》，《景印文淵閣四庫全書》，臺北：臺灣商務印書館，1983 年。
58.〔清〕王士禎：《香祖筆記》，《景印文淵閣四庫全書》，臺北：臺灣商務印書館，1983 年。
59.〔清〕陳善：《捫蝨新話》，北京：中華書局，1985 年。
60.〔清〕張澍輯：《三輔舊事》，《叢書集成初編》，北京：中華書局，1985 年。

61.〔清〕昭槤撰，何英芳點校：《嘯亭雜錄》，《清代史料筆記叢刊》，北京：中華書局，1997 年。

62.〔清〕褚人獲：《堅瓠補集》，中國古籍整理研究會：《明清筆記史料叢刊》，北京：中國書店，2000 年。

63.〔清〕無名氏：《研堂見聞雜錄》，中國古籍整理研究會：《明清筆記史料》，北京：中國書店，2000 年。

64.〔清〕納蘭性德：《淥水亭雜識》，中國古籍整理研究會：《明清筆記史料叢刊》，北京：中國書店，2000 年。

65.〔清〕趙翼：《陔餘叢考》，徐德明、吳平主編：《清代學術筆記叢刊》，北京：學苑出版社，2005 年。

66. 徐珂：《清稗類鈔》，臺北：商務印書館，1966 年。

67. 國立故宮博物院編輯委員會編：《故宮書畫圖錄》，臺北：國立故宮博物院，1990 年。

（五）當代研究論著

1. 丁傳靖編：《宋人軼事彙編》，上海：臺灣商務印書館，1935 年。
2. 胡雲翼：《中國詞史》，臺北：啓明書局，1958 年。
3. 夏承燾：《吳夢窗繫年》，見收於楊家駱編：《詞學叢書：宋人詞集四》，臺北：世界書局，1959 年。
4. 皮錫瑞：《經學歷史》，臺北：藝文印書館，1959 年。
5. 夏敬觀：《二晏詞選注》，臺北：商務印書館，1965 年。
6. 唐圭璋：《南唐二主詞彙箋》，臺北：正中書局，1970 年。
7. 鄭騫：《從詩到曲》，臺北：中國文化雜誌社，1971 年。
8. 鄭騫：《景午叢編》，臺北：中華書局，1972 年。
9. 昌彼得等撰：《宋人傳記資料索引》，臺北：鼎文書局，1974 年。
10. 林文寶：《馮延巳研究》，臺北：嘉新水泥公司文化基金會，1974 年。
11. 昌彼得等編：《宋人傳記資料索引》，臺北：鼎文書局，1975 年。
12. 王易：《詞曲史》，臺北：廣文書局，1979 年。
13. 楊繼修：《小山詞研究》，臺北：黎明文化事業股份有限公司，1980 年。
14. 敏澤：《中國文學理論批評史》，北京：人民文出版社，1981 年。
15. 夏承燾：《姜白石詞編年箋校》，上海：上海古籍出版社，1981 年。
16. 劉永濟：《唐五代兩宋詞簡析》，臺北：龍田出版社，1982 年。
17. 唐圭璋：《唐宋詞簡釋》，臺北：木鐸出版社，1982 年。

18. 鄭奠、譚全基編：《古漢語修辭學資料彙編》，臺北：明文書局，1984 年。
19. 蘇淑芬：《朱彝尊之詞與詞學研究》，臺北：文史哲出版社，1986 年。
20. 劉若愚著、王貴苓譯：《北宋六大詞家》，臺北：幼獅文化事業公司，1986 年。
21. 賴干堅：《闡釋派批評方法》，《西方文學批評方法評介》，廈門：廈門大學出版社，1986 年。
22. 王偉勇：《南宋詞研究》，臺北：文史哲出版社，1987 年。
23. 葉嘉瑩：《唐宋詞名家論集》，臺北：國文天地雜誌社，1987 年。
24. 陳永正：《晏殊晏幾道詞選》，臺北：遠流出版公司，1988 年。
25. 俞陛雲：《五代詞選釋》，臺北：文史哲出版社，1988 年。
26. 楊海明：《張炎詞研究》，濟南：齊魯書社，1989 年。
27. 繆鉞、葉嘉瑩：《靈谿詞説》，臺北：國文天地雜誌社，1989 年。
28. 錢古融、魯樞元主編：《文學心理學》，臺北：新學識文教出版中心，1990 年。
29. 吳宏一：《清代詞學四論》，臺北：聯經出版社，1990 年。
30. 姚學賢、龍建國撰《柳永詞詳註及集評》，鄭州：中州古籍出版社，1991 年。
31. 劉德清：《歐陽修論稿》，北京：北京師範大學出版社，1991 年。
32. 顧廷龍主編：《清代硃卷集成》，臺北：成文書局，1992 年。
33. 謬鉞，葉嘉瑩：《詞學古今談》，臺北：萬卷樓圖書公司，1992 年。
34. 葉嘉瑩：《詩馨篇》，臺北：書泉出版社，1993 年。
35. 金啓華、肖鵬：《周密及其詞研究》，濟南：齊魯書社，1993 年。
36. 惠淇源編著：《婉約詞》，臺北：順達出版社，1994 年。
37. 謝柏梁：《中國分類戲曲學史綱》，臺北：臺灣商務印書館，1994 年。
38. 方智範等：《中國文學批評史》，北京：中國社會科學出版社，1994 年。
39. 王立：《中國古代文學十大主題》，臺北：文史哲出版社，1994 年。
40. 鍾振振：《北宋詞人賀鑄研究》，臺北：文津出版社，1994 年。
41. 蔡鎮楚：《中國詩話史》，長沙：湖南文藝出版社，1994 年。
42. 孫立：《詞的審美特性》，臺北：文津出版社，1995 年。
43. 黃文吉：《北宋十大詞家研究》，臺北：文史哲出版社，1996 年。
44. 楊海明：《唐宋詞史》，高雄：麗文文化有限公司，1996 年。

45. 胡雲翼：《中國史略》，上海：上海出版社，1996 年。
46. 龍榆生：《龍榆生詞學論文集》，上海：上海古籍出版社，1997 年。
47. 葉嘉瑩：《唐宋詞十七講》，河北：河北教育出版社，1997 年。
48. 葉嘉瑩：《迦陵論詞叢稿》，石家莊：河北教育出版社，1997 年。
49. 夏承燾：《唐宋詞論叢》，錄於《夏承燾集》，杭州：浙江古籍出版社，1997 年。
50. 吳仁安：《明清時期上海地區的著姓望族》，上海：上海人民出版社，1997 年。
51. 歐陽光：《宋元詩社研究叢稿》，廣州：廣東高等教育出版社，1998 年。
52. 陳良運：《中國歷代詞學論著選》，南昌：百花洲文藝出版社，1998 年。
53. 陶爾夫、胡俊林、楊燕：《姜張詞傳》，長春：吉林人民出版社，1999 年。
54. 崔海正：《宋詞研究述略》，台北：洪葉文化，1999 年。
55. 陳水雲：《清代前中期詞學思想》，武漢：武漢大學出版社 1999 年。
56. 繆鉞：《繆鉞說詞》，上海：上海古籍出版社，1999 年。
57. 葉嘉瑩：《迦陵論詞叢稿》，臺北：桂冠圖書有限公司，2000 年。
58. 陳望道：《修辭學發凡》，上海：上海教育出版社，2001 年。
59. 嚴迪昌：《清詞史》，南京：江蘇古籍出版社，2001 年。
60. 林鍾勇：《宋人擇調之翹楚—浣溪紗詞調研究》，台北：萬卷樓圖書公司，2002 年。
61. 王兆鵬：《唐宋詞史論》，北京：人民文學出版社，2003 年。
62. 黃文吉：《黃文吉詞學論集》，臺北：臺灣學生書局，2003 年。
63. 王偉勇：《宋詞與唐詩之對應研究》，臺北：文史哲出版社，2004 年。
64. 余傳棚：《唐宋詞流派研究》，武漢：武漢大學出版社，2004 年。
65. 余嘉錫：《四庫提要辨證》，昆明：雲南人民出版社，2004 年。
66. 吳熊和主編：《唐宋詞彙評‧兩宋卷》，杭州：浙江教育出版社，2004 年。
67. 陶爾夫，劉敬圻：《南宋詞史》，哈爾濱：黑龍江人民出版社，2005 年。
68. 陳水雲：《清代詞學發展史論》，北京：學苑出版社，2005 年。
69. 錢鴻瑛：《夢窗詞研究》，上海：上海古籍出版社，2005 年。

70. 徐安琪：《唐五代北宋詞學思想史略》，北京：人民文學出版社，2007年。
71. 劉勇剛：《雲間派文學研究》，北京：中華書局，2008年。
72. 張宏生：《清詞探微》，《清詞研究叢書》，上海：上海古籍出版社，2008年。
73. 孫克強：《清代詞學範疇論》，上海：上海古籍出版社，2008年。
74. 孫克強：《清代批評史論》，上海：上海古籍出版社，2008年。
75. 蔣寅：《古典詩學的現代詮釋》，北京：中華書局，2009年。
76. 黃永武：《中國詩學》，臺北：巨流圖書公司，2009年。
77. 段煉：《詩學的蘊意結構——南宋詞論的跨文化研究》，臺北：秀威資訊科技公司，2009年。
78. 何廣棪：《李清照改嫁問題資料彙編》，《古典文獻研究輯刊》，臺北：花木蘭文化出版社，2009年。
79. 陳水雲：《唐宋詞在明末清初的傳播與接受》，北京：中國社會科學出版社，2010年。

（六）目論、辭典

【目論】

1.〔清〕永瑢、紀昀編纂：《四庫全書總目》，北京：中華書局，1965年。
2.〔清〕永瑢，紀昀等撰：《欽定四庫全書簡明目錄》，《景印文淵閣四庫全書》，臺北：臺灣商務印書館，1983年。
3. 中國科學院圖書館整理：《續修四庫全書總目提要》，北京：中華書局，1993 年。柯愈春：《清人詩文集總目提要》，北京：北京古籍出版社，2002年。
4. 徐德明：《清人學術筆記提要》，北京：學苑出版社，2004年。

【辭典】

1.〔清〕丁福保：《佛學大辭典》，北京：文物出版社，1991年。
2. 謝壽昌等編：《中國古今地名大辭典》，臺北：臺灣商務印書館，1987年。
3. 喬繼堂、朱瑞平主編：《中國歲時節令辭典》，北京：中國社會科學出版社，1988年。
4. 侯健：《中國詩歌大辭典》，北京：作家出版社，1990年。
5. 金啓華主編：《全宋詞典故考釋辭典》，長春：吉林文史出版社，1991

年。

6. 羅洛主編：《詩學大辭典》，合肥：安徽文藝出版社，1995 年。
7. 馬興榮、吳熊和、曹濟平主編：《中國詞學大辭典》，浙江教育出版社，1996 年。
8. 錢仲聯：《中國文學家大辭典》，北京：中華書局，1996 年。
9. 王兆鵬、劉尊明《宋詞大辭典》，南京：鳳凰出版社，2003 年。
10. 楊廷福、楊同甫編：《清人室名別稱字號索引：增補本》，上海：上海古籍出版社，2004 年。
11. 吳藕汀、吳小汀：《詞調名辭典》，上海：上海書店出版社，2005 年。

四、論文

（一）期刊論文

1. 洪有豐：〈清代藏書家考〉，中華民國圖書館協會編輯：《圖書館學季刊》第 1 卷第 1 期，1926 年 1 月。
2. 宛敏灝：《二晏及其詞》，《學風月刊》第 4 卷，第 2～6 期，1934 年 3 月。
3. 林明德：〈晏幾道詞及其小山詞〉，《人文學報》，1975 年 5 月。
4. 郭有遹：〈陸游的夢詩與夢中的陸游〉，《東方雜誌》復刊第 14 卷第 11 期，1981 年 1 月。
5. 汪東：〈唐宋詞選·評語〉，《詞學》第二輯，1983 年。
6. 劉揚忠：〈二晏父子〉，《文史知識》第 9 期，1983 年。
7. 周裕鍇：〈試論黃庭堅的詞〉，《學術月刊》第 11 期，1984 年。
8. 夏敬觀：〈吷庵詞評〉，《詞學》，上海：華東師範大學，1986 年。
9. 車柱環著，張泰源譯：〈東坡詞研究〉，《書目季刊》第 22 卷第 3 期，1988 年 9 月。
10. 王訶魯：〈試論山谷詞中抒情主人公的情感因素〉，《九江師專學報》，1990 年 4 月。
11. 祝振玉：〈讀黃山谷札記〉，《上海師範大學學報》第 3 期，1991 年。
12. 蔣哲倫：〈詞學正變觀與「意內言外」〉，《江海學刊》第 3 期，1992 年 5 月。
13. 張惠民：〈宋代士大夫歌妓詞的文化意蘊〉，《海南師院學報》第 3 期，1993 年。
14. 黃益元：〈詩人的夢和夢中的詩人——陸游紀夢詩解析〉，《國文天地》

第 8 卷第 10 期，1993 年 3 月。

15. 陳定玉：〈小梅風韻最妖嬈——論晏幾道對令詞發展的貢獻〉，《中國韻文學刊》第 1 期，1994 年。
16. 陳忻：〈論兩宋婉約詞之異〉，《重慶師院學報》第 4 期，1994 年。
17. 張再林：〈石孝友生卒年考〉，《廣西師院學報》（哲學社會科學版）第 22 卷，第 1 期，2001 年 1 月。
18. 陳先汀：〈試論《後村詞》的特色——兼談劉克莊對豪放詞的發展〉，《福州師專學報》，社會科學版）第 18 卷第 3 期，1998 年 9 月。
19. 張文彥〈劉過的生平與交友〉，《中華文化月刊》第 250 期，2001 年 1 月。
20. 馬大勇：〈並不「清空」的沉鬱悲憤之篇〉，《文史知識》第 3 期，2003 年。
21. 王雲路：〈「雲雨」漫筆〉，《古漢語研究》第 3 期，2003 年。
22. 王偉勇：〈古典詞的主題與技巧：以唐宋詞爲論述核心〉，《國文天地》第 18 卷第 9 期，2003 年 2 月。
23. 鄭海濤：〈蔣捷生平實考〉，《昆明師範高等專科學校》，第 26 卷第 1 期，2004 年 3 月。
24. 謝資婭：〈齊己詩論尚「清」說初探〉，《中國文學研究》第 3 期，2004 年。
25. 周惠泉：〈遼代契丹族女詩人蕭觀音的詩詞〉，《文史知識》第 11 期，2004 年。
26. 劉曉珍：〈禪宗與薌林居士及其詞〉，《天府新論》第 3 期，2006 年。
27. 沈文凡、李博昊：〈宋詞中的獨特體式——福唐獨木橋體〉，《社會科學輯刊》第 1 期，2006 年。
28. 曹明升：〈清代詞學批評中的「周柳」合論〉，《晉陽學刊》第 6 期，2006 年 3 月。
29. 朱麗霞：〈明清之際松江幾社的文學命運與文學史意義〉，《學術月刊》第 7 期，第 38 卷，2006 年 7 月。
30. 譚德興：〈論「以意逆志」的理論闡釋、實踐操作及問題〉，《湖南文理學院學報》（社會科學版）第 31 卷第 5 期，2006 年 9 月。
31. 孫克強：〈詞學理論的重要載體——簡論清代論詞詩詞的價值〉，《廣州大學學報》（社會科學版），第 7 卷第 1 期，2008 年 1 月。
32. 卓清芬：〈晏幾道《小山詞》「清壯頓挫」之意涵探析〉，《成大中文學報》第 22 期，2008 年 10 月。

33. 彭國忠：〈黃庭堅豔情詞的佛禪觀照〉，《深圳大學學報》，人文社會科學版)，第 25 卷第 6 期，2008 年 11 月。
34. 鍾振振：〈《全宋詞》康與之小傳補正〉，《浙江大學學報，人文社會科學版)》第 39 卷第 3 期，2009 年 5 月。
35. 王小英、祝東：〈論詞詞及其詮釋方法——以朱祖謀《望江南‧雜題我朝諸名家詞集後》爲中心〉，《學術論壇》第 9 期，2009 年。
36. 舒晨：〈論蔣捷詞的「曲化」特徵〉，《文教資料》，2009 年 6 月。
37. 張高評：〈破體與創造性思維〉，《中山大學學報》，社會科學版) 第 3 期，2009 年。
38. 楊雨：〈婉約之「約」與詞體本色〉，《中山大學學報》(社會科學版) 第 5 期，2010 年。
39. 康凱淋：〈論清初官方對胡安國《春秋胡氏傳》的批評〉，《漢學研究》第 28 卷第 1 期，2010 年。
40. 諸葛憶兵：〈論范仲淹承前啓後的詞史地位〉，《河北學刊》第 30 卷第 4 期，2010 年 7 月。

(二) 會議論文

1. 裴喆：〈清初詞人焦袁熹及其論詞詞〉，「2010 西安‧詞學國際學術研討會」論文集，西安：陝西師範大學主辦，2010 年 10 月。
2. 王偉勇：〈兩宋「論詞詩」及「論詞長短句」之價值〉，國立嘉義大學中國文學系主辦「第三屆宋代學術國際研討會」會議論文，2011 年 6 月 3、4 日。

(三) 學位論文

1. 侯美珍：《晚明詩經評點之學研究》，國立政治大學中國文學研究所博士論文，2003 年。
2. 蘇菁媛：《陳子龍詞學理論及其詞研究》，國立彰化師範大學國文學系碩士論文，2004 年。
3. 賴妙姿：《高觀國及其詞探究》，彰化師範大學碩士論文，2010 年 7 月。
4. 趙福勇：《清代「論詞絕句」論北宋詞人及其作品研究》，國立彰化師範大學國文研究所博士論文，2010 年 12 月。

(四) 論文集

1. 張敬：〈詞體中俳優格例證試探〉，收於《清徽學術論文集》，臺北：華正書局，1993 年 8 月。

2. 王偉勇：〈論鄧廣銘先生箋注《稼軒詞》之缺失〉，《鄧因百先生百歲冥誕國際學術研討會論文集》，臺北：臺灣大學中文系，2005 年 7 月。
3. 嚴迪昌：《嚴迪昌自選論文集》，北京：中國書店，2005 年 8 月。
4. 王偉勇：〈論賀鑄、周邦彥借鑒唐詩之異同〉，收入《唐宋詩詞研究論集》，彰化：明道大學中文系，2008 年 6 月。
5. 王偉勇：〈兩宋詞人仿擬典範作品析論〉，張高評主編：《人文與創意學術研討會論文集》，臺北：里仁書局，2008 年 6 月。

附錄一：焦袁熹先生小像

資料來源：

〔清〕焦以敬、焦以恕編：《焦南浦先生年譜》，北京圖書館編：《北京圖書館藏珍本年譜叢刊》，北京：北京圖書館出版社，1999 年 4 月，清光緒三十年木活字本，頁 302。

附錄二：焦袁熹「論詞長短句」箋注

〈采桑子・編纂樂府妙生竟作　李太白〉

蛾眉捧硯[(1)]飛香雨，不奈[(2)]狺狺[(3)]。之楚之秦。身是天涯放逐臣。　秦娥夢落秦樓月[(4)]，感嘆千春。袍爛如銀[(5)]。畢竟風流第一人。(《全清詞・順康卷》冊十八，頁10578)

（1）蛾眉捧硯：史書記載一日李白大醉，曾讓高力士為其脫靴，楊貴妃為其捧硯。元・辛文房《唐才子傳》卷二記載：「白浮游四方，欲登華山，成醉跨驢經縣治，宰不知，怒，引至庭下曰：『曾令龍巾拭吐，御手調羹，貴妃捧硯，力士脫靴。天子門前，尚容走馬，華陽縣裡，不得騎驢？』宰驚愧，拜謝曰：『不知翰林至此。』白長笑而去。」

（2）不奈：即「不耐」也，無法忍受。

（3）狺狺：「狺狺」原為狗吠聲，出於《楚辭・宋玉・九辯》：「猛犬狺狺而迎吠兮，關梁閉而不通。」在此闋詞中引申為用言論攻擊別人，暗喻小人的讒言。

（4）秦娥夢落秦樓月：李白〈憶秦娥〉的詞句：「簫聲咽，秦娥夢斷秦樓月。秦樓月，年年柳色，灞陵傷別。　樂遊原上清秋節，咸陽古道音塵絕。音塵絕，西風殘照，漢家陵闕。」此處化用「秦娥夢斷秦樓月」，將「斷」字改為「落」。

（5）袍爛如銀：「袍爛如銀」一句，可上溯至民間歌謠〈白紵舞〉，其於三國時代流行於吳地，為民間的吳舞吳歌，由於舞者穿著用白紵縫製的舞衣而得名。《樂府古題要解》卷上解〈白紵歌〉云：「古詞盛稱舞者之美，宜及芳時爲樂，其譽白苧曰：『質如輕雲色如銀，制以爲袍餘作巾。袍以光軀巾拂塵。』」〈白紵歌〉原是與〈白紵舞〉相輔相成的民間歌曲，其不僅讚譽白袍如銀，也讚賞身著白紵的舞者之曼妙舞姿。此民間歌曲後由文人雅士譜爲優美的文句。

〈采桑子・和魯公〉

花天月地仙郎[1]姓。唱出清新。富貴長春[2]。俊似癡頑老子[3]身。　　相公曲子[4]風流話，輕薄休論。手握絲綸[5]。更把香奩嫁別人[6]。(《全清詞・順康卷》冊十八，頁10578)

（1）仙郎：指和凝。和凝〈楊柳枝〉:「軟碧搖煙似送人，映花時把翠眉顰。青青自是風流主，慢颭金絲待洛神。　　瑟瑟羅裙金縷腰，黛眉隈破未重描。醉來咬損新花子，拽住仙郎盡放嬌。鵲橋初就咽銀河，今夜仙郎自姓和。不是昔年攀桂樹，豈能月裡索姮娥。」

（2）長春：長存不消退。

（3）癡頑老子：馮道曾自稱是「無才無德痴頑老子」,《新五代史・馮道傳》: 道相明宗十餘年，明宗崩，相湣帝。潞王反於鳳翔，湣帝出奔衛州，道率百官迎潞王入，是爲廢帝，遂相之。……契丹滅晉，道又事契丹，朝耶律德光於京師。德光責道事晉無狀，道不能對。又問曰:「何以來朝？」對曰:「無城無兵，安敢不來。」德光誚之曰:「爾是何等老子？」對曰:「無才無德癡頑老子。」德光喜，以道爲太傅。……道少能矯行以取稱於世，及爲大臣尤務持重以鎮物，事四姓十君，益以舊德自處，然當世之士。無賢愚者，皆仰道爲元老。

（4）相公曲子：荊南・孫光憲《北夢瑣言》記:「晉相和凝，少年時好爲曲子詞，布於汴、洛，洎入相，專托人收拾焚毀不暇。然相國厚重有德，終爲豔詞玷之。契丹入夷門，號爲曲子相公。所謂好事不出門，惡事傳千里，士君子得不戒之乎？」

（5）絲綸：語本《禮記・緇衣》:「王言如絲，其出如綸。」後用以稱帝王的詔旨。

（6）香奩嫁別人：和凝自身亦擔心寫作豔曲與自己政治地位並不相稱，故托人收拾焚毀，更有將詞集嫁名韓偓一說。

〈采桑子・詠韋端己事〉

人間天上[(1)]同心事，爭得無愁。說盡離愁。金谷珠娘[(2)]一樣愁。　　侯門一入深如海[(3)]，海水添愁。厚地埋愁。不及盧家有莫愁[(4)]。(《全清詞・順康卷》冊十八，頁10579)

(1) 人間天上：改寫自韋莊的〈思帝鄉〉末兩句：「說盡人間天上，兩心知。」

(2) 金谷珠娘：《晉書斠注・石苞列傳・石崇》：「崇有妓曰綠珠，美而豔，善吹笛。孫秀使人求之。崇時在金谷別館，方登涼臺，臨清流，婦人侍側。使者以告。崇盡出其婢妾數十人以示之，皆蘊蘭麝，被羅縠，曰：『在所擇。』使者曰：『君侯服御麗則麗矣，然本受命指索綠珠，不識孰是？』崇勃然曰：『綠珠吾所愛，不可得也。』使者曰：『君侯博古通今，察遠照邇，願加三思。』崇曰：『不然。』使者出而又反，崇竟不許。秀怒，乃勸倫誅崇、建。崇、建亦潛知其計，乃與黃門郎潘岳陰勸淮南王允、齊王冏以圖倫、秀。秀覺之，遂矯詔收崇及潘岳、歐陽建等。崇正宴於樓上，介士到門。崇謂綠珠曰：『我今爲爾得罪。』綠珠泣曰：『當效死於官前。』因自投于樓下而死。崇曰：『吾不過流徙交、廣耳。』及車載詣東市，崇乃歎曰：『奴輩利吾家財。』收者答曰：『知財致害，何不早散之？』崇不能答。崇母兄妻子無少長皆被害，死者十五人。崇時年五十二。」

(3) 侯門一入身如海：唐・范攄《雲谿友議・襄陽傑》：「又有崔郊秀才者，寓居於漢上，蘊積文藝，而物產罄懸。無何，與姑婢通，每有阮咸之從。其婢端麗，饒彼音律之能，漢南之最也。姑貧，鬻婢於連帥。連帥愛之，以類無雙，給錢四十萬，寵眄彌深。郊思慕無已，即強親府署，願一見焉。其婢因寒食來從事家，值郊立於柳陰，馬上連泣，誓若山河。崔生贈之以詩曰：『公子王孫逐後塵，綠珠垂淚滴羅巾。侯門一入深如海，從此蕭郎是路人。』或有嫉郊者，寫詩於于座，公覩詩，令召崔生，左右莫之測也。郊則憂悔而已，無處潛遁也。及見郊，握手曰：『侯門一入深如海，從此蕭郎是路人。』便是公製作也。四百千，小哉！何靳一書，不早相示！』遂命婢同歸，至於幃幌奩匣，悉爲增飾之，小阜崔生矣。」

(4) 莫愁：逯欽立輯校：《先秦漢魏晉南北朝詩・梁詩》〈蕭衍・樂府・

河中之水歌〉:「河中之水向東流,洛陽女兒名莫愁。莫愁十三能織綺,十四采桑南陌頭。十五嫁爲盧家婦,十六生兒字阿侯。盧家蘭室桂爲梁,中有鬱金蘇合香。頭上金釵十二行,足下絲履五文章。珊瑚掛鏡爛生光,平頭奴子擎履箱。人生富貴何所望,恨不早嫁東家王。」

〈采桑子·南唐後主〉

小樓昨夜東風動[(1)],杜宇[(2)]啼春。哀苦難聞。怎奈[(3)]官家未了身。陳家叔寶[(4)]劉家禪[(5)],狐兔荊榛[(6)]。懵懂因循。傲煞玲瓏七竅人[(7)]。

(1)小樓昨夜東風動:此闋詞首句「小樓昨夜東風動」即化用李煜〈虞美人〉詞句,詞云:「春風秋月何時了。往事知多少。小樓昨夜又東風。故國不堪回首月明中。雕闌玉砌依然在。只是朱顏改。問君都有幾多愁。恰似一江春水向東流。」

(2)杜宇:周末蜀王杜宇,失國而死,其魄化爲杜鵑,日夜悲啼,淚盡繼以血,哀鳴而終。

(3)怎奈:如何能奈,無奈。

(4)陳家叔寶:陳後主所作〈玉樹後庭花〉爲典型亡國之音,據《隋書·樂志》載:「(陳後主)於清樂中造〈黃鸝留〉及〈玉樹後庭花〉、〈金釵兩臂垂〉等曲,與幸臣等製其歌詞,綺豔相高,極於輕薄;男女唱和,其音甚哀。」

(5)劉家禪:蜀漢後主劉禪亦是溺於享樂而滅國之帝王,後期更是耽緬於酒色,以致朝綱不振,渾然不知禍患將至。陳壽評曰:「後主任賢相則爲循理之君,惑閹豎則爲昏闇之后。」《三國演義》:「後主在成都,聽信宦官黃皓之言,又溺於酒色,不理朝政。……然一時官僚,以後主荒淫,多有疑怨者,於是賢人漸退,小人日進。」蜀主劉禪溺於酒色,信用黃皓,大臣皆有避禍之心。李密評曰:「齊桓得管仲而霸,用豎刁而蟲流。安樂公得諸葛亮而抗魏,任黃皓而喪國,是知成敗一也。」當魏軍入川,蜀後主投降後被送至洛陽,雖然「樂不思蜀」之表現,終得以善全其身,但其才能平庸,非帝王之質,仍成就蜀漢之滅亡。

（6）狐兔荊榛：劉克莊〈昭君怨〉：「舊日王侯園圃，今日荊榛狐兔」，描繪了國破家亡後中州的慘象。

（7）玲瓏七竅人：〔漢〕司馬遷：《史記・殷本紀》：「紂愈淫亂不止，微子數諫，乃與太師、少師謀，遂去。比干曰：『為人臣者，不得不以死爭。』迺強諫紂。紂怒曰：『吾聞聖人心有七竅。』剖比干觀其心。」

〈采桑子・馮相〉

一池春水風吹皺，甚事干卿。(1) 主聖臣英。(2) 白雪陽春 (3) 和得成。　篇章訛亂君休訝 (4)，好似門生。歐晏 (5) 齊名。異代推公作主盟。（《全清詞・順康卷》冊十八，頁 10579）

（1）一池春風吹皺：出自馮延巳〈謁金門〉：「風乍起，吹皺一池春水。閑引鴛鴦香徑裏，手挼紅杏蕊。　鬥鴨闌干獨倚，碧玉搔頭斜墜。終日望君君不至，舉頭聞鵲喜。」甚事干卿：宋・馬令《南唐書・卷二十一》：「元宗樂府辭云：『小樓吹徹玉笙寒。』延巳有：『風乍起，吹縐一池春水』之句，甚為警策。元宗嘗戲延巳曰：『吹皺一池春水，干卿何事。』延巳曰：『未如陛下小樓吹徹玉笙寒。』元宗悅。」按元宗即中主李璟。

（2）主聖臣英：李璟及馮延巳。

（3）白雪陽春：

① 《文選》宋玉〈對楚王問〉：「客有歌於郢中者。其始曰下里巴人。國中屬而和者數千人。其為陽阿薤露。國中屬而和者數百人。其為陽春白雪。國中屬而和者不過數十人。引商刻羽。雜以流徵。國中屬而和者。不過數人而已。是其曲彌高。其和彌寡。」《陽春》、《白雪》為古代樂曲名，原指雅樂，此處用頌美詩詞佳作。

② 清・張德瀛《詞徵》：「趙立之所編陽春白雪八卷，外集一卷，皆兩宋人長短句。明以前是書初不甚著，欽定四庫總目亦未採入。至秦敦父采輯原書，糾正其誤，書始傳播。惟卷數與陳直齋書錄解題不合，或後人多所更易歟。」此處「陽春白雪」可指「長短句」之稱。

③ 化用馮延巳《陽春集》詞集名。

（4）訝：驚訝、驚異。

（5）歐晏：歐陽脩、晏殊。

〈采桑子・詠陶穀事〉

郵亭[1]一枕陽臺夢[2]，疑是神仙。重會何年。腸斷江南雲雨天。　蓮絲藕線[3]眞成錯，是好因緣。是惡因緣。說著因緣[4]總可憐。（《全清詞・順康卷》冊十八，頁10579）

（1）郵亭：驛官沿途休息的地方。

（2）陽臺夢：指男女歡會。宋玉《高唐賦》中楚王夢見巫山神女前來侍寢：「昔者楚襄王與宋玉遊於雲夢之臺，望高唐之觀。其上獨有雲氣，崪兮直上，忽兮改容，須臾之間，變化無窮。王問玉曰：「此何氣也？」玉對曰：「所謂朝雲者也。」王曰：「何謂朝雲？」玉曰：「昔者先王嘗遊高唐，怠而晝寢，夢見一婦人曰：『妾巫山之女也，爲高唐之客。聞君遊高唐，願薦枕席。』王因幸之。去而辭曰：『妾在巫山之陽，高丘之阻，旦爲朝雲，暮爲行雨朝朝暮暮，陽臺之下。』旦朝視之如言。故爲立廟，號曰『朝雲』。」

（3）蓮絲藕線：比喻情絲。

（4）因緣：緣分。夫妻婚姻結合稱之。

〈采桑子・范文正〉

眉間心上難迴避，語到情眞。感蕩心魂。塞主孤窮兒女仁[1]。　碧雲騢[2]出誰人手，枉蠛賢臣。聖代[3]殊恩。兩廡[4]今看俎豆[5]新。（《全清詞・順康卷》冊十八，頁10579）

（1）兒女仁：婦孺的不忍之心。比喻感情脆弱。唐・李白・留別賈舍人至詩之二：「秋風吹胡霜，凋此簷下芳。折芳怨歲晚，離別悽以傷。謬攀青瑣賢，延我於北堂。君爲長沙客，我獨之夜郎。勸此一杯酒，豈惟道路長。割珠兩分贈，寸心貴不忘。何必兒女仁，相看淚成行。何必兒女仁，相看淚成行。」

（2）碧雲騢：亦作碧雲霞。良馬名。宋・王闢之・澠水燕談錄事志：「太宗朝，府州折御卿貢馬特異，格不甚高而日行千里。口旁有碧紋如雲霞，因目曰：『碧雲霞。』」

(3) 聖代：古人對自己所處時代的美稱。唐・高適・送李少府貶峽中王少府貶長沙詩：「嗟君此別意何如，駐馬銜杯問謫居。巫峽啼猿數行淚，衡陽歸雁幾封書。青楓江上秋天遠，白帝城邊古木疏。聖代即今多雨露，暫時分手莫躊躇。」

(4) 兩廡：指文廟中先賢祭祀處。

(5) 俎豆：俎和豆。古代祭祀、宴饗時，用來盛祭品的兩種禮器。亦泛指各種禮器。論語・衛靈公：「俎豆之事則嘗聞之矣，軍旅之事未之學也。」

〈采桑子・晏元獻〉

昇平宰相神仙客，歌舞華茵[1]。玉貌朱唇。花月樽前現在身。　九天[2]欬唾[3]成珠玉，白雪陽春[4]。賭鬭[5]清新。不是三家村[6]裡人。(《全清詞・順康卷》冊十八頁，頁10579)

(1) 茵：墊褥的通稱。

(2) 九天：天之極高處。孫子・形：「善守者藏於九地之下，善攻者動於九天之上。」

(3) 欬唾：比喻言談不凡或文詞優美。後漢書・卷八十・文苑傳下・趙壹傳：「埶家多所宜，欬唾自成珠。」

(4) 白雪陽春：樂曲名。傳說為春秋時晉師曠或齊劉涓子所作。陽春取其「萬物知春，和風淡蕩」之義。白雪則取其「凜然清潔，雪竹琳琅之音」之義。

(5) 鬭：爭。

(6) 三家村：人煙稀少，地處偏僻的小村落。宋・蘇軾・舊韻送魯元翰知洺州詩：「我在東坡下，躬耕三畝園。君為尚書郎，坐擁百吏繁。鳴蛙與鼓吹，等是殼物喧。永謝十年舊，老死三家村。」此指詠退居鄉里或老死窮鄉。

〈采桑子・晏叔原〉

小山[1]更覺篇篇好，歌酒當場。斷盡回腸。雛鳳清於老鳳皇[2]。　一般氣味千般俊，言語尋常。金管淒鏘[3]。露咽三危九竅香[4]。(《全清詞·順康卷》冊十八，頁 10579)

(1) 小山：即晏幾道。晏幾道，字叔原，號小山，晏殊幼子，撫州臨川人（今屬江西）。

(2) 雛鳳清於老鳳皇：乃李商隱贈與韓渥之詩，讚頌韓渥之詩較其父韓瞻爲佳。《唐詩紀事》曰：「韓字致堯，小字冬郎。父瞻，李義山同門也。偓常即席爲詩相送，義山喜贈之，有「十歲裁詩走馬成」及「雛鳳清於老鳳皇」兩句。

(3) 金管淒鏘：在宋代的詞樂時期，音樂多用於襯托詩詞韻律，因此較多採用蕭、管等樂器，而金管便是配著詞樂所演奏的樂器。

(4) 露咽三危九竅香：源自晚唐韓偓《香奩集》中自序「咀五色之靈芝，香生九竅；咽三危之瑞露，春動七情。」其《香奩集》大多是在描寫女子的體態及男女之間的情事。

〈采桑子·宋子京〉

聞呼小宋嬋娟子[1]，挈墮塵凡。紅杏官銜[2]。美滿香甜句裏鑱[3]。　嗤[4]他燃燭修官史，大誥[5]喃喃。蠹楮塵函[6]。愛把鮮條嫩葉芟。(《全清詞·順康卷》冊十八，頁 10580)

(1) 聞呼小宋嬋娟子：據《本事詞》所載，宋子京嘗過繁臺街，遇內家車子數輛，適不及避。忽有褰簾者曰：「小宋也」。子京驚訝不已，歸賦〈鷓鴣天〉云：「畫轂雕鞍狹路逢，一聲腸斷繡簾中。身無彩鳳雙飛翼，心有靈犀一點通。　金作屋，玉爲櫳，車如流水馬如龍，劉郎已恨蓬山遠，更隔蓬山幾萬重。」詞傳達於禁中，仁宗知之，因問第幾車子，何人呼小宋。有內人自陳云：「頃因內宴，見宣翰林博士，左右內臣皆曰小宋，時在車子，偶見之呼一聲爾」。上召子京，從容言之，子京惶悚無地。上笑曰：「蓬山不遠」。即以內人賜之。

(2) 紅杏官銜：實指宋祁「紅杏尚書」之美名。據胡仔《苕溪漁隱叢話》記載：「張子野郎中，以樂章擅名一時。宋子京尚書奇其才，先往見之，遣將命者，謂曰：『尚書欲見雲破月來花弄影郎中乎？』子野屏後呼曰：『得非紅杏枝頭春意鬧尚書邪？』遂出，置酒盡歡。

蓋二人所舉，皆其警策也。」兩位北宋初期詞壇代表人物的會面可堪玩味，互以對方名句相稱，遂爲時人口耳相傳，以致形諸筆墨。宋祁亦因其詞中警句而名垂青史，博得「紅杏尚書」的雅號，其名乃揚。

（3）鑱：古代一種掘土或挖藥草的鐵器，此作動詞用。

（4）嗤：譏笑。

（5）大誥：〈大誥〉爲《尚書》中的名篇，宋祁嘗自言其最喜〈大誥〉：「宋景文未第時，爲學於永陽，僧舍連處士因問曰:『君好讀何書？』答曰：『子最好大誥，故景文率多謹嚴，至修《新唐書》，其言艱、其思苦，蓋亦有所自歟。』」

（6）蠹楮塵函：蠹、塵均作動詞，蠹，蛀爛、腐蝕；塵，污染。楮、函在此指《新唐書》。

〈采桑子·歐陽永叔〉

君看先輩歐陽子[(1)]，響振韶鈞[(2)]。擺落梁陳[(3)]。吏部[(4)]文章有後身。　　那知戮佞誅姦[(5)]手，謂《五代史》也。利吻輕唇。款曲殷勤。始信留侯似美人。[(6)]（《全清詞·順康卷》冊十八，頁10580）

（1）歐陽子：指歐陽脩（或作修）。字永叔，廬陵人（今江西吉安），號醉翁，晚號六一居士。生於宋眞宗景德四年（西元1007年），卒於宋神宗熙寧五年（西元1072年），年六十六，謚文忠。仁宗天聖八年（西元1030年）進士，累擢知制誥、翰林學士、歷樞密副使、參知政事，最後以太子少師致仕。題序中「歐公」，亦指歐陽脩。

（2）韶鈞：美好的天樂。

（3）擺落梁陳：擺落，即擺脫、不受拘束。梁、陳，本指朝代名稱，即是南朝宋、齊、梁、陳其中之二，這裡引申爲盛行於梁陳時期華而不實之駢文。

（4）吏部：職官名。舊時官制的六部之一。掌管官吏的銓敘、勛階、黜陟等事。漢時有常侍曹，主管丞相御史公卿之事；東漢改爲吏部曹；魏晉以後皆稱爲「吏部」。因專司銓選，故亦稱爲「銓部」。

（5）戮佞誅姦：將奸佞邪惡之人消除殆盡。此指歐陽脩修史書之褒貶去取，史筆多爲鋒利嚴正。

（6）留侯似美人：《史記・留侯世家》：「余以爲其人計魁梧奇偉，至見其圖，狀貌如婦人好女。蓋孔子曰：『以貌取人，失之子羽。』留侯亦云。」

〈采桑子・歐陽亡友張翰、林昺，為余言〈江南柳〉(1)一詞，當是歐公所作，而錢氏(2)私憾之言，則不足置辨也。〉

風流罪過空中語，宋玉登徒(3)。雲雨(4)模糊(5)。葉小絲輕(6)刻意摹。　　簸錢年紀(7)誰知得，有是言乎。忒煞(8)誣吾。日黑天昏底事無。(《全清詞・順康卷》冊十八，頁 10580)

（1）江南柳：詞調名。原名〈謝秋娘〉，後改〈望江南〉。又名〈夢江南〉、〈憶江南〉、〈江南好〉、〈春去也〉、〈夢江口〉、〈望江梅〉、〈安陽好〉、〈夢仙游〉、〈步虛聲〉、〈壺山好〉、〈南徐好〉、〈望蓬萊〉、〈歸塞北〉、〈思晴好〉、〈滇春好〉、〈逍遙令〉及〈歸來曲〉等。

（2）錢氏：指宋・錢世昭。他在《錢氏私誌》中載歐陽脩盜甥一事，並以歐陽脩〈江南柳〉一詞爲證。《錢氏私誌》云：「歐後爲人言其盜甥，表云：『喪厥夫而無託，攜孤女以來歸。』張氏此時年方七歲，內翰伯見而笑云：『七歲正是學簸錢時也。』歐詞云：『江南柳，葉小未成陰。人爲絲輕那忍折，鶯憐枝嫩不勝吟，留取待春深。　　十四五，閒抱琵琶尋。堂上簸錢堂下走，恁時相見已留心，何況到如今。』」

（3）登徒：登徒子的省稱。登徒，複姓。子，古代男子的通稱。戰國楚宋玉〈登徒子好色賦〉：「其妻蓬頭攣耳，齞脣歷齒，旁行踽僂，又疥且痔，登徒子悅之，使有五子。」後世因稱好色而不擇美醜者爲「登徒子」。

（4）雲雨：恩澤。

（5）模糊：不清楚、不分明。又作「模糊」。

（6）葉小絲輕：此句截取自歐陽脩〈望江南〉「江南柳，葉小未成陰。人爲絲輕那忍折，鶯嫌枝嫩不勝吟。」一段。

（7）簸錢年紀：簸錢，古代一種擲錢賭輸贏的遊戲。簸錢年紀，指七歲。宋・錢世昭《錢氏私誌》云：「張氏此時年方七歲，內翰伯見而笑云：『七歲正是學簸錢時也。』」

（8）忒煞：太過，甚於。亦作「忒殺」、「忒日煞」。

〈采桑子・張子野[(1)]〉

三中三影[(2)]風流甚，粉色生春[(3)]。寫出鮮新。不道無才只是貧。露華倒影誰堪比，竊恐非倫[(4)]。莫鬪喉唇[(5)]。好與中書[(6)]作舍人[(7)]。（《全清詞・順康卷》冊十八，頁 10580）

（1）張子野：指張先。北宋朝，有兩位張先，兩者皆字子野。其一博州人，生於太宗淳化三年（西元 992 年），卒於仁宗寶元二年（西元 1039 年），年四十八，仁宗天聖二年（西元 1024 年）進士。其二烏程人，生於太宗淳化元年（西元 990 年），卒於神宗元豐元年（西元 1078 年），年八十九，仁宗天聖八年（西元 1030 年）進士，累官至都官郎中。本闋詞之張先為後者。

（2）三中三影：兩者皆是張先的別稱。清・王亦清《歷代詞話・卷四》載《樂府紀聞》云：「客謂張子野曰：『人咸目公為張三中。謂公詞有心中事，眼中淚，意中人也。』子野曰：『何不謂之張三影。』客不喻。子野曰：『『雲破月來花弄影』、『嬌柔嬾起，簾壓捲花影』、『柳徑無人，墜絮輕無影』。』此生平得意者。」「三中」出自〈行香子〉（舞雪歌雲）「奈心中事，眼中淚，意中人」一句；「三影」出自〈天仙子〉（水調數聲持酒聽）「雲破月來花弄影。」、〈歸朝歡〉（聲轉轆轤聞露井）「嬌柔嬾起，簾壓捲花影。」及〈翦牡丹〉（野綠連空）「柳徑無人，墜絮輕無影。」

（3）粉色生春：語出張先〈行香子〉（舞雪歌雲）「酒香醺臉，粉色生春。」

（4）倫：比較。

（5）喉唇：指宮廷中與帝王親近的重要職位。

（6）中書：隋唐以中書令、侍中、尚書令共議國政，俱為宰相，後因以中書稱宰相。

（7）舍人：宋元以後，俗稱顯貴子弟為舍人。

〈采桑子・柳耆卿　蘇子瞻〉

大唐盛際詩天子[(1)]，穆穆垂裳[(2)]。樂句琳琅。宋代王維柳七郎。　　誰交銅鐵將軍唱[3]。不是毛嬙[4]。卻似文鴦[5]。可笑髯蘇[6]不自量。(《全清詞・順康卷》冊十八，頁10580)

(1) 詩天子：「詩天子」係後人給予盛唐詩人王昌齡之稱譽，首見於宋・劉克莊《後村詩話新集》卷三：「史稱其（昌齡）詩句密而思清，唐人《琉璃堂圖》以昌齡爲詩天子，其尊之如此。」又清・宋犖《漫堂說詩》：「三唐七絕，並堪不朽。太白、龍標、絕倫逸群，龍標更有『詩天子』之號。楊升庵云：『龍標絕句無一篇不佳』，良然。」〔註1〕其七言絕句更可與李白並稱，自唐至清多推崇其七絕成就，故稱「詩天子」。然而，焦袁熹此處所指「詩天子」，並非人人稱道之王昌齡，而是另一位盛唐詩人——王維。

(2) 穆穆垂裳：「穆穆」是指天子威儀盛大之貌；「垂裳」，係稱頌帝王之語，在此焦袁熹即用「穆穆垂裳」展現「詩天子」之氣度。

(3) 銅鐵將軍唱：俞文豹：《吹劍續錄》：東坡在玉堂日，有幕士善歌，因問：「我詞何如柳七？」對曰：「柳郎中詞，只合十七八女郎，執紅牙板，歌『楊柳岸曉風殘月』。學士詞，須關西大漢，銅琵琶，鐵綽板，唱『大江東去』」。東坡爲之絕倒。

(4) 毛嬙：爲古代美女之名，於《管子》和《莊子》書中皆有記載，爲天下之正色。《管子・小稱》說：「毛嬙西施，天下之美人也。」《莊子・齊物論》說：「毛嬙、麗姬，人之所美也；魚見之深入，鳥見之高飛，麋鹿見之決驟，四者孰知天下之正色哉。」毛嬙柔媚姿色由此一窺。

(5) 文鴦：是曹魏時期傑出的勇武人物之一，在《三國演義》描寫文鴦身長八尺，擅使長槍鋼鞭，驍勇善戰，足匹趙雲當年之勇。

(6) 髯蘇：即蘇軾。

〈采桑子・柳耆卿〉

井華汲處須聽取[1]，駐得行雲[2]。落得梁塵[3]。三變[4]新聲唱得眞。　　香山黿嫗[5]君知否，俚俗休嗔[6]。絕代超倫。只在當場動得人。(《全清詞・順康卷》冊十八，頁10581)

〔註1〕黃秀文、吳平主編：《華東師範大學圖書館稀見叢書匯刊》（北京：北京圖書館出版社，2006年11月），冊十二，頁611。

（1）井華汲處須聽取：葉夢得《避暑錄話》卷下所載西夏歸明官語，曰：「凡有井水飲處，即能歌柳詞」，說明柳永詞流行之廣。
（2）行雲：《列子・湯問》云：「薛譚學謳於秦青，未窮青之技，自謂盡之，遂辭歸。秦青弗止；餞於郊衢，撫節悲歌，聲振林木，響遏行雲。」
（3）落得梁塵：漢・劉向《別錄》載：「漢興以來，善歌者魯人虞公，發聲清哀，遠動梁塵，受學者莫能及也。」
（4）三變：爲柳永之初名，胡仔《苕溪漁隱叢話・後集》卷三十七引嚴有翼《藝苑雌黃》語曰：「柳三變，字景莊，一名永，字耆卿，喜作小詞，然薄於操行。當時有薦其才者，上曰：『得非填詞柳三變乎？』曰：『然。』曰：『且去填詞。』由是不得志，……自稱云：『奉聖旨填詞柳三變』。」後爲應試改名永，方得磨勘轉官，官至屯田員外郎。
（5）香山嫗：香山，即白居易之號。《墨客揮犀》載：「白樂天每作詩，令一老嫗解之，問曰：『解否？』嫗曰：『解。』則錄之，『不解』，則又復易之。故唐末之詩，近於鄙俚也。」此以白居易詩老嫗能解比況柳詞之直且眞。
（6）嗔：責怪、埋怨。

〈采桑子・子瞻〉

一生不耐專門學，天雨才華。(1) 亂撒泥沙。唱出樽前別一家。　逢場作戲(2) 三分假，海角天涯。譏笑喧嘩。比似吾纍(3) 曠達些。（《全清詞・順康卷》冊十八，頁 10581）

（1）一生不耐專門學，天雨才華：稱蘇軾天才縱橫，作品更兼備各體之長。
（2）逢場作戲：語出《景德傳燈錄・江西道一禪師》：「師云：『石頭路滑。』對云：『竿木隨身，逢場作戲。』便去。」宋・僧惠洪《冷齋夜話》：「東坡鎮錢塘，無日不在西湖。常攜妓謁大通禪師。大通慍形於色。東坡作長短句，令妓歌之」，其詞云：「師唱誰家曲。宗風嗣阿誰。借君拍板與門槌。我也逢場作戲、莫相疑。　溪女方偷眼。山僧莫眨眉，卻愁彌勒下生遲，不見老婆三五、少年時。」

（《全宋詞》，冊一，頁 293）

（3）吾纍：綑綁、囚繫、纏繞。

〈采桑子・黃山谷〉

奴奴睡也奴奴睡[(1)]，此外無禪。拔舌青蓮。馬腹驢胎也是仙。[(2)]　笑他□磨知何語，坊曲流傳。戲入絲弦。只是如何作鄭箋。[(3)]（《此木軒直寄詞》，南開大學館藏本）

（1）奴奴睡也奴奴睡：語出黃庭堅豔情詞之代表作〈千秋歲〉：「世間好事。恰恁廝當對。乍夜永，涼天氣。雨稀簾外滴，香篆盤中字。長入夢，如今見也分明是。歡極嬌無力，玉軟花攲墜。釵罥袖，雲堆臂。燈斜明媚眼，汗浹瞢騰醉。奴奴睡，奴奴睡也奴奴睡。」（《全宋詞》冊一，頁 412～413）

（2）拔舌青蓮，馬腹驢胎也是仙：據黃庭堅與法秀道人之間一樁千年「公案」而發。胡仔《苕溪漁隱叢話》前集卷五十七《冷齋夜話》云：

法雲秀老，關西人，面目嚴冷，能以禮折人。李伯時畫馬，東坡第其筆當不減韓幹。都城黃金易致而伯時畫不可得。師讓之曰：「伯時士大夫，而以畫馬之名行已可恥，矧又畫馬，人誇以爲得妙，人馬腹中，亦足可懼。」伯時大驚，不自知身去坐榻，曰「今當何以洗其過？」師勸畫觀音像以贖其罪。魯直作豔語，人爭傳之，秀呵曰：「翰墨之妙，甘施於此乎？」魯直笑曰：「又當置我於馬腹中耶？」秀曰：「公豔語動天下淫心，不止於馬腹耶，正恐生泥犁耳！」魯直領應之，故一時公卿伏師之善巧也。

黃庭堅作豔詞，使酒玩世，法秀道人特罪山谷以筆墨勸淫，應置犁舌之獄。

（3）作鄭箋：語出元好問〈論詩絕句〉云：「望帝春心托杜鵑，佳人錦瑟怨華年，詩家總愛西崑好，獨恨無人作鄭箋。」焦袁熹此用以指山谷語言之俗，以致隱晦，難於索解，焦袁熹亦感嘆山谷豔情詞背後之高見卓識、禪學思想難以清晰傳達。

〈采桑子・秦少游〉

才名秦七齊黃九[1]，餘子紛紛。齒頰生芬。山抹微雲女婿聞。[2]　　女郎詞筆[3]流傳久，吾亦云云。醉死紅裙。作女人身定是君。（《全清詞・順康卷》冊十八，頁10581）

（1）才名秦七齊黃九：秦七，秦觀。黃九，即黃庭堅。陳師道則稱曰：「今代詞手，惟秦七、黃九耳，餘人不逮。」（《後山詩話》）認為秦觀與黃庭堅二人的詞學成就是並駕齊驅，遂引發後世關於「秦、黃優劣」之論辯。

（2）山抹微雲女婿聞：「山抹微雲」語出秦觀〈滿庭芳〉，原詞曰：「山抹微雲，天連衰草，畫角聲斷譙門。暫停征棹，聊共引離尊。多少蓬萊舊事，空回首、煙靄紛紛。斜陽外，寒鴉萬點，流水繞孤村。　銷魂。當此際，香囊暗解，羅帶輕分。謾贏得、青樓薄倖名存。此去何時見也，襟袖上、空惹啼痕。傷情處，高城望斷，燈火已黃昏。」（《全宋詞》冊一，頁458）此闋詞頗具盛名，秦觀女婿范溫更自稱為「『山抹微雲』女婿」，清・胡薇元《歲寒居詞話》載：北宋惟少游樂府語工而入律，詞中作家。少游婿范溫，常在某貴人席上，其侍兒喜歌秦少游詞，略不顧溫，酒酣，始問此郎何人。溫叉手起對曰：「溫乃『山抹微雲』女婿也。」一座絕倒。其詞為當時所重如此。

（3）女郎詞筆：「女郎筆」之典故源自於元好問《論詩絕句三十首》對秦觀〈春日〉之批評：「有情芍藥含春淚，無力薔薇臥曉枝。省識退之〈山石〉句，始知渠是女郎詩。」又於《中州集・擬羽先生王中立傳》引王中立之語：「此詩非不工，若以退之『芭蕉葉大梔子肥』之句校之，則〈春日〉如婦人語矣。破卻工夫，何至學婦人？」指摘秦觀纖巧靡弱之作，與韓愈豪雄奇崛之作相比，簡直係女子詩，此語一出彷彿一錘定音，秦觀即有「女郎詩」之稱。

〈采桑子・賀方回〉

哀駘多妾[1]君知否，此段緣由。別有風流。不見江南賀鬼頭。[2]一聲梅子黃時雨[3]，魂斷朱樓。雲雨都休。[4]會說愁時我也愁。（《全清詞・順康卷》冊十八，頁10581）

（1）哀駘：源自莊子之典，寫面貌醜陋的哀駘它，才全德滿，爲物所歸。《莊子・德充符第五》：「婦人見之，請於父母曰『與爲人妻寧爲夫子妾』，十數而未止也。」哀駘雖貌醜而多妾。

（2）賀鬼頭：賀鑄面色青黑似鐵，儀觀粗獷威武，賀鑄〈易官後呈交舊〉曰：「自負虎頭相，誰封龍額侯」，《宋史》稱他「長七尺，面鐵色，眉目聳拔。」陸游《老學庵筆記》卷八據傳聞記載其「狀貌奇醜，色青黑而有英氣，俗謂之『賀鬼頭』。」因賀鑄面容醜陋，故人稱其爲「賀鬼頭」。

（3）一聲梅子黃時雨：賀鑄〈橫塘路〉詞句，詞云：「淩波不過橫塘路。但目送、芳塵去。錦瑟華年誰與度。月橋花院，瑣窗朱戶。只有春知處。　飛雲冉冉蘅皋暮。彩筆新題斷腸句。若問閒情都幾許。一川煙草，滿城風絮。梅子黃時雨。」（《全宋詞》冊 1，頁 513）

（4）雲雨都休：語出賀鑄〈南柯子〉題爲「別恨」的尾句。詞云：「斗酒纔供淚，扁舟只載愁。畫橋青柳小朱樓。猶記出城車馬、爲遲留。有恨花空委，無情水自流。河陽新鬢儘禁秋。蕭散楚雲巫雨、此生休。」（《全宋詞》冊 1，頁 541）整闋詞描寫詞人內心的憂愁與別恨，尾句「蕭散楚雲巫雨、此生休」化用李商隱〈馬嵬〉：「他生未卜此生休」（《全唐詩》冊八，頁 6177）一句。「楚雲巫雨」之典可上溯至宋玉〈高唐賦〉、〈神女賦〉序，提到戰國時楚懷王、襄王遊高唐，夢巫山神女自願薦寢事。後巫山雲雨比喻男女歡合，指男女之情愛；而「雲雨都休」則表示詞人對愛情已不再期待。

〈采桑子・周美成〉

> 新橙玉指親教破[(1)]，記得分瓜。[(2)]措大官家。好似蜂兒鬬採花。　青衫[(3)]那比天袍[(4)]貴，泪濕琵琶。咫尺天涯。腸斷春風鬢影斜。[(5)]（《全清詞・順康卷》冊十八，頁 10581）

（1）新橙玉指親教破：宋・張端義《貴耳集》載：「道君幸李師師家，偶周邦彥先在焉，知道君至，遂匿牀下。道君自攜新橙一顆，云江南初進來，遂與師師謔語，邦彥悉聞之，檃括成〈少年游〉。」相傳周邦彥因善度曲填詞，與汴京名妓李師師互爲知音，常夜宴同歡。一日周邦彥在李師師處，聽聞徽宗將巡幸李師師，走避不及，便躲到師師床下，看著徽宗討好美人，獻上江南新橙之事，美成便填成〈少年遊商調〉一闋詞，以記此事。詞云：「並刀如水，吳鹽勝雪，纖手破新橙。錦幄初溫，獸煙不斷，相對坐調笙。　低聲問向誰行宿，城上已三更。馬滑霜濃，不如休去，直是少人行。」（《全宋詞》冊二，頁 606）此是當年傳聞，眞僞難辨。

（2）分瓜：即樂府中所謂「破瓜」，將「瓜」字分拆，像兩個「八」字，隱「二八」之年。

（3）青衫：同白居易〈琵琶行〉中「座中泣下誰最多，江州司馬青衫濕」之「青衫」，指稱官職卑下，此代指周邦彥。

（4）天袍：天子的龍袍，代指宋徽宗。

〈采桑子・詞隱〉

何人譜就鈞天樂[(1)]，委巷妖哇[(2)]。酒肆俳諧[(3)]。十二瓊樓不可階[(4)]。　元宵上巳昇平代，月地花街。一曲堪懷[(5)]。只是君家姓不佳。予特惡其與禼賊同姓[(6)]，故有是言。（《全清詞・順康卷》冊十八，頁 10581）

（1）鈞天樂：見《史記・趙世家》：「居二日半，簡子寤。語大夫曰：『我之帝所甚樂，與百人神游於鈞天，廣樂九奏萬舞，不類三代之樂，其聲動人心。』」後以「鈞天廣樂」指仙樂、天上音樂。

（2）委巷妖哇：妖，嫵媚、豔麗之意。《文選・曹植・美女篇》：「美女妖且閑，采桑歧路間。」哇，淫靡的樂聲。唐・薛能〈寓題詩〉：「淫哇滿眼關睢弱，猶賀清朝有此身。」万俟詠於早期退隱時，有艷詞之作，王灼《碧雞漫志》云：「雅言初自編集曰《勝萱麗藻》，分兩體，曰雅詞，曰側艷。後召試入宮，以側艷體無賴太甚，削去之。」「妖哇」當指万俟詠隱居都下所作之艷詞。

（3）酒肆俳諧：王灼《碧雞漫志》云：「三舍法行，不復進取。放意詩酒，自稱大梁詞隱。每出一章，信宿喧傳都下。」〔註 2〕万俟詠早年逢王安石變法，以致宦途受阻，「酒肆俳諧」當指万俟詠自稱大梁詞隱「放意詩酒」之時。

（4）十二瓊樓不可階：「瓊樓」見唐・段成式《酉陽雜俎・卷二》：「翟

〔註 2〕見《碧雞漫志校正》，頁 41。

天師名乾祐……曾於江岸與弟子數十玩月，或問：『此中竟何有？』翟笑曰：『可隨吾指觀。』弟子中兩人見月規半天，瓊樓金闕滿焉。」「瓊樓」除指天上仙都外，又有帝王宮殿之意，「十二瓊樓不可階」當指万俟詠乞官一事。

（5）一曲堪懷：「元宵上巳昇平代，月地花街。一曲堪懷」：「元宵」應指万俟詠〈鳳凰花令〉及〈醉蓬萊〉之作，〈鳳凰花令〉作於南渡之後，憶徽宗時昇平景象。「上巳」即上巳節，又稱「三月三」，自漢代起，定陰曆三月三日爲上巳節，時間約清明前後。万俟詠有〈戀芳春慢〉之作，詞題「寒食前進」，乃詠徽宗時都城盛況，下片云：「誰知道，仁主祈祥爲民，非事行春」，爲應制所塡祥瑞之詞，《碧雞漫志》云：「政和初，召試補官，置大晟樂府制撰之職。新廣八十四調，患譜弗傳。雅言請以盛德大業及祥瑞事迹制詞實譜」，即作〈戀芳春慢〉之時。另有〈三臺〉之作，亦成於此時。

（6）予特惡其與卨賊同姓：「賊」指南宋秦檜同黨監察御史万俟卨。今岳飛祠有楹聯，上書「青山有幸埋忠骨，白鐵無辜鑄佞人」，岳飛祠前鑄有四位跪姿鐵人像，其一即爲万俟卨，焦袁熹云：「只是君家姓不佳」，因厭惡万俟卨，牽連万俟詠，而有此狎謔之語。

〈采桑子・論遼后[(1)]〉

回心院[(2)]裡明如畫，月衫燈光。一半空床。那得君心似太陽。　漢宮[(3)]合德[(4)]前身是，今日思量[(5)]。軟玉[(6)]雕香。惹得閑人[(7)]也斷腸[(8)]。（《此木軒直寄詞》，南開大學館藏本）

（1）遼后：蕭觀音（1040～1075），即遼道宗的宣懿皇后。她多才多藝，《遼史》稱「姿容冠絕，工詩，善談論，自制歌詞，尤善琵琶。」

（2）回心院：詞牌名，爲蕭觀音自度曲。蕭觀音因諫獵秋山被疏，作〈回心院〉詞十首，抒發幽怨悵惘心情。

（3）漢宮：漢朝宮殿，亦借指其他王朝的宮殿。

（4）合德：趙合德，漢代美女，趙飛燕之妹。相傳其膚滑體香，性醇粹，善音辭。爲捲髮，號新髻，爲薄眉，號遠山黛。後爲成帝所幸，謂爲溫柔鄉。見《趙飛燕外傳》。明・謝肇淛《五雜俎・人部四》：「飛燕掌上可舞，合德膚滑不濡，文君眉若遠山，麗華名動人主。」清・朱錫《幽夢續影》：「水仙……以西子爲色，以合德爲香，以飛燕爲態，以宓妃爲名，花中無第二品矣。」

（5）思量：① 相思；② 心思；③考 慮、斟酌。

（6）軟玉：玉之一種，以潔白者爲貴，多用作飾物。後用以比喻潔白柔軟之物，或指女人之手。 唐・秦韜玉《吹笙歌》：「纖纖軟玉捧暖笙，深思香風吹不去。」

（7）閑人：亦作「閒人」，即不相干的人。

（8）斷腸：形容極度思念或悲痛。

〈采桑子・徽宗皇帝〉

君主竟負鶯花願，茸母（1）斑斑。杜宇啼闌（2）。夢裡還家山復山。　李王（3）曾泣家山破，歲歲年年。雪窖冰天（4）。何似（5）牽機（6）一霎間。（《此木軒直寄詞》，南開大學館藏本）

（1）茸母：即鼠曲草。明李時珍《本草綱目・草五・鼠曲草》：「鼠耳，言其葉形如鼠耳，又有白毛蒙茸似之，故北人呼爲茸母。」明・楊慎《丹鉛總錄・詩話・茸母孟婆》：「宋徽宗在北虜，清明日詩曰：『茸母初生認禁煙，無家對景倍淒然。』」

（2）杜宇啼闌：唐・李善注引《蜀記》曰：「昔有人姓杜名宇，王蜀，號曰望帝。宇死，俗說云宇化爲子規。子規，鳥名也。蜀人聞子規鳴，皆曰望帝也。」多用杜鵑鳥的哀鳴，來表達哀怨、淒涼或思歸的情思。

（3）李王：李煜。無論係家國之悲，憂生患世之感，宋徽宗遭遇與南唐李後主頗爲相似，故歷來學者往往「謂徽宗乃李後主後身」。

（4）雪窖冰天：窖：收藏東西的地洞。到處是冰和雪。形容天氣寒冷，也指嚴寒地區。《宋史・朱弁傳》：「歎馬角之未生，魂銷雪窖；攀龍髯而莫逮，淚灑冰天。」

（5）何似：哪像是；不如。

（6）牽機藥：毒藥名。據宋・王銍《默記》記載，李煜因牽機毒而死：「徐鉉歸朝，爲左散騎常侍，遷給事中。太宗一日問曾 見李煜否。鉉對以臣安敢私見之。上曰，卿第詣之，但言 朕令卿往見可矣。

鉉遂徑詣其居，望門下馬，但老卒守門。徐言願見太尉，卒言有上旨不得與外人接。鉉云，奉旨來見。老吏進報。徐入立庭下。久之，老卒遂取舊椅子相對，鉉遙見止之曰，但正衙一椅足矣。頃間，李主紗帽道服而出，鉉方拜，而遽下階引其手以上。鉉辭賓主之禮，李主曰，今日豈有此禮。鉉引椅少偏乃敢坐。後主相持大哭。及坐，默不言。忽長籲歎曰，當時悔殺了潘佑、李平。鉉即去，有旨召對，詢後主何言。鉉不敢隱。遂有秦王賜牽機藥之事。牽機藥者，服之前卻數十回，頭足相就，如牽機狀。又，後主七夕在賜第命故妓作樂，聲聞於外。太宗聞之，大怒。又傳小樓昨夜又東風、及一江春水向東流之句、並坐之，遂被禍云。」正史並未記載李煜被毒而死，然後人多寧願相信《默記》所載，爲後主灑一掬同情之淚。

〈采桑子・李易安 朱淑真〉

文星墮在犀帷底[(1)]，檢校看詳。金石商量。[(2)] 茗汁反平聲來笑語香。[(3)] 朔風吹破雙鸞影，暮景蒼涼。[(4)] 何似朱娘。[(5)] 一世紅顏早斷腸。[(6)]（《全清詞・順康卷》冊十八，頁 10584）

（1）文星墮在犀帷底：文星，即文曲星，爲北魁之上六星的總稱，位於紫微垣之西，北斗魁星之前，《史記・天官書》云：「頭魁載匡六 」，是經緯天下文德之星。犀帷，指女子的閨房，相傳文曲入命，乃才得兼備之人，則首句「文星墮在犀帷底」，乃讚美易安以女子之身，卻擁有能與千古詞人爭勝的才情。

（2）檢校看詳，金石商量：趙明誠爲金石考據家，是宰相趙挺之之子，和易安成婚時，爲太學生，與易安共同致力於書畫金石的搜集整理，集先秦至漢唐器石刻等加以考詮，著有《金石錄》一書，共三十卷。易安在〈金石錄跋〉中回顧道：「侯年二十一，在太學作學生。趙李族寒，素貧儉。每朔望謁告，出，質衣，取半千錢，步入相國寺，市碑文果實。歸，相對展玩咀嚼，自謂葛天氏之民也。」知夫妻二人，性情相類、志趣相投，在蒐集、整理、查核、論學過程裡，心心相印。

（3）茗汁反來笑語香：「反」字，焦氏自注爲平聲，意同「翻」，則是易安自述與趙明誠一段「翻書賭茶」的往事：「余性偶強記，每飯罷，坐歸來堂烹茶，指堆積書史，言某事在某書某卷第幾葉第幾行，以中否角勝負，爲飲茶先後。」

（4）朔風吹破雙鸞影，暮景蒼涼：朔風代指北方來的金人，說明金兵入據中原，致使宋室南渡，也讓趙、李這對美眷因爲離亂，家財散盡，流寓南方。

（5）朱娘：即朱淑眞。

（6）一世紅顏早斷腸：朱淑眞，號幽棲居士，錢塘人（《古今女史》作海寧人），世居桃村。南宋初年人，幼警惠，善讀書，工詩，風流蘊藉，工繪事，通音律。詞多幽怨，流於感傷。一說淑眞早年父母無識，嫁市井民家，致使淑眞抑鬱不得志，抱恚而死。父母復以佛法並其平生著作荼毗之，臨安王唐佐爲之立傳。又另一說淑眞出身官宦人家，嫁與門當戶對卻不解風情的庸才，導致多作春怨詩詞。宛陵魏端禮輯其詩詞，名曰《斷腸集》。

〈采桑子・朱希真 朱淑真〉

> 嶔奇歷落眞男子，篇帙模糊。墮落眉鬚。好似江壖大小孤。（1）　朱娘不少傷春句。元夜城隅。又是虛無。（2）聞道羅敷自有夫。（3）〈元夜詞〉，今在《六一詞》中，蓋非朱作。（《全清詞・順康卷》冊十八，頁10585）

（1）好似江壖大小孤：化用蘇軾〈李思訓畫《長江絕島圖》〉詩的意象，詩云：「山蒼蒼，水茫茫，大孤小孤江中央。崖崩路覺猿鳥去，惟有喬木摻天長。客舟何處來？棹歌中流聲抑揚。沙平風軟望不到，孤山久與船低昂。峨峨兩煙鬟，曉鏡開新妝。舟中賈客莫漫狂，小姑前年嫁彭郎。」唐代畫家李思訓曾繪有《長江絕島圖》，畫的是西湖的小孤山與鄱陽湖上的大孤山。蘇軾題畫，凸顯孤山遺世獨立於江中的蒼茫意象，焦袁熹則用此意象，將希眞、淑眞傳世作品篇帙散佚一事，形象轉換，視現爲長江絕島的大小孤山，強調二人因作品零落，生平難考的情形。

（2）朱娘：此指朱淑眞。

（3）聞道羅敷自有夫：語出〈陌上桑・豔歌行〉：「使君自有婦，羅敷自有夫。」《古今注・音樂》：「秦氏，邯鄲人，有女名羅敷，爲邑人千乘王人妻。

……羅敷出採桑於陌上，趙王登臺，見而悅之，因飲酒欲奪焉。羅敷乃彈箏，乃作〈陌上桑〉之歌，以自明焉。」

〈采桑子・向薌林。若論此事，蘇黃皆門外漢矣，酒邊詞雖不工，所見最的實也。〉

若爲懺得泥犁罪(1)，擾擾匆匆(2)。暮鼓晨鐘。頌酒吟花是事慵。　心持半偈空諸有(3)，若論眞空(4)。未數涪翁(5)。只有薌林是箇中。（《全清詞・順康卷》冊十八，頁10581）

（1）若爲懺得泥犁罪：「泥犁」，佛教用語，意爲地獄。《佛說鐵城泥犁經》云：「佛誡諸沙門言。我以天眼視天下人。死生好醜、尊者卑者，人死得好道者、得惡道者。人於世間身作惡口言惡心念惡。常好烹煞祠祀鬼神者。身死當入泥犁中。」黃庭堅早年好作艷詞，爲圓通秀禪師所斥，《五燈會元》載黃庭堅「好作艷詞，嘗謁圓通秀禪師，秀呵曰：『大丈夫翰墨之妙，甘施於此乎？』秀方戒李伯時畫馬事，公誚之曰：『無乃復置我於馬腹中邪？』秀曰：『汝以艷語動天下人婬心，不止馬腹中，正恐生泥犁耳。』公悚然悔謝，由是絕筆。惟孳孳於道，著〈發願文〉，痛戒酒色。」其〈發願文〉言：「我今稱揚，稱性實語，以身語意，籌量觀察，如實懺悔。我從昔來，因癡有愛。飲酒食肉，增長愛渴。入邪見林，不得解脫」爲懺悔罪過之語。

（2）擾擾匆匆：見《碧巖錄・卷二》：「入此門來，莫存知解。別別，擾擾匆匆水裏月。不妨有出身之路，亦有活人之機。」意即世事紛紛擾擾，如水中之月影，雖有表相而無自性。

（3）心持半偈：語出唐代郎士元〈題精舍寺〉詩，詩云：「月在上方諸品靜，心（僧）持半偈萬緣空」。「心」一作「僧」字。「偈」原爲佛教語彙，丁福保《佛學大辭典》釋云：「偈譯曰頌。定字數結四句者。不問三言四言乃至多言，要必四句」，又云：「天台《仁王經疏》中曰：『偈者，竭也。攝義盡，故名曰偈。』」

（4）眞空：指佛理。

（5）涪翁：黃庭堅。

〈采桑子・張元幹〉

漢廷不借朱雲劍，竄逐天南。祖帳停驂。一曲悲歌送澹庵。(1)　　人間鼻息鳴鼉鼓(2)，肉食昏酣，未可深談？萬里龍沙淚雨含。(3)（《全清詞・順康卷》冊十八，頁10582）

（1）一曲悲歌送澹庵：宋高宗紹興八年（1138），胡詮（邦衡）任樞密院編修官，抗疏為爭，請斬投降派之首秦檜、參政孫近、使臣王倫三人之頭，以壯士氣，此文一出，朝野震動，胡詮之諫未被朝廷採納，反而屢遭貶謫。紹興十二年（1142），胡詮被貶新州（今廣東縣新興縣），張元幹特意寫詞送行，詞中表達對胡詮深切之同情，對南宋集團忍辱求和、迫害主戰派人士之行為進行譴責。其〈賀新郎・送胡邦衡待制〉詞云：「夢繞神州路。悵秋風、連營畫角，故宮離黍。底事昆侖傾砥柱。九地黃流亂注。聚萬落、千村狐兔。天意從來高難問，況人情、老易悲如許。更南浦，送君去。　　涼生岸柳催殘暑。耿斜河、疏星淡月，斷雲微度。萬里江山知何處。回首對床夜語。雁不到、書成誰與。目盡青天懷今古，肯兒曹、恩怨相爾汝。舉大白，聽金縷。」

（2）人間鼻息鳴鼉鼓：則化用張詞〈賀新郎・寄李伯紀丞相〉詞句，張元幹作詞寄李綱，以激烈情感，呈現報國志向，詞云：「曳杖危樓去。鬥垂天、滄波萬頃，月流煙渚。掃盡浮雲風不定，未放扁舟夜渡。宿雁落、寒蘆深處。悵望關河空吊影，正人間、鼻息鳴鼉鼓。誰伴我，醉中舞。　　十年一夢揚州路。倚高寒、愁生故國，氣吞驕虜。要斬樓蘭三尺劍，遺恨琵琶舊語。謾暗澀銅華塵土。喚取謫仙平章看，過苕溪、尚許垂綸否。風浩蕩，欲飛舉。」

（3）萬里龍沙淚雨含：由〈石州慢〉而來：「雨急雲飛，驚散暮鴉，微弄涼月。誰家疏柳低迷，幾點流螢明滅。夜帆風駛，滿湖煙水蒼茫，菰蒲零亂秋聲咽。夢斷酒醒時，倚危檣清絕。　　心折。長庚光怒，群盜縱橫，逆胡猖獗。欲挽天河，一洗中原膏血。兩宮何處，塞垣祗隔長江，唾壺空擊悲歌缺。萬里想龍沙，泣孤臣吳越。」

〈采桑子・岳武穆〉

燕雲唾手(1)非天意，半壁偷安。猛士摧殘。萬里長城若壞

山。(2)　廟堂密畫如魚水，怒髮衝冠(3)。抉眼留看。(4)

看汝諸奴做好官。(《此木軒直寄詞》，南開大學館藏本)

(1) 燕雲唾手：宋朝南渡之後，宋高宗同意向金稱臣，受辱議和，激起宋廷抗戰派將士反對聲浪，尤其岳飛當時還上表請奏：「願定謀於全勝，期收地於兩河，唾手燕雲，終欲復仇而報國，誓心天地，尙令稽首以稱藩」，《宋史・岳飛列傳》亦記載：「九年，以復河南，大赦。飛表謝，寓和議不便之意，有『唾手燕雲，復讎報國』之語。授開府儀同三司，飛力辭，謂：『今日之事，可危而不可安；可憂而不可賀；可訓兵飭士，謹備不虞，而不可論功行賞，取笑敵人。』三詔不受，帝溫言獎諭，乃受。會遣士㒟謁諸陵，飛請以輕騎從灑埽，實欲觀釁以伐謀。又奏：『金人無事請和，此必有肘腋之虞，名以地歸我，實寄之也。』檜白帝止其行。」岳飛對議和之事表示不滿，故有「唾手燕雲，復讎報國」之語。

(2) 萬里長城若壞山：即劉宋殺檀道濟若自壞萬里長城之典故，《宋史》即記載：「西漢而下，若韓、彭、絳、灌之爲將，代不乏人，求其文武全器、仁智並施如宋岳飛者，一代豈多見哉。史稱關雲長通《春秋左氏》學，然未嘗見其文章。飛北伐，軍至汴梁之朱仙鎮，有詔班師，飛自爲表答詔，忠義之言，流出肺腑，眞有諸葛孔明之風，而卒死于秦檜之手。蓋飛與檜勢不兩立，使飛得志，則金仇可復，宋恥可雪；檜得志，則飛有死而已。昔劉宋殺檀道濟，道濟下獄，嗔目曰：『自壞汝萬里長城！』高宗忍自棄其中原，故忍殺飛，嗚呼冤哉！嗚呼冤哉！」

(3) 怒髮衝冠：語出岳飛〈滿江紅〉一詞：「怒髮衝冠，憑闌處、瀟瀟雨歇。抬望眼、仰天長嘯，壯懷激烈。三十功名塵與土，八千里路雲和月。莫等閒、白了少年頭，空悲切！　靖康恥，猶未雪。臣子恨，何時滅？駕長車踏破，賀蘭山缺。壯志饑餐胡虜肉，笑談渴飲匈奴血。待重頭、收拾舊山河，朝天闕！」

(4) 抉眼留看：伍子胥之典。明・茅坤曾云：「伍胥遭多難，而傳宛曲指悉如生存，可令人悲咽流涕矣」，父兄遭殺害，又遇昏君佞臣，伍子胥於自剄之際，乃告其舍人：「抉吾眼縣吳東門之上，以觀越寇之入滅吳也」，伍子胥這番痛哭流涕之詞，聞者不爲所動，伍子胥已然明白大勢已去，吳國勢必毀滅。

〈采桑子・康順庵〉

一龍南渡山河改[1]，粉飾承平。孝□□榮。鐘石鏗鏘奏六英。　　夕陽西下□□唱，何似耆卿[2]。□□□□（指《醉蓬萊》一闋）。丞相功高上壽觥。[3]（《此木軒直寄詞》，南開大學館藏本）

（1）一龍南渡山河改：指南宋偏安之政局。

（2）耆卿：即柳永。康與之亦有徘調滑稽之體，歷代詞評多謂康與之詞風近于柳永，更以「康、柳」並稱。

（3）□□□□（指《醉蓬萊》一闋），丞相功高上壽觥：康與之以詞得以進仕，官途順遂；柳永以〈醉蓬萊〉一詞而永不復用。宋人王辟之《澠水燕談錄》記載，柳耆卿曾托內侍以〈醉蓬萊〉詞進，然而「上見首有『漸』字，色若不悅。讀至『宸遊鳳輦何處』，乃與御制真宗挽詞暗合，上慘然。又讀至『太液波翻』，曰：『何不言波澄？』乃擲之於地。」永自此不復進用，最後落得「奉旨得詞柳七郎」之稱號，兩人在政事發展方面南轅北轍。

〈采桑子・辛稼軒 劉隆洲 後村〉

癡兒騃女[1]知何限，學語幽鳴。滴粉搓酥[2]。看取堂堂一丈夫。　　二劉未許曹劉[3]敵，而況其餘。湖海尤麤。此句謂同父[4]。總與辛家作隸奴。（《全清詞・順康卷》冊十八，頁10582）

（1）癡兒騃女：指迷戀於情愛的男女。清徐昂發〈宮詞〉：「百回過錦人間戲，騃女癡兒總未眞。」

（2）滴粉搓酥：形容女子濃豔的裝飾或臉頰嬌嫩。

（3）曹劉：曹操、劉備之並稱。《三國志・蜀書・先主備傳》：「先主未出時，獻帝舅車騎將軍董承辭受帝衣帶中密詔，當誅曹公。先主未發。是時曹公從容謂先主曰：『今天下英雄，唯使君與操耳。本初之徒，不足數也。』先主方食，失匕箸。」辛棄疾〈滿江紅・江行簡楊濟翁、周顯先〉道亦提及「曹劉敵」：「過眼溪山，怪都似、舊時曾識。還記得、夢中行遍，江南江北。佳處徑須攜杖去，能消幾兩平生屐？笑塵勞、三十九年非，長為客。吳楚地，東南坼。英雄事，曹劉敵。被西風吹盡，了無陳跡。樓觀才成人已去，旌旗未卷頭先白。歎人間、哀樂轉相尋，今猶昔。」

(4) 同父：南宋詞人陳亮的字。陳亮（1143～1194），字同甫，號龍川，婺州永康（今浙江永康）人，才氣超邁，有志事功，力主抗金，未被採納，一生坎坷，三次下獄。他是南宋時代的思想家與文學家，著有《龍川文集》四十卷、《外集》四卷，《外集》皆為長短句，亦稱《龍川詞》。陳亮曰：「皇祖、皇祖妣鞠我而教以學，冀其必有立於斯世，而謂其必能魁多士也……少則名亮以汝能，而字以同甫。倦倦懇懇之意。」陳振孫《直齋書錄解題》云：「永康陳亮同父……外集皆長短句，極不工，而自負以為經綸之意具在是，尤不可曉也。」

〈采桑子・稼軒〉

墨花一閃光如電(1)，弔古傷今。感慨悲吟。淚雨淋浪欲滿襟。　龍蛇(2)一掃三千字，活虎生擒。(3)猛似韓擒(4)。須識伊家苦用心。(《全清詞・順康卷》冊十八，頁10582)

(1) 墨花一閃光如電：指詞人本身的詞章筆墨所具有的妙筆生花之姿，此姿貌就如同光、電等形象，光影明亮且氣勢驚人，撼動人心。

(2) 龍蛇：本指草書縱逸的筆勢，如李白〈草書歌行〉：「怳怳如聞神鬼驚，時時只見龍蛇走。」其不拘法度的限制，正如同辛詞別出一調的豪放風格，故焦氏如是稱。

(3) 活虎生擒：指辛棄疾僅以五十名忠義之軍，將逃離至金的叛軍張安國執縛，押送返還建康一事。《宋史》本傳記載：「會張安國、邵進已殺京降金，棄疾還至海州，與眾謀曰：「我緣主帥來歸朝，不期事變，何以復命？」乃約統制王世隆及忠義人馬全福等徑趨金營，安國方與金將酣飲，即眾中縛之以歸，金將追之不及。獻俘行在，斬安國於市。」此為辛棄疾二十二歲時的英勇事蹟，微弱的五十之軍面對懸殊比例的金軍營隊，卻能毫不退縮，直搗敵人陣營，將叛軍生擒，其驍勇善戰，過人的智慧膽識，由此可見一斑。

(4) 韓擒：韓擒虎（538～592），字子通，河南東垣（今河南新安）人。

出身將門，父爲北周大將軍，襲封新義郡公。因軍功升至上儀同，曾任永州、和州刺史。隋朝建立後，經高熲推薦爲廬州總管，坐鎮廬江（今安徽合肥），爲滅陳做好準備。開皇八年（588年）十一月，隋以韓擒虎爲先鋒，率精兵五百人自橫江夜渡，襲取采石（今安徽當塗縣東北），向建康挺進。所過之地，陳軍喪膽乞降，由是很快便攻下建康城，並俘陳後主於枯井之中。韓擒虎以功封上柱國，出爲涼州（今甘肅武威）總管。不久召還，開皇十二年（592年），突發病而死，時年五十五。

〈采桑子・稼軒〉

辛家樂府[(1)]知何似，起舞[(2)]青萍[(3)]。四座都醒。羯鼓[(4)]聲高眾樂停。　胸中塊壘[(5)]千杯少，髮白燈青。老大飄零[(6)]。激越[(7)]悲涼不可聽。（《全清詞・順康卷》冊十八，頁10582）

（1）辛家樂府：指辛棄疾的詞。

（2）起舞：指的就是稼軒詞在和樂之際伴隨著歌舞吟詠。

（3）青萍：則是指三國以前傳說之名劍，陳琳〈答東阿王鉛箋〉：「君侯體高俗之材，秉青萍、干將之器。」李白〈與韓荊州書〉：「庶青萍、結綠、長價於薛、卞之門。」據傳，青萍劍能切金玉斷毛髮，犀利無比。

（4）羯鼓：是來自西域的樂器，狀似小鼓。

（5）塊壘：亦作「塊礨」，亦作「塊磊」。謂心中鬱結的不平之氣。南朝宋・劉義慶《世說新語・任誕》：「阮籍 胸中壘塊，故須酒澆之。」明《李贄《雜說》：「奪他人之酒杯，澆自己之壘塊；訴心中之不平，感數奇於千載。」

（6）飄零：飄泊流落。

（7）激越：高亢清遠、激揚。

〈采桑子・後村〉

承恩主判茅君洞[(1)]，史學文才。[(2)]姓氏風雷。[(3)]筆底輘輷[(4)]起怒雷。　山歌協律如匏竹[(5)]，豪氣麤材。[(6)]傖父

(7) 休咍。多少尊拳笑受來。(8)（《全清詞・順康卷》冊十八，頁 10582）

（1）承恩主判茅君洞：茅君洞典自於《茅君內傳》，指傳說中在句容句曲山修道成仙的茅氏兄弟。〈賀新郎・蒙恩主崇禧再用前韻〉云：「主判茅君洞。有簷間查查喜鵲，曉來傳送。幾度黃符披戴了，此度君恩越重。被賀監天隨調弄。做取散人千百歲，笑渠儂一霎邯鄲夢。歌而過，鳳兮鳳。　灌園織屨希陳仲。問先生、加齊卿相，可無心動。除卻醴泉中太乙，揀箇名山自奉。那捷徑輸他藏用。有耳不曾聞黜陟，免教人貶鮫徂徠頌，服蘭佩，結茅棟。」此句說明罷歸主崇禧觀一事。

（2）史學文才：典自淳祐六年，宋理宗讚劉克莊「文名久著，史學尤精」一事，林希逸〈後村先生劉公行狀〉載：「玉音曰：『朕知卿文名，有史學。』即頒錫第之命，仍責修纂。公退見果山，坐未定，宸翰已至：『劉某文名久著，史學尤精，可特賜同進士出身，除秘書少監，令與尤焴同任史事，庶累朝鉅典，早獲成書。』」

（3）姓氏風雷：洪天錫〈後村先生墓誌銘〉曰：「莆有二劉先生，著作諱夙，正字諱朔，以言論風節聞天下，憸士畏其鋩鍔，同時名勝俱位下風，號隆、幹第一流人。」劉克莊祖父劉夙及其弟劉朔以言論風節聞名天下，劉克莊的直言敢諫，亦傳自劉氏家風。

（4）轔輷：形容車聲。《史記・卷六十九・蘇秦傳》：「車馬之多，日夜行不絕，輷輷殷殷，若有三軍之眾。」

（5）山歌協律如匏竹：即化用自後村詞〈賀新郎・生日用實之來韻〉下片：「麟臺學士微雲句。便樽前周郎復出，審音無誤。安得春鶯雪兒輩，輕拍紅牙按舞。也莫笑儂家蠻語。老去山歌尤協律，又何須手筆如燕許。援琴操，促箏柱。」劉克莊自述其創作主張，認爲詞作一定要符合「曲子詞」之特色，只有「協律」、「可歌」方式詞作本色。對於秦觀詞音律諧和評價甚高，即使周瑜復生，也當予以肯定。而自己在鄉居生活中所寫的山歌雖然言語俚俗粗野，但是其詞能協律而歌，審音無誤，又何須像秦觀一樣，因佳詩妙句獲滿座傾倒，聲名遠播。

（6）豪氣巃才：化用劉克莊〈沁園春・吳叔永尚書和余舊作再答〉文句：

「公過矣，賞陳登豪氣，杜牧粗才。……中年後，向歌闌易感，樂極生哀。」陳登，字元龍，在廣陵有威名。劉備言：「若元龍文武膽志，當求之於古耳，造次難得比也」，給予極高評價。陳登曾被辛棄疾引爲同調，借以抒發自己的憤懣之情：「元龍老矣，不妨高臥，冰壺涼簟。千古興亡，百年悲笑，一時登覽。」詞中暗示雖有大志但未能實現，不妨過閒適生活，劉克莊在此亦以自況。而「杜牧粗才」語出蘇軾〈和文與可洋川園池三十首・竹塢〉。杜牧，字牧之，京兆萬年（今陝西西安）人，好讀書，工詩爲文，嘗自負經緯才略，但由於秉性剛直，屢受排擠，一生仕途不得志。清代王文誥注「粗才」云：「唐之盛時，內重外輕，任方面者，目爲粗才。」又《北夢瑣言》載：「唐自大中以來，以兵爲戲，廊廟之上，恥言韜略，就有如盧藩、薛能者，目爲粗才。」「粗才」一詞突顯劉克莊特重杜牧知兵論兵的性格。

(7) 傖父：鄙賤的人。《晉書・卷九十二・文苑傳・左思傳》：「此間有傖父，欲作三都賦，須其成，當以覆酒甕耳。」

(8) 多少尊拳笑受來：化用後村詞〈賀新郎・王實之喜餘出嶺，命愛姬歌新詞以相勞，輒次其韻〉第三首：「謫下神清洞。更遭他揶揄黠鬼，路旁遮送。薄命書生雞肋爾，卻笑尊拳忒重。破故紙誰教繙弄。」此乃用劉伶之典，《晉書・劉伶傳》曰：「（劉伶）嘗醉與俗人相忤，其人攘袂奮拳而往。伶徐曰：『雞肋不足以安尊拳。』其人笑而止。」後以比喻身體瘦弱，不堪一擊。

〈采桑子・陸放翁〉

蠟封夜半親飛檄[(1)]，馳諭幽并[(2)]。雨黑風腥[(3)]。不許書生夢不醒。　　低篷三扇平生事[(4)]，兩鬢星星[(5)]。家祭丁寧[(6)]。等到冬青一樹青。（《全清詞・順康卷》冊十八，頁10583）

(1) 蠟封夜半親飛檄：蠟封，用蠟封固的文書。此句化用自陸游詞〈訴衷情〉（青衫初入九重城）：「蠟封夜半傳檄，馳騎諭幽并。」隆興元年正月，陸游任樞密院編修官，奉中書省、樞密院之命起草〈代二府與夏國主書〉、〈蠟彈省劄〉提出聯夏抗金，及曉諭中原人士發動起義，以分化金人屏障。乾道八年（1172）陸游於南鄭時，也常目睹北方中原將士以蠟丸軍書方式與宣撫使通訊息。

（2）幽并：幽州，今河北遼寧一帶。并州：今河北中部及山西北部。當時幽州并州皆落金人之手。

（3）雨黑風腥：指軍事不利，主和派佔上風，南宋朝廷不得不向金人議和，低頭稱臣之局勢。

（4）低篷三扇平生事：化用自陸游詞〈鵲橋仙〉（華燈縱博）「華燈縱博。雕鞍馳射，誰寄當年豪舉。酒徒一一取封侯，獨去作，江邊漁父。輕舟八尺，低篷三扇，占斷蘋洲煙雨。鏡湖元自屬閒人。又何必，君恩賜與。」此詞爲陸游晚年閒居山陰時所作，當年曾在南鄭幕府有諸多豪舉，而今只能在江南撐起一葉扁舟浩嘆。

（5）星星：鬢髮花白貌。

（6）丁寧：亦作「叮嚀」，一再囑咐。陸游臨終絕筆詩〈示兒〉：「死去元知萬事空，但悲不見九州同。王師北定中原日，家祭毋忘告乃翁。」明知死去萬事皆空，卻對北定中原念念不忘。

〈采桑子・放翁〉

驚鴻（1）照影春波淥（2），風月池臺。畫角聲哀。舊事依然心上來。　單棲懊惱釵頭鳳（3），錦字（4）親裁。燭淚空陪。一寸相思一寸灰。（5）（《全清詞・順康卷》冊十八，頁10583）

（1）驚鴻：受驚的鴻鳥，形容女子體態輕盈。曹植〈洛神賦〉言洛神「翩若驚鴻」，李善注「翩翩然若鴻雁之驚」。陸游〈沈園〉二首之一：「城上斜陽畫角哀，沈園非復舊池台。 傷心橋下春波綠，曾是驚鴻照影來。」「驚鴻」此指唐氏美麗的倩影。

（2）淥：清澈。

（3）釵頭鳳：詞調原名爲〈擷芳詞〉，宋無名氏詞曰：「風搖蕩，雨蒙茸，翠條柔弱花頭重。春衫窄，香肌濕，記得年時，共伊曾摘。　都如夢，何曾共，可憐孤似釵頭鳳。關山隔，晚雲碧，燕兒來也，又無消息。」陸游摘取「可憐孤似釵頭鳳」一語另立新名，乃「孤不成雙」之意。

（4）錦字：情詩。《晉書・列女傳・竇滔妻蘇氏》：「竇滔妻蘇氏，始平人也，名蕙，字若蘭。善屬文。滔，苻堅時爲秦州刺史，被徙流沙，蘇氏思之，織錦爲迴文旋圖詩以贈滔。宛轉循環以讀之，詞甚悽惋，凡八百四十字。」

（5）一寸相思一寸灰：原爲李商隱〈無題〉詩四首之二之末句，詩云：「颯颯東風細雨來，芙蓉塘外有輕雷。 金蟾齧鎖燒香入，玉虎牽絲汲井迴。賈氏窺簾韓掾少，宓妃留枕魏王才。春心莫共花爭發，一寸相思一寸灰。」

〈采桑子・姜白石〉

范家一隊[1]當先出，白石粼粼[2]。未免清貧[3]。製得新詞果絕倫。　　誠知此事由天縱[4]，一片閒雲。野逸[5]天眞。寄語諸公莫效顰。（《全清詞・順康卷》冊十八，頁 10582）

（1）范家一隊：指范成大、楊萬里、陸游、尤袤「中興四大詩人」等輩。

（2）粼粼：水流清澈貌、水石閃映貌。《詩・唐風・揚之水》：「揚之水，白石粼粼。」《毛傳》：「粼粼，清澈也。」

（3）清貧：清寒貧苦，此用以指姜夔之詩風。

（4）縱：發、放。

（5）野逸：① 純樸閑適；② 放縱不羈。

（6）效顰：即效矉。《莊子・天運》：「故西施病心而矉其里，其里之醜人見之而美之，歸亦捧心而矉其里。其里之富人見之，堅閉門而不出，貧人見之，挈妻子而走。彼知矉美，而不知矉之所以美。」後以「效矉」爲不善摹仿，弄巧成拙的典故。

〈采桑子・史梅溪〉

青衫不向詩書得[1]，風月襟情。鸞鳳音聲[2]，酒肆歌樓合有名。　　勸君莫譩嘲牛後[3]，上壽[4]先生。贊助調羹[5]（此是高賓王詞中語，讀之得不令人慚赧）。多少尊官喚作兄。（《此木軒直寄詞》，南開大學館藏本）

（1）青衫不向詩書得：引自史達祖〈滿江紅・書懷〉，得見其失意之悲及貧寒之憤：「好領青衫，全不向、詩書中得。還也費、區區造物，許多心力。未暇買田清潁尾，尙須索米長安陌。有當時、黃卷滿前頭，多慚德。　　思往事，嗟兒劇。憐牛後，懷雞肋。奈棱棱虎豹，九重九隔。三徑就荒秋自好，一錢不直貧相逼。對黃花、常待不吟詩，詩成癖。」

（2）鸑鳳音聲：《嘯旨・蘇門章第十一》：「昔人有遊蘇門，時聞鸑鳳之聲，其音美暢殊異，假爲之鸑鳳。鸑鳳有音，而不得聞之蘇門者，焉得而知鸑鳳之響？後尋其聲，乃仙君之長嘯矣。」

（3）嘲牛後：史達祖〈滿江紅・書懷〉曾自言：「憐牛後，懷雞肋」，「牛後之典」見《史記・蘇秦傳》引諺語曰：「甯爲雞口，無爲牛後」，張守節《正義》釋曰：「雞口雖小，猶進食。牛後雖大，乃出糞也 」。作者自憐身爲堂吏，須視權貴顏色行事，喪失了其獨立人格，故用「牛後」之典，實含寄人籬下的痛楚之情。史達祖屈身權門，力輔韓氏北伐而遭人貶斥，力言並非自甘墮落，而是迫於科舉之不公，世道之不濟。

（4）上壽：① 古稱長壽之尤者爲上壽。其說有三：一百二十歲、一百歲、九十歲。《左傳・僖公三十二年》：「爾何知中壽」句下孔穎達正義：「上壽百二十，中壽百，下壽八十。」《莊子・盜跖》：「人上壽百歲，中壽八十，下壽六十。」《漢・王充・論衡・正說》：「上壽九十，中壽八十，下壽七十。」② 祝壽。《文選・司馬遷・報任少卿書》：「陵未沒時，使有來報，漢公卿王侯，皆奉觴上壽。」《文選・揚雄・甘泉賦》：「想西王母欣然而上壽兮，屛玉女而卻宓妃。」

（5）贊助調羹：源自高觀國〈東風第一枝・爲梅溪壽〉詞句：「玉潔生英，冰清孕秀，一枝天地春早。素盟江國芳寒，舊約漢宮夢曉。溪橋獨步，看瀟落、仙人風表。似妙句、何遜揚州，最惜細吟清峭。香暗度、照影波渺。春暗寄、付情雲杳。愛隨青女橫陳，更憐素娥窈窕。調羹雅意，好贊助、清時廊廟。羨韻高、只有松筠，共結歲寒難老。 」高觀國所留下詞中多爲史達祖於臨安求仕、初入韓府，以及稍後隨李壁赴金覘國其間之酬唱。在這期間，史達祖有展示才能之良好機遇，而高觀國對於友人能夠爲國出謀劃策，也寄予殷切的期望，故有「調羹雅意」之說。

〈采桑子・詠戴石屛事〉

問君底似相如(1)渴，重撥鸞絃(2)。三載留連。月墮江心鏡

不圓。思量卻似秋胡婦[3]，揉碎花箋[4]。薄命誰憐。杯酒澆墳定幾年。(《全清詞・順康卷》冊十八，頁 10583)

（1）相如渴：司馬相如曾鼓〈鳳求凰〉一曲，以琴挑文君，文君惜其才而越禮，乃夜亡奔相如；司馬相如素有消疾渴，卻只愛其美色，甚至「悅文君之色，遂以發痼疾」，不難窺見其好色之心。

（2）鸞絃：指琴絃之美聲，本處暗喻過去的愛情。

（3）秋胡婦：秋胡之妻。詩文中常用以為有貞操節義的烈女典型，表達女子堅貞不辱之決心。

（4）花箋：精緻華美的信紙。戴復古妻訣別丈夫之「絕命詞」〈祝英台近〉詞云：「惜多才，憐薄命，無計可留汝。揉碎花箋，忍寫斷腸句。道旁楊柳依依，千絲萬縷，抵不住、一分愁緒。如何訴。　便教緣盡今生，此身已輕許。捉月盟言，不是夢中語。後回君若重來，不相忘處，把杯酒、澆奴墳土。」

〈采桑子・張榘〉

壑翁當代文章伯[1]，何物芸窗[2]。金石琤琮[3]。籬角喧喧出吠尨[4]。　乾坤有許貧寒氣，空腹逢逢[4]。莫守銀釭[5]。學取伊家乞丐腔。(《全清詞・順康卷》冊十八，頁 10583)

（1）壑翁當代文章伯：典出張榘〈賀新涼・次拙逸劉直孺維揚客中賀新涼韻〉，原句為：「當代壑翁文章伯，定不教、彈鋏輕辭去。留共濟，孤舟渡。」壑翁：指賈似道，字師憲，號秋壑，南宋台州（今浙江省臨海縣）人。

（2）芸窗：張榘，字方叔，號芸窗。

（3）琤琮：狀聲詞： 形容彈撥弦樂所發的聲音。唐・劉禹錫〈牛相公見示新什謹依本韻次用以抒下情〉詩：「玉柱琤瑽韻，金觥霅凸稜。」

（4）吠尨：吠叫之犬。尨，即尨。尨：多毛的狗。《詩經・召南・野有死麕》：「舒而脫脫兮，無感我帨兮，無使尨也吠。」

（5）逢逢：狀聲詞。蘇軾〈滿庭芳〉：「歌舞斷，行人未起，船鼓已逢逢。」

（6）銀釭：銀燈。宋・晏幾道〈鷓鴣天・彩袖殷勤捧玉鍾詞〉：「今宵賸把銀釭照，猶恐相逢是夢中。」

〈采桑子・吳文英〉

當年苕霅知交舊[(1)]，夢窗從姜石帚遊最久。雲水蒼寒。寂寞騷壇。顏謝[(2)]孤標異代看。　樓臺七寶[(3)]君休拆，誤了邯鄲[(4)]。失卻邊鸞[(5)]。多買燕支畫牡丹。[(6)]（《全清詞・順康卷》冊十八，頁10583）

（1）當年苕霅知交舊：用吳文英〈惜紅衣〉（鷺老秋絲）之詞題：「余從姜石帚遊苕霅間三十五年矣，重來傷今感昔，聊以詠懷」，來點出吳、姜間的深長交情。

（2）顏、謝：指顏延之、謝靈運。《宋書・顏延之傳》云：「延之與陳郡靈運，俱以詞采齊名。自潘岳陸機之後，文士莫及也。江左稱顏謝焉。」此外，鍾嶸《詩品》亦引湯惠休所言：「謝詩如芙蓉出水，顏如錯彩鏤金。」顏延之與謝靈運雖然同代齊名，然二人在詩風上倒是呈現了不同的風貌。

（3）樓寶七臺：爲張炎對吳文英之評價。張炎《詞源》所云：「詞要清空，不要盾實；清空則古雅峭拔，盾實則凝澀晦味。姜白石詞如野雲孤飛，去留無迹。吳夢窗詞如七寶樓臺，眩人眼目，碎拆下來，不成片段。」張炎將二人詞作以「野雲孤飛，可去留無迹」對比「七寶樓臺，然拆碎不成片段」。

（4）邯鄲：《漢書・敘列傳》：「昔有學步於邯鄲者。曾未得其髣彿，又復失其故步，遂匍匐而歸耳！」

（5）邊鸞：唐代畫家。邊鸞「以丹青馳譽于時，尤長於花鳥，得動植生意」。

（6）多買燕支畫牡丹：借用了宋代畫家李唐的一首題畫詩：「雲裏煙村雨裏灘，看之容易作之難。早知不入時人眼，多買燕脂畫牡丹。」

〈采桑子・蔣勝欲〉

竹山[(1)]自是無愁者，琴思詩腸[(2)]。風月[(3)]相羊[(4)]。受用些兒也不妨。齒牙伶俐天生就，嚼徵含商[(5)]。落瓣[(6)]休傷。作伴黃昏有雪香[(7)]。（《全清詞・順康卷》冊十八，頁10583）

（1）竹山：指蔣捷。

（2）琴思詩腸：此句截取自蔣捷《賀新郎・約友三月旦飲》。詞云：「雁嶼晴嵐薄，倚層屏、千樹高低，粉纖紅弱。雲際東風藏不盡，吹艷生香萬壑。又散人，汀蘅洲藥。擾擾匆匆塵土面，看歌鶯舞燕逢春樂。人共物，知誰錯。寶釵樓上圍簾幕，小嬋娟、雙調彈箏，半霄鸞鶴。我輩中人無此分，琴思詩情當卻。也勝似、愁橫眉角。芳景三分才過二，便綠陰門巷楊花落。沽斗酒，且同酌。」「詩腸」指詩思、詩情，是作詩的情緒、興致，或詩一般的美妙意境。「琴思詩腸」指琴棋書畫的公子、貴族生活。

(3) 風月：指妓女。

(4) 相羊：亦作「相佯」或「相徉」。徘徊、盤桓。屈原《楚辭・離騷》「折若木以拂日兮，聊逍遙以相羊」一句。逍遙、相羊，皆游也。

(5) 嚼徵含商：徵、商均古代五音「宮、商、角、徵、羽」之一。嚼徵含商：指唱曲時能準確把握聲調變化。劉宋鮑照《白紵舞歌辭》：「含商咀徵歌露晞，珠履颯遝紈袖飛。」

(6) 落辦：指晚年或遇到不好的事情。

(7) 雪香：① 形容美女皮膚白嫩而散發出香氣，指蔣捷的愛妾。② 如梅花般高潔芳香之品德。

〈采桑子・論周草窗所選《絕妙好詞》一書〉

周郎[(1)]識曲動搜採，黃絹[(2)]題名。編排聯瓔[(3)]，好煞[(4)]篇篇有個瓊[(5)]。從來隻字[(6)]關飛動[(7)]，箇箇金玲。玉磬[(8)]聲聲。好煞周郎不解聽[(9)]。（《全清詞・順康卷》冊十八，頁 10584）

(1) 周郎：指周瑜。《三國志・吳書・周瑜傳》：「瑜少精意於音樂，雖三爵之後，其有闕誤，瑜必知之，故時有人謠曰：曲有誤，周郎顧。」周郎，也指識音樂，知音之意，此指周密。

(2) 黃絹：取自「黃絹幼婦，外孫虀臼」的成語。此八字爲東漢時蔡邕題文於曹娥碑。東漢時，浙江上虞地區有一個 14 歲的少女，名字叫曹娥。因爲他的父親在河裡淹死，曹娥投江尋覓父親的屍體，最後也被淹死了。這件事很快傳揚開來並被加上迷信的色彩。曹娥也因此成爲封建社會「孝女」的典型。當時上虞長度尚爲曹娥立了紀念碑。這個碑就是後世所傳的名碑——《曹娥碑》。據說碑文是邯鄲淳所作，當時，邯鄲淳年僅 13 歲。他當著眾人之面，略加思索就將碑文一揮而就，寫得相當出色。著名文學家蔡邕路過上虞時，曾特地去看這個碑，可是他到達時已是傍晚時分。在蒼茫的暮色中，蔡邕用手撫摸著讀完碑文，然後在碑的背後寫了八個大字「黃絹幼婦，外孫虀臼」。當時，誰也不明白這八個字是什麼意思。《世說新語．捷悟》：魏武嘗過曹娥碑下，楊脩從，碑背上見題作「黃絹幼婦，外孫臼」八字。魏武謂脩曰：「解不？」答曰：「解。」魏武曰：「卿未可言，待我思之。」行三十里，魏武乃曰：「吾已得。」令脩別記所知。脩曰：「黃絹，色絲也，於字爲絕。幼婦，少女也，於字爲妙。外孫，女子也，於字爲好。臼，受辛也，於字爲辭。所謂『絕妙好辭』也。」魏武亦記之，與脩同，乃歎曰：「我才不及卿，乃覺三十里。」所以，黃絹乃好詞也。

（3）編琲：編珠。珠五百枚或百枚爲一琲。聯瓔：瓔，瓔珞。以珠玉綴成的頸飾。南史．卷七十八．夷貊傳上．海南諸國傳：「其王者著法服，加瓔珞，如佛像之飾。」紅樓夢．第八回：「一面說，一面解了排扣，從裡面大紅襖上將那珠寶晶瑩黃金燦爛的瓔珞掏將出來。」亦作「纓絡」。編琲聯瓔，指寫出絕妙之詞。

（4）好煞：吳語，煞，很、極。好煞：好極了。

（5）瓊：美玉；喻美好的。此指周密詞好用「瓊」字。

（6）隻字：取自杜甫詩的詩意。杜甫〈八哀詩．故右僕射相國張公九齡〉：「自我一家則，未缺隻字警。」表示極重視煉字酌句。

（7）飛動：指「飛動之美」。杜甫〈寄彭州高三十五使君適虢州岑二十七長史參三十韻〉有詩句：「意愜關飛動，篇終接混茫。」指詩歌要通過生動的藝術之美，達到飛騰的境界，能激發讀者的想像。

（8）玉磬：一種樂器。

（9）不解聽：李頎〈聽安萬善吹觱篥歌〉云：「世人解聽不解賞，長飆風中自來往。」唐人李頎一日與眾人聽涼州胡人安萬善吹奏觱篥，樂聲乍聽有幽怨之音，聞者大多嘆息不止，異鄉客居者更是掩面垂淚。然而他們卻沒聽懂，所以李頎嘆道：世人解聽不解賞，常飆風中自來往。李頎的意思是，人們只懂得一般地聽聽而不能欣賞樂聲的眞諦，以至於安萬善所奏觱篥仍然不免寥落之感，獨來獨往于暴風之中。

〈采桑子・王碧山〉

瓣香[(1)]定向誰家祝，愛煞詞仙[(2)]。直是飛仙（王有句云「白石飛仙」[(3)]）。鼓吹何當伴老仙[(4)]。　天先謫墮人間少，誰似中仙[(5)]。好句如仙。白石詞中三食仙[(6)]。（《全清詞・順康卷》冊十八，頁10584）

（1）瓣香：形狀像瓜瓣的香，表示禱祝敬慕之意。引申之，則如「碧山沉鬱處最難學，近代王半塘，即瓣香碧山者」所言，可有尊敬、學習之意。

（2）詞仙：指姜夔。蔡嵩雲《柯亭詞論》云：「白石詞在南宋，爲清空一派開山祖，碧山、玉田皆其法嗣。其詞騷雅絕倫，無一點浮煙浪墨繞其筆端，故當時有詞仙之目。野雲孤飛，去留無跡，有定評矣。」

（3）直是飛仙（王有句云「白石飛仙」）：此句以王沂孫之句言其喜愛姜夔之詞，四字出自王沂孫〈題草窗詞卷〉：「白石飛仙，紫霞淒調。斷歌人聽知音少。幾番幽夢欲回時，舊家池館生青草。　風月交遊，山川懷抱。憑誰說與春知道。空留離恨滿江南，相思一夜蘋花老。」

（4）何當伴老仙：據《詩詞曲語辭匯釋》所記，「何當」一詞有五解也：① 何日，如「何當共剪西窗燭，卻話巴山夜雨時」。② 商量，如「何當載酒來，共醉重陽節」。③ 安得，如「何當水時他年住，更把韋編靜處開」。④ 何況，如「何當血肉身，安得常強健」。⑤合當，如「合當擊凡鳥，毛血灑平蕪。」又仇遠〈玉田詞題辭〉所云：「讀《山中白雲詞》，意度超玄，律呂協洽……方今古人，當與白石老仙鼓吹」，仇遠以爲張炎之詞可與姜夔並美，故云之「鼓吹」，焦袁熙此處當是以王沂孫可與姜夔並列也。故若以上五解合之鼓吹之意，則「何當」應解釋爲合當才是，即王沂孫之詞合當與姜夔並列。

（5）王沂孫，號中仙。

（6）姜夔有詩云：「南山仙人何所食，夜夜山中煮白石，世人喚作白石仙，一生費齒不費錢。」食仙者，蓋指人格高潔之士。三食仙者，若以此詞命題來推敲，當指姜夔、王沂孫與張炎。

〈采桑子・張叔夏〉

秦川公子[1]傷飄泊，小令長謳[2]。分付歌喉。玉照梅花夢裡愁。[3] 白雲何處堪持贈[4]，寄語詩流。閒淡清柔。到得伊家滿意不。[5]（《全清詞・順康卷》冊十八，頁10584）

（1）秦川公子：指張炎。秦川，古地區名。泛指今陝西 、甘肅的秦嶺以北平原地帶。因春秋、戰國時地屬秦國而得名。張炎祖籍西秦，故得是稱。

（2）謳：歌唱。《孟子・告子下》：「昔者王豹處於淇，而河西善謳。」

（3）玉照梅花夢裡愁：「玉照堂」是南宋中期著名文人張鎡的堂名，張鎡字功甫，號約齋，有《南湖集》、《玉照堂詞》傳世。張鎡是張炎之祖輩，「玉照堂」種有許多梅花。

（4）白雲何處堪持贈：首句出自南朝陶弘景〈詔問山中何所有，賦詩以答〉：「山中何所有？嶺上多白雲。只可自怡悅，不堪持贈君。」爲張炎詞集《山中白雲詞》得名之故。

（5）到得伊家滿意不：此句在四卷本中作「到得伊家也合休」，前者焦袁熹反問張炎「清空的詞風」發展至如此僵化，是否令你滿意？語氣較爲婉轉；後者則直指此詞風他人無從學起，不應一味追求清，直指浙派末流之病，鋒芒畢露，其意依舊。

〈采桑子・蒲江 竹屋〉

周秦[1]死後尋遺響，太半粗疏[2]。吠狗鳴驢[3]。一卷清詞八米盧[4]。 詞人結習[5]成痴語，竹屋[6]咿唔。細膩工夫。抵得梅溪[7]一半無。（《全清詞・順康卷》冊十八，頁10584）

（1）周秦：周邦彥和秦觀。周邦彥（1056～1121），字美成，號清眞居士，錢塘（今浙江省杭州市）人。精通音律，能自度曲。詞作結構回環曲折，嚴密整齊，語言富麗精工，音調和諧，不僅講究平仄，連仄聲的上、去、入三聲也不容相混。他又擅於化用前人的詩句，自然不見痕跡。技法上成爲婉約詞的集大成者，上承柳永、秦觀，下開姜夔、史達祖、吳文英等派，對元明清似至近代詞的發展有深遠影響。詞集名《清眞集》又稱《片玉詞》。秦觀（1049～1100）

字少遊，一字太虛，別號邗溝居士，學者稱淮海居士，揚州高郵（今屬江蘇省）人。他十五歲喪父，自幼研習經史兵書。著有《淮海集》四十卷，另有《後集》六卷，詞集名《淮海詞》，也稱《淮海居士長短句》。《鵲橋仙》中「兩情若是久長時，又豈在朝朝暮暮！」被譽爲「化臭腐爲神奇」的名句（見《蓼園詞選》）。他的詞得《花間》、《尊前》遺韻，兼柳永、蘇軾之勝，自出清新一格。他的詞得《花間》、《尊前》遺韻，兼柳永、蘇軾之勝，自出清新一格。內容多情致，妍麗豐逸，體制淡雅，詞境幽怨淒迷，極富感傷情調，堪稱婉約詞的宗師。內容多情致，妍麗豐逸，體制淡雅，詞境幽怨淒迷，極富感傷情調，堪稱婉約詞的宗師。他對稍後的周邦彥、李清照等人的影響是十分深遠的。他對稍後的周邦彥、李清照等人的影響十分深遠。著有《淮海集》四十卷，另有《後集》六卷，詞集名《淮海詞》，也稱《淮海居士長短句》。代表作爲《鵲橋仙》（纖雲弄巧）、《望海潮》（梅英疏淡）、《滿庭芳》（山抹微雲）等。

（2）粗疏：指作品普通，內容疏散。

（3）吠狗鳴驢：形容文字不精細。唐．張鷟《朝野僉載．六》：南人問庾信曰：「北方文士如何？」信曰：「唯有韓陸山一片石堪共語，薛道衡、盧思道少解把筆，自餘驢鳴犬吠，聒耳而已。」

（4）八米盧：文多又好的意思。《北史．本傳》：北齊文宣帝死後，朝中之士奉命各作輓歌十首，擇優錄用。盧思道所作十首，被採用八首，當時人稱他爲八米盧郎。後人便以此稱讚喻文質兼茂之佳作。

（5）結習：佛教語，指人世的慾望與煩惱。在此指積久難破的習慣。

（6）竹屋：南宋詞人高觀國，字賓王，號竹屋。山陰（今浙江紹興）人。生卒年不詳。從其作品中看不出有仕宦的痕跡，大約是一位以塡詞爲業的吟社中人。高觀國的詞作，句琢字煉，格律謹嚴。繼承了周邦彥的傳統，同時也受到「體制高雅」的姜夔詞風的影響，又被稱爲姜夔的羽翼。他同史達祖交誼厚密，疊相唱和。高觀國詞作僅存《竹屋癡語》1 卷，收詞 108 首，收入《彊村叢書》中。

（7）梅溪：南宋詞人史達祖，字邦卿，號梅溪，汴京（今河南開封）人，居杭州。屢試不第，曾師事張磁，後爲韓侂冑門下堂吏，負責撰擬文稿，頗有權勢。及韓被誅殺，亦遭牽連，被處黥刑，窮困而死。

其詞多寫個人閒情逸致，尤工於詠物，盡態極妍，善用白描手法，刻畫細節。存但筆近纖巧，骨格不高。有《梅溪詞》1 卷，收詞 112 首。

〈采桑子・張東澤〉

亦知綺語(1)眞清絕，白石傳衣(2)。分付紅兒(3)。多恐清圓不似尹。　老仙(4)自解修簫譜，只合曹隨(5)。朱碧(6)看迷。多事新題換舊題。(《全清詞・順康卷》冊十八，頁 10584)

(1) 綺語：張輯的作品集《東澤綺語債》之簡稱。

(2) 白石傳衣：指張輯師法學承姜夔。

(3) 紅兒：指美女或歌伎，在此指歌伎。「分付紅兒」或用了姜白石〈過垂虹〉之典故：「自作新詞韻最嬌，小紅低唱我吹簫。曲終過盡松陵路，回首煙波十四橋。」或用唐代名妓「杜紅兒」之典。《唐詩紀事》卷六十九〈羅虬〉:「羅虬詞藻富贍，與宗人隱、鄴齊名。咸通乾符中，時號「三羅」。廣明庚子亂後，去從鄜州李孝恭。籍中有杜紅兒者，善爲音聲，常爲副戎屬意。副戎聘鄰道，虬請紅兒歌，而贈之繒彩。孝恭以副戎所盼，不令受所貺。虬怒。拂衣而起。詰旦，手刃紅兒。既而思之，乃作絕句百篇，以追其冤，號比紅詩，盛行於時。」「杜紅兒」，爲唐代官妓，美貌年少，機智慧悟，不與群輩妓女等，善爲音聲，善歌詞人之作。雖兩者典故不同，然「紅兒」均指善音聲之歌妓，無誤。

(4) 老仙：張輯號「東澤詩仙」、「東仙」。

(5) 老仙自解修簫譜：化用自張輯〈月底修簫譜〉(寓祝英台近乙未之秋高郵朱使君錢塘北關秋高郵朱使君錢塘北關舟中):「客西湖，聽夜雨。更向別離處。小小船窗，香雪照尊俎。斷腸一曲秋風，行雲不語。總寫入、征鴻無數。　認眉嫵。喚醒岩壑風流，丹砂有奇趣。羞殺秦郎，淮海謾千古。要看自作新詞，雙鸞飛舞。趁月底、重修簫譜。」

(6) 曹隨：比喻後人依循前人所訂的規章行事。

(7) 朱碧：原意爲炫耀美麗的紋彩，在此指作品內容的綺麗。